KB252845

율려낙원국

율려낙원국 2_낙원 건설기

초판 1쇄 인쇄 2007년 9월 5일 초판 1쇄 발행 2007년 9월 10일

지은이 김종광 펴낸이 김태영

기획 설완식

기획편집 1분사_ 분사장 박선영 책임편집 조지혜
1팀_양은하 도은주 2팀_오유미 가정실 김세희 3팀_최혜진 한수미 정지연
4팀_이효선 성화현 조지혜 디자인_김정숙 하은혜 차기윤

상무 신화섭 COO 신민식
콘텐츠사업 노진선미 이유정 이화진
홍보마케팅 분사_ 부분사장 정덕식 영업관리 김은실 이재희
마케팅 권대관 송재광 곽철식 박신용 김형준 이귀애 최진 정주열
인터넷사업 정은선 왕인정 김미애 전경아
홍보 김현종 임태순 허형식 광고 정소연 김혜선 이세윤 이둘숙
본사_ 본사장 하인숙 경영혁신 김성자 재무 김도환 고은미 봉소아 최준용
제작 이재승 송현주 HR기획 송진혁 양세진

펴낸곳 (주)위즈덤하우스 출판등록 2000년 5월 23일 제13-1071호
주소 서울시 마포구 도화동 22번지 창강빌딩 15층 전화 704-3861 팩스 704-3891
전자우편 yedam1@wisdomhouse.co.kr 홈페이지 www.wisdomhouse.co.kr
출력 (주)미광원색사 종이 화인페이퍼 인쇄·제본 영신사

값 9,000원 ⓒ김종광, 2007
ISBN 978-89-5913-251-5 04810
     978-89-5913-249-2(세트)

* 잘못된 책은 바꿔드립니다.
* 이 책의 전부 또는 일부 내용을 재사용하려면
  사전에 저작권자와 (주)위즈덤하우스의 동의를 받아야 합니다.
* 이 책은 2005년 한국문화예술위원회의 '문예진흥기금'을 받았습니다.

이 도서의 국립중앙도서관 출판시도서목록(CIP)은 e-CIP 홈페이지(http://www.nl.go.kr/ecip)에서
이용하실 수 있습니다. (CIP제어번호 : CIP2007002781)

율려낙원국

김종광 장편소설

2

낙원 건설기

차 례

1

죽은 놈만
억울하다

항해는 순조로웠다. 사내와 계집들은 금방 기운을 회복했다. 따지고 보면 헐벗고 굶주리고 착취당한 기억만 가득한 조선이 아닌가? 지금 가고 있는 곳은, 등 따습고 배부르고 모두가 평등한 세상이다! 떠나온 곳에 대한 안타까움은 뒷전으로 물러나고, 갈 곳에 대한 희망이 아지랑이처럼 이글거렸던 것이다.

승객의 대부분이 갓 부부된 이들이다. 대개는 허생이 정식으로 혼례를 치러줄 때까지 몸을 나누지 않겠다며 내외를 했다. 하지만 이미 몸을 나누고 온 터라 한 번이라도 더 하겠다고, 배의 어두운 귀퉁이를 용케도 찾아 부부의 정을 확인하는, 때와 장소를 가리지 않는 연놈들이 있었다.

심지어는 벌써부터 부부 싸움을 하는 연놈들도 있었다.

열이틀 후, 갈매기들이 뭉게구름 사이에서 쏟아져 나왔다. 배들은 갈매기에 휩싸였다. 곧 뭉게구름이 싹 걷히더니 무지개가 동서남북에서 동시에 솟구쳤다. 넉 달 전에 이 꼴을 한 번 겪은 자들이 보아도 놀라자빠질 지경이었으니, 처음 당하는 나머지 놈들이야 기절초풍들 하고 있었다.

경험자들이 소리쳤다.

"눈 감으쇼! 눈을 감아!"

사방이 먹 발라놓은 듯해지더니, 우레가 성난 범처럼 울고 번개가 동에 번쩍 서에 번쩍했다. 산 같은 파도가 일어났고, 바위도 날릴 것 같은 바람이 몰아쳤다.

이 세상 나다니는 것에 재미 붙인 저승사자, 저기 왜국에서 건너온 머리 아홉 달린 뱀, 천년 묵은 지렁이, 열여섯에 죽은 총각귀신, 이 해역에 갇혀 떠돌다 죽은 왜구귀신, 청나라 해적귀신, 유구왕국 수군귀신 등등 온갖 잡귀들이 나타나서 별 지랄을 다 떨었다.

경험자의 충고를 귓등에 달았는지, 눈을 뜨고 있던 자들은 갑판 위에서 사정없이 굴러다녔다. 거의 넋 놓고 있던 몇몇은 잡귀들을 피해 달아나다가 바다로 떨어져 내렸다. 몇몇은 잡귀와 싸운다고 설치다가 스스로 제 목숨을 빼앗았다.

"눈을 감으라니까! 신기루란 말이다!"

경험자의 외침을, 그제야 첨 와보는 자들은 알아들었다. 눈을 꼭 감고, 머리를 갑판 바닥에 쑤셔 박고, 꼼짝을 못했다.

대선단의 대장배 키를 잡고 있는 유연기는 눈을 부릅뜨고 신기루 속을 나아갔다. 아니나 다를까 하늘에서 작은 배만 한 거북이가 갑판에 떨어져 내렸는데, 그 거북이 등 위에 제도의 신령이 걸터앉아 있었다. 십여 년 전에 만나고, 넉 달 전에도 만났던 바로 그 신령이었다.

신령이 기가 막힌다는 투로 말했다.

"허, 네가 정말 미쳤구나. 대체 몇 놈이나 데리고 들어오는 것이냐?"

"한 육천 명 됩니다. 가금의 생명도 포함하면 목숨이 이만 개쯤 됩니다."

"모두 죽여버릴 테다! 나는 안다. 사람이라는 것들이 얼마나 흉측한지. 뻔해. 네놈들은 서로 못 잡아먹어 안달을 하다가 종내는 다 죽게 될 거야. 이 땅의 피만 더러워질 것이야. 나는 그 꼴을 보고 싶지 않다. 그러니 썩 돌아가라! 그렇지 않으면 네놈들이 진흙탕 개싸움을 벌이기 전에 내 손으로 죽여주겠다."

"우리는 다를 것이외다. 홍길동의 율도국을 다시 세울 것입니다!"

"이 멍청한 뱃사공 놈아. 수백 년 전인가 홍길동이라는 놈이 세웠던 나라도 최후는 결국 그랬단 말이다. 같은 피를 나눈 놈들끼리 싸우고 죽이다가 스러졌단 말이다. 그러니 나라와 사람 모두 사라지고 다시 무인도가 된 것 아니냐?"

유연기는 있는 힘을 다해 애타고 절절하게 부르짖었다.

"율려의 신령이시여, 저희는 다를 것입니다. 저희를 믿어주소서!"

유연기의 입에서 뻘건 핏덩이가 뿜어져 나와 신령의 발치에 떨어졌다. 신령은 갈퀴 같은 손으로 유연기의 핏덩이를 긁어 올렸다. 손아귀에 힘을 주자 핏덩이가 핏물로 줄줄 흘렀다. 신령은 배 한구석에서 눈 꼭 감고 벌벌 떨고 있는 양반 허생을 가리켰다.

"저놈이 너희들의 왕이냐?"

"그렇습니다. 하는 짓이 난데없고 야살스러울 때가 많습니다만, 국량이 바다처럼 넓고 이상이 백두산처럼 큰 사람입니다. 능히 낙원의 땅 율려를 건설하여 신령님을 기쁘게 해드릴 것입니다."

"개소리! 신령을 느끼지도 보지도 못하는 놈에게 무슨 국량이 있을 것인가! 이상이라 하였는가? 이상이란 게 인간들이 가진 허영심의 극치라면, 과연 저 양반 놈은 이상을 가진 것도 같다. 낯짝이 허영심으로 붓질이 되어 있구나."

"보다 많은 사람들에게 기여한다면, 세계를 보다 풍요롭게 하는 데 보탬이 된다면, 이상이든 허영심이든 무슨 상관이겠습니까?"

"난 저 돼지 같은 양반 놈을 믿지 않는다. 너, 유연기를 믿을 뿐이다. 내, 너를 믿겠다. 명심하라! 내가 율려의 하늘에서 낮이나 밤이나 네놈들을 주시하고 있다는 것을!"

신령이 사라지자, 신기루가 순식간에 스러졌다. 안온하고 눈부시게 아름다운 바다가 펼쳐졌다.

계속 나아가자, 셀 수 없이 많은 바위섬들이 제각각 변화무쌍한 모습으로 솟아 있었다. 바위섬들은 마치 어떤 세계를 수호하는 수문장 같았다. 먼저 와보았던 자들이 그랬듯, 처음 와보는 자들은 바위섬 하나씩을 손가락질하며 떠들어댔다.

"남정네 거시기하고 똑같구먼!"

"음마나, 황소가 왜 바다 한가운데 떠 있디야."

"영락없이 애기 업고 있는 여편네로구먼."

"나뭇짐 해갖고 내려오는 초동 모습 아닌가베."

바위섬 해역을 벗어나자, 멀리 큰 섬들이 보였다. 섬들에게 다가갈수록 풍경은 장관을 더해갔다. 사내와 계집들은 다투어 탄성을 내질렀다.

"과연 낙원처럼 뵈는구먼!"

"저렇게 경치 좋은 곳에서 살게 되다니 꿈만 같으이!"

"저런 곳을 놔두고 조선에서 쌔빠지게 고생해버렸구먼!"

물론 가장 감격하고 있는 사람은 양반 허생이었다. 지난 오 년 동안의 일들이 빠르게 스쳐 지나갔다. 안성에서 과일 장사로 떼돈을 벌었다. 제주도에서 말총 장사로 또 한 번 어마어마한 금전을 획득했다. 그렇게 번 돈으로 이 세상에 어떻게 기여할 것인가를 궁리하며 전국 팔도를 떠돌았다.

마침내 변산 도적들을 이끌고 바다로 나가 낙원을 건설하자는 뜻을 세웠다. 대사업의 동반자로 도사공 유연기를 점찍었다. 유연기는 결국 모든 것을 함께하기로 약속해주었다.

수어청 무사들, 떠돌이 칼잡이들, 왈짜패와 무뢰배, 포수 등을 모아 변산을 공격했다. 대두령 홍임장과 두령들을 포함한 사천여 명의 변산 도적을 사로잡는 데 성공했다. 우여곡절이 있기는 했지만, 애초 계획대로 거의 피를 흘리지 않았다.

그리고 도적들의 마음을 얻기 위해, 돈 백 냥과 함께 풀어주었다. 절반 이상이 해변으로 돌아왔다. 계집들과 더불어, 가금을 데리고. 그리고 천민들 오백여 명이 부르지 않았는데도 왔다. 거기다 토벌대 노릇을 했던 육백여 명까지! 허생은 무려 육천여 명이나 되는 민중들을 데리고 율려 세계에 들어선 것이다. 허생은 마음속으로 외쳤다.

'이제 비로소 도적들의 낙원 율려가 시작되는 것이다!'

허생이 가지고 있는 지도에 따르면, 율려 제도는 제주도만 한 섬 한 개와, 울릉도만 한 섬 네 개, 그리고 제주도에 붙은 우도만 한 섬 삼십여 개와, 무수히 많은 바위섬으로 이루어져 있다.

허생은 넉 달 전 율려 제도를 탐사했을 때 율 세계의 모든 지형에 이름을 붙여놓은 바 있다. 제주도만 한 섬을 '율律', 율을 둘러싼 네 개의 울릉도만 한 섬에는 지국천도, 증장천도, 광목천도, 다문천도라는 굉장히 난해한 지명을 주었다.

율은 율려 제도의 중심이 되는 섬이니까 충분히 이해할 수 있다. 하지만 나머지 네 개의 이름은 정말 어렵다. 허생의 말에 따르면 불가에서 세계의 중심이라고 말하는 수미산의 제석천帝釋天을 호위하는 사대천황의 이름을 과감히 빌린 것이라고 한다.

제석천은 수미산 꼭대기에 있는 도리천의 임금이란다. 사천왕과 삼십이천을 통솔하면서 불법과 불법에 귀의하는 사람을 보호하고, 아수라의 군대를 정벌하는 게 임무란다. 그 제석천의 동서남북 호위병들이 지국천황(동쪽), 광목천황(서쪽), 증장천황(남쪽), 다문천황(북쪽)이라는 것이다.

그러나 허생의 말을 알아들을 사람이 몇이나 되겠는가?

그래서 무식쟁이들은—나중 일이지만—양반 허생이 지어준 이름은 귓등으로 흘리고, 아주 간단하고도 쉬운 이름으로 불렀다. 동(쪽)섬, 서(쪽)섬, 남(쪽)섬, 북(쪽)섬으로 말이다. '율'만은 외우기도 쉽고 쓰기도 쉬운 이름인 데다, 홍길동의 율도국 전설로 익숙한 낱말이어서 그런지, 그대로 율이라고 불렀다.

대선단은 동섬의, 자연적으로 만들어진 포구에 닿았다. 먼저 선발대 백여 명이 상륙했다. 선발대는 스무 명씩 나뉘어 흩어졌다. 나머지 사람들은 뱃전에 나붙어 동섬의 절경에 흠뻑 취했다. 근 보름 배에서만 갇혀 지냈던 사람들은 어서 저 아름다움 속으로 들어갔으면 하고 안달을 했다.

다음 날 정오께에 돌아온 선발대는, 동섬이 텅 비어 있음을 보고했다. 허생은 율섬의 왜구들이 이동해 왔거나, 혹시 다른 무리들이 들어와 있을까 봐, 미리 살폈던 것이다.

허생은 상륙을 지시했다. 사람들이 드디어 율려 제도의 땅을 밟기 시작했다.

이 상륙 도중에 유서향은 아버지에게 발각되었다. 한순간 아버지 유연기의 얼굴이 분노로 부풀어 올랐다. 한 번도 본 적이 없는 무서운 얼굴이었다. 서향은 머리채 뽑히고 맞아 죽는 거 아닌가 싶었으나, 유연기는 금방 평소의 달관 표정으로 돌아갔다.

그러나 한 마디쯤 안 할 수 없었던지 이렇게 말했다.

"몸가짐을 바로 하여라."

그런데 유서향은 왜 따라왔는가?

그녀는 서書 자와 향香 자를 이름으로 썼다. 서書는 성인의 말씀[曰]을 붓[聿]으로 적은 것, 즉 '글'을 이르는 말이다. 그러니까 이름을 풀이하면 '향기가 나는 글'이 되겠다. 서향은 어렸을 때부터 생각하곤 했다.

'아버지는 나에게 왜 이런 이름을 지어준 것일까? 여자의 몸임에도 불구하고 문장을 떨쳤던 황진이, 신사임당, 허난설헌 등을 닮으라는 것이었을까.'

하여간에 서향은 어렸을 때부터 이야기라면 사족을 못 썼다. 아버지가 바다에서 돌아오면 며칠이고 아버지의 항해담을 들었다. 어머니의 주막에서 일하는, 산전수전 다 겪은 창기들의 눈물 없이는 들을 수 없는 이야기들도 수없이 들었다. 또 안흥포에 사시사철 들끓는 민중들로부터 별의별 이야기를 다 들었다.

서향은 전기수 황다설을 만나기 전까지만 해도, 이야기를 듣고 기억해 두는 것, 공상으로 부풀리는 것 등에만 관심이 있었다. 이야기를 붓으로 종이에 기록하는 것, 글을 쓰는 것에 대해서는 그저 막연한 꿈만 꾸었다. 그런 서향에게 황다설은 글의 세계를 열어주었다.

황다설은 위대한 글쟁이를 꿈꾸었으나 고작 전기수로 굴러먹는 신세가 되었다며 자조하고는 했다. 그러다가 서향을 만난 후, 자기가 못 이룬 꿈을 서향을 통해 이루려는 소망을 갖게 되었다.

황다설은 서향에게 그가 알고 있는 모든 것을 가르쳐주었다. 이야기를 구성하는 법, 갖가지 문체, 이야기의 주제에 대한 신념……. 그리고 또 들려주었다. 위대한 문장가들의 인생과 글 세계, 나날이 발전하고 있는 소설 시장의 최고봉 매설가들의 고군분투.

이야기에 휩싸인 서향은 원대한 목표 두 가지를 설정했다. 역사상 존재가 뚜렷한 글쟁이가 되는 것, 그리고 유일무이한 이야기를 꼭 하나 세상에 남기는 것. 사실 첫 번째 목표는 허무맹랑하고 불가능한 것일 테다. 서향은 여자의 몸인 데다가, 황진이처럼 이름난 기생도 아니고, 허난설헌이나 신사임당처럼 양반 계층의 여자도 아니다.

이름난 매설가들도 잡글을 썼다는 이유만으로 수없는 고초를 겪으니, 감히 이름을 밝히지 못하고, '무명씨'나 기이한 필명으로만 소설을 짓고 있는 세상이다. 미천한 계집이야 오죽하겠는가. 천하제일 글을 썼다 한들 '내가 썼노라!' 하고 이름 석 자를 당당히 밝힐 수는 없을 것이다.

하지만 전대의 그 누구의 것도 모방하지 않은 이야기, 후대의 그 누구도 흉내를 낼 수 없는 이야기, 그래서 유일무이하다고 말할 수밖에 없는 그런 이야기. 그런 이야기를 세상에 남길 기회는 너무도 빨리 왔다.

서향은 처음에 양반 허생과 아버지 유연기가 꿈꾸는 일을 감히 비웃었다. 원, 말 같아야지! 도적들을 먼 바다로 데려가 낙원을 건설하겠다니. 귀신이 자다가 웃을 소리가 아닌가.

그러나 허생과 유연기는 오랜 준비 끝에 변산 도적들을 비교적 평화로운 과정으로 포획하는 데 성공했다. 그리고 마침내 도적들을 데리고 조선을 떠날 날이 다가왔다. 그것만으로 서향은 무척 감동이 되었다. 또한 불현듯 이런 생각이 들었다. 허생과 아버지와 도적들이 율려 제도에 낙원을 이룩하는 이야기, 그런 이야기라면, 현재까지도 없었고 미래에도 없을 유일무이한 이야기라 할 수 있지 않을까.

스승 황다설에게 운을 떼어보았더니 반색을 했다.

"그거 참 기막힌 생각이로구나! 넌 역시 나의 영특한 제자로다! 도적놈들이 낙원을 이룩하든 지옥을 만들든 하여튼 도적놈들 놀아나는 얘기만 쓸 수 있다면 그것처럼 기이한 얘기는 없을 것이구먼!"

한데 황다설은 금세 이맛살을 찌푸렸다.

"허나 네 아비가 너를 데리고 갈까?"

"당연히 안 데려가시겠죠. 금지옥엽처럼 키운 딸을 그처럼 위험한 곳에서 살게 할 아비가 어디 있겠어요? 내가 도적 딸년도 아니고."

그래서 서향은 부모 모두를 속이고 배를 탔다. 허생의 첩 기연의 도움을 받았다. 기연은 친동생처럼 아끼던 서향이 따라간다고 하자, 뒷감당 같은 건 전혀 고려하지 않고 적극 도와주었다. 하여 미래의 이야기꾼 서향은 배에 타고 있었던 것이다.

동섬 해변과 산자락은 오천여 명의 남녀와 일만 이천여 마리의 짐승이 운집하자, 만두 속처럼 터져나갈 듯했다. 허생은 말했다.

"울릉도만 한 네 개의 섬에는 각 오백여 명씩이 살게 된다. 나머지는 율섬에 살게 될 것이다. 하지만 율섬에는 왜구들이 들어앉아 있고, 다른 세 섬은 샅샅이 살피지 못했다. 여기 지국천도에 머물다가 왜구들을 포획한 뒤에 옮기도록 하겠다."

왜구라는 말에 특히 여자들이 놀라서 웅성댔다. 왜구라니, 그 호환 마마보다 무서운 것들이 있단 말인가?

"놀랄 것들 없다. 겨우 백여 명인데 근 반년 동안이나 고립된 채 산짐승이나 잡아먹으며 근근이 목숨이나 부지하고 있는 것들이다. 토벌대가 갔으니 한 닷새면 깨끗이 정리할 수 있을 것이야."

모두가 동섬에 상륙한 것은 아니었다.

토벌대 무리 육백여 명과, 변산 도적들 중에서 뽑은 오백여 명이 탄 배 이십여 척은 율섬을 향해 나아갔다. 넉 달 전에 허생이 이름 붙인 율섬의 '태평포구'에 하나둘씩 닻을 내렸다.

지휘자의 면면은 다음과 같다.

토벌대 출신으로는 수어청 교련관 박이기, 왈짜패와 무뢰배의 우두머리 정석경, 포수 양유호, 왜구 출신 무사 박율.

그리고 변산 도적 출신 중에서는 일당백의 힘을 보여주었던 항우, 검술의 달인 흑사마귀, 백발백중의 박명궁, 표창을 잘 던지고 바둑을 잘 둔다는 표창국수.

변산 도적 출신들은 대두령 홍임장을 원했으나, 허생은 끝내 홍임장을 발탁하지 않았다. 두령들은 홍임장이 가지 않으면 왜구 토벌에 참여하지 않겠다고 버텼다. 하지만 홍임장이 "허생 장군의 뜻에 따르라! 그것이 내 뜻이다!"라고 말하자, 모두들 군소리를 그치고 합류했다.

지휘자들이 각각 백여 명씩 이끌고 상륙을 시작했다.

산언덕에서 지켜보고 있던 왜구 두목 야스하루는 기가 막혔다. 야스하루는 배들이 함부로 율려 제도의 해역을 벗어날 수 없다는 것을 아직도 몰랐다. 그래서 배만 있으면 이 지긋지긋한 섬을 벗어나, 고향 대마도로 돌아갈 수 있을 거라고 믿었다. 간신히 연명하며, 배가 나타나기만을 기다려왔다.

그런데 배가 나타나기는 나타났는데, 한두 척도 아니고 이십여 척이 나타난 것이다. 게다가 칼, 창, 활을 든 놈 천여 명이 떼거지로 상륙하는 게 아닌가. 심지어 총까지 든 놈들도 있었다.

야스하루에게 남은 졸개는 겨우 칠십 명밖에 안 되었다. 사냥하다 죽은 놈, 서로 싸우다 죽은 놈, 병들어 앓다가 죽은 놈, 야스하루가 성질나서 목 벤 놈 등등 해서 대폭 줄어든 것이었다.

"아니 저놈은 내 어미의 사타구니를 핥던 놈이 아닌가?"

야스하루가 박율을 발견하고 놀라서 말했다. 조선 남해안에서 잡아왔던 아이. 어미의 시종으로 붙여주었고, 시종이던 아이는 자라 어미의 호위무사이자 남자가 되었다. 어미가 죽은 뒤 측근 무사로 삼았는데, 그놈이 배신을 했었다. 배를 훔쳐 달아났던 것이다. 그런데 그놈이 돌아온 것이다. 조선의 칼잡이들과 포수들을 데리고.

"정면대결은 불가다. 모두 철수시켜라."

야스하루는 뱃사람들이 멋모르고 상륙할 경우를 대비해 포구 근처에 항시 졸개를 매복시키고 있었던 것이다. 하지만 야스하루의 철수 명령이 졸개들에게 닿기 전에, 이미 사단은 나 있었다.

왜구들은 숨어 있었다기보다는 놀고 있다가 갑자기 배가 나타나고 난데없는 칼잡이들이 쏟아져 나오자 허둥지둥했다. 도망쳐야 될지 싸워야 될지 망설이고 있는데, 소두목 놈이 외쳤다.

"우리는 왜구다. 왜구의 위엄을 지키자!"

그래서 여차하면 튈 생각을 하면서도, 한 번 싸워보겠다고 긴 칼을 곧추세웠던 것이다. 한데 막상 겨뤄보니 조선 놈들이 몇 합 싸워보지도 않고 달아났다. 왜구들은 그러면 그렇지, 희희낙락하며 조선인들을 쫓았다. 한데 사방에서 조선인들이 쏟아져 나오더니 빙 둘러싸는 것이었다.

산언덕에서 바라보고 있던 왜구 두목 야스하루의 눈에는 조선인들의 규모가 한눈에 보였지만, 매복하고 있던 왜구 삼십여 명은 자기들 쪽으로 다가오던 백여 명이 전부인 줄 알았던 것이다.

왜구들은 가운데 동그랗게 뭉쳐, 다가오는 조선인들을 두렵게 쳐다보았다. 수적으로도 워낙에 중과부적이었지만, 왜구들을 특히 두렵게 한 것은 활부대와 포수대였다. 등골에 식은땀이 줄줄 흘렀다. 하지만 왜구들은 병장기를 결코 손에서 놓지 않았다.

박이기가 왜구 출신 무사 박율에게 말했다.

"허생 나리가 저들을 생포하라 하셨다. 항복을 권해라!"

정석경이 발끈하고 나섰다.

"말도 안 되오. 승냥이새끼들을 어찌 살려줄 수 있단 말이오? 모조리 도살하여, 왜구에게 죽어간 백성들의 원한을 손톱만큼이나 씻어줍시다."

"이봐, 자네나 나나 허생 나리에게 돈으로 고용된 처지야. 고용자가 시키는 대로 하면 되는 것이야."

"까짓것 양반 나리한테는 아무렇게나 적당히 보고하면 될 거 아니요? 왜구 놈들이 끝까지 저항해서 죽이지 않을 수 없었다고!"

"당연히 놈들이 저항한다면 죽여야지. 하지만 저항하지 않으면 용서해야 하네. 허생 나리가 누누이 당부했지 않은가."

"거짓 보고를 하면 된다니까 그러시네."

"안 돼. 돈 문제도 있네. 산 왜구 목숨 하나에는 특별수당이 오백 냥이지만, 죽은 왜구는 수당이 한 푼도 없어. 그러니까 무조건 사로잡아야 돼."

"돈은 더 필요 없소! 대관절 허생 나리는 저 개돼지만도 못한 섬 종자들을 왜 살려주겠다는 거요?"

"알 필요 없네. 우리는 그저 고용자의 요구에 따르면 되는 것이야. 허생이 왜구 놈들을 노예로 쓰든, 우리와 똑같은 사람 취급하든, 우리가 상관할 바가 아니란 말일세."

정석경은 박이기와는 말을 해보았자 소용없다고 판단하고서, 다른 사람들에게 소리쳤다.

"특별수당 포기하고 왜구를 죽이는 것에 반대하는 사람 있는가?"

모두들 이구동성으로 외쳤다.

"없소. 왜구는 무조건 죽여야 되오!"

조선인이 병장기를 높이 흔들며 "죽이자, 죽여버리자!" 하고 외쳐대자, 왜구들은 덜덜 떨었다. 박이기가 걱정되어, 박율에게 재촉했다.

"자네는 대체 뭘 하고 있어? 어서 왜구들에게 무기를 버리라고 해! 살고 싶으면!"

하지만 박율은 딴생각을 했다.

'저 왜구들은 나와 원수지간이다. 저놈들이 살아난다면 언제 내 뒤통수를 칠지 모른다.'

"이봐 박율. 갑자기 주둥이가 얼어붙은 게야? 자네와 동고동락했던 놈들이 산적구이가 되는 꼴을 정녕 보고 싶은 게야?"

박이기가 다그쳤지만, 박율의 생각은 정반대로 치달았다.

'그래, 내가 저놈들과 수십 년을 동고동락해온 것은 사실이다. 그러나 저놈들은 영원히 왜구이고, 이제 나는 율려의 일급 무사다. 허생 나리의 호위무사니까. 어쩌면 허생 나리 다음으로 권력을 누리게 될지도 모른다. 그렇게 앞날이 창창한 내가 원수 놈들을 뒤통수에 매달고 살 수는 없지. 저 왜구 놈들을 살려주어 더불어 살게 되면, 석 달이 못 가 나 박율은 살해당할 것이야. 화근은 기회가 왔을 때 뽑아야 하는 법! 죽여야 한다, 죽여야 해!'

다른 조선인들은 박이기에게 '죽이라는 명령'을 재촉하고, 왜구들은 몹시 두려워하면서도 대항의 자세를 풀지 않았다. 그리고 박율은 꿀 먹은 벙어리가 되었는지 입술을 꿈쩍도 하지 않았다.

한데 왜구들이 박율을 알아보았다. 두목 어미의 노리개였다가 뛰어난 검술로 서열이 높이 올랐던 자. 이 섬에 흘러들어왔을 때 한 척 남은 배를 훔쳐 달아난 자. 결정적으로 한 이십여 년을 동고동락했던 자다.

왜구들은 박율이 하늘에서 내려온 구원의 동아줄처럼 보였다. 박율을 향해 다투어 외쳤다.

"우리는 살고 싶어! 과거지사는 잊고 우릴 좀 살려줘! 우리를 살려준다는 약속을 하면 무기를 버리겠다고 말 좀 잘해줘!"

조선인들 중 왜구 말을 알아들을 수 있는 사람은 박율뿐이었다. 모두들 왜구들이 뭐라고 떠드나 궁금해서 박율의 얼굴을 쳐다보았다.

박율이 문득 입을 열더니, 조선인들에게 소리쳤다.

"왜구 놈들이 뭐라고 그런 줄 아시오? 자기들은 왜구이기 때문에 최후까지 싸우겠다오. 썩은 조선무들은 어서 덤비라고, 꽥꽥대는 거라오!"

박율의 말에 조선인들은 폭약 덩어리처럼 달아올랐던 머리꼭지에 불이 붙은 격이 되었다. 누가 명령하지도 않았는데, 포수대의 총구가 불을 뿜었고, 활부대의 시위가 힘껏 당겨졌다. 삽시간에 여남은 명의 왜구가 나뒹굴었다.

조선인은 누가 먼저랄 것 없이 나머지 왜구들에게 달려들었다. 조선 싸움꾼들이 칼질을 멈추자, 해변은 사지가 따로따로 노는 왜구 시체 삼십여 구로 붉었다. 박이기가 노한 목소리로 꾸짖었다.

"자네들 미쳤나? 저것들이 얼마짜리들인데 함부로 죽여! 허생 나리가, 죽은 왜구는 멸치 값도 못 쳐주겠다고 했단 말이다!"

그러자 조선인들은 한 마디씩 씨부렸다.

"거, 너무 딱딱거리지 마슈. 우리는 돈 벌 만큼 벌었수."

"우리는 계속 여기서 살 건데 돈이 무슨 필요가 있어."

"지금은 돈보다 핏줄 감정이 우선할 때란 말이지."

박이기는 자신이 아무런 힘이 없다는 것을 느꼈다. 놈들을 꾸짖어봤자

입만 아프지 않은가.

"이미 엎질러진 물을 왈가불가해보았자 무슨 소용이겠나. 어서 시체나 치우게."

그러자 정석경이 별생각 없이 대답했다.

"거, 여기서 살 놈들한테 치우라고 하슈. 우리는 손에 피 묻히기 싫수."

조선인들은 두 갈래였던 것이다.

변산 도적을 토벌했으며, 왜구마저 토벌하기 위해 다시 율려 제도에 왔고, 왜구 토벌이 끝나면 조선으로 돌아갈 자들, 즉 수어청 무사들, 왈짜패, 무뢰배, 포수 등이 그 한 갈래다.

다른 한 갈래는 변산에서 토벌당했으며, 앞으로 율려 제도에서 살아가게 될 도적 출신들이다.

이 두 갈래는 지금까지 서로 잘 지내왔지만 동등한 관계일 수는 없었다. 변산에서 한쪽은 승리자였고, 다른 한쪽은 패배자였다. 승리자였던 토벌대 출신은 항해하는 동안 패배자인 도적 출신을 경멸하며 짐승 다루듯 했다. 그러니 패배자인 도적 출신 또한 결코 좋은 마음일 수 없었다.

정석경의 말은, 왜구 삼십여 인을 도륙 내느라 잠시 한마음 한뜻이었던 그들을, 다시금 둘로 갈라놓았다. 한데 도적 출신들은 정석경의 말을 듣자, 문득 어떤 깨달음과 의문이 몰려왔다.

'그렇다. 율려 제도의 주인은 우리들이다. 그렇다면 저 무사와 싸움꾼 나부랭이들은 무엇인가?'

도적 출신 중에 가장 연장자 두령이었던 표창국수가 술렁거리는 자들에게 말했다.

"맞는 말이여, 우리가 치우세. 바다에 던져버려! 괴기들이 잘 뜯어먹게!"

도적 출신들은 눈살을 찌푸리며, 사지가 따로따로 노는 왜구의 시체를 바닷물에 돌멩이 던지듯 했다. 독수리처럼 보이는 새 백여 마리가 시체 조각을 떼어 먹겠다고 몰려들어 해변은 더욱 괴기스러워졌다.

이 광경을 산언덕에서 부들부들 떨며 바라보던 야스하루는 말했다.

"내 저놈들을 갈가리 찢어 죽이겠다. 한 놈도 살려두지 않겠어!"

야스하루는 이제 겨우 마흔 명 정도의 부하밖에 안 남았지만, 큰소리를 땅땅 친 것이었다.

"야스하루인지 야스이틀인지 하는 놈이 어디선가 지켜볼 테지?"

해변의 왜구 토벌대도 야스하루의 존재를 잊지 않고 있었다. 하지만 얕잡아보는 마음이 대부분이었다.

박율이 상세히 말해준 바 있어서, 야스하루가 보통 놈이 아니라는 것을 알고 있었다. 하지만 삼십여 인을 도륙했으니, 야스하루에게 남아보았자 얼마의 졸개가 남았겠는가? 아무리 긴장을 하려고 해도 방만해질 수밖에 없는, 너무나도 넉넉한 수적 우위였던 것이다.

박이기는 허생에게 받아온 지도를 지휘자들에게 나누어주고 말했다.

"이것은 이 섬의 지도네. 저 멀리 유구왕국에서 그려지고 조선에는 『홍길동전』 몇 권에만 부록으로 붙어 있는 것이라지. 전기수 황다설이란 놈이 조선 도성을 샅샅이 뒤져 찾아냈다더군. 그것을 여러 장 베낀 것이네. 알다시피 지난번에 왔을 때, 왜구 놈들 때문에 우리가 이 섬을 살피지 못했어. 이 지도에 그려진 것과 실제가 상이할 수도 있다는 말일세. 명심하고 각별히 유의하게."

토벌대 출신이건 도적 출신이건 지도라는 걸 처음 보는 터라 다들 신기한 듯 놀라워했다. 하지만 박이기가 지도 보는 법을 설명해주어도, 제대로 알아들었다는 놈이 없었다.

"백문이 불여일견이네. 백 번 듣는 것보다 한 번 보는 게 나아. 직접 부딪쳐보면 다들 지도 보는 선수가 돼 있을 게야."

이어서 박이기는 네 개의 부대로 나누겠다고 말했다.

"박율과 흑사마귀는 북쪽으로, 양유호와 박명궁은 남쪽으로, 정석경과 표창국수는 동쪽으로 가게. 샅샅이 훑으면서 왜구 놈들을 사로잡게."

왜구에 대한 적개심이 가장 강한 정석경이 토를 달았다.

"이왕 죽인 거 다 죽여야지, 그놈의 사로잡으란 말을 또 하시오?"

"더 이상 죽이면 안 되네. 결단코! 서른 놈 죽인 걸로 충분해. 우리가 왜 이런 데까지 와서 생고생을 하나? 돈을 벌기 위함이야. 왜구 한 놈 사로잡는 데 오백 냥이라는 걸 잊지 말게. 자, 약속들 하게. 꼭 생포하겠다고."

지휘자들은 못마땅하다는 듯 대답을 하지 않았다.

"자네들, 정말로 내 말을 개자지로 취급할 셈인가? 정 그렇다면 돌아가세. 토벌이고 뭐고 다 때려치우잔 말일세!"

그제야 지휘자들은 "알았소!" 하고 고개를 주억거렸다.

정석경이 또 물었다.

"한데 교련관께서는 어느 쪽으로 갈 작정이오?"

"이 사람이 멍청하기는. 나는 의당 이 지점을 유지하고 있어야지. 나는 배를 지키며 이 해변에 머무르겠다. 만약 나머지 왜구 놈들이 똘똘 뭉쳐 대항하거든 맞서 싸우지 말고 연락을 취하게. 수적 우세로 놈들을 한꺼번에 사로잡는 게 상책이야. 내일 날이 밝는 즉시 떠나게들."

이내가 깔리기 시작했다. 조선인들은 파수병을 백여 명이나 세워두고 밥 준비를 했다. 도적 출신이나 토벌대 출신이나 조선에서 풍찬노숙하며 먹고살았던 것은 마찬가지여서 다들 밥 하나는 잘했다.

찬도 풍부했다. 바닷가 출신들이 잠수질, 낚시질 등으로 조개류와 바닷물고기를 건져 올려와 구웠다. 항우 등 특히 사냥질 잘했던 자들이 잠간 새에 산짐승 수십 마리를 잡아와 장작불에 달구었다. 식물에 밝은 자들이 산기슭을 뒤져 먹을 만한 풀까지 구해 오니, 진수성찬이라 할만 했다. 게다가 왜구와의 첫 싸움을 일방적인 도륙으로 장식했으니 잔치 분위기가 아닐 수 없었다.

하지만 토벌대 출신과 도적 출신은 극과 극의 상태였다.

토벌대 출신에게는 술이 있었고, 도적 출신에게는 술이 한 방울도 없었던 것이다. 토벌대 출신도 술이 차고 넘치는 것은 아니었다. 저희들끼리만 서너 잔씩 돌릴 정도였다.

도적 출신들은 술 냄새에 돌아버릴 지경이었다. 모두들 토벌대 출신 쪽을 쳐다보며 군침을 뚝뚝 흘렸다.

"저 새끼들은 한 잔 먹어보라는 소리도 않네."

"술 한 잔만 먹으면 지금 당장 뒈져도 소원이 없겠다."

"변산에서 도적질할 때는 술 하나는 마음껏 먹고 살았는데, 술 먹어본 지가 대체 언제 적인가."

"근데 허생 장군님은 왜 우리한테 술을 금하는 거여?"

"시바랄, 술 처먹으면 도적 근성이 되살아날 거라고 생각하시는 모양이지."

도적 출신들은 언제부턴가 양반 허생을 '장군님'이라 칭하고 있었다. 한데 그 장군님이 그들에게 다른 것들은 다 주었지만 술만은 안 준 것이었다.

허생은 아예 안흥포에서 술을 한 병도 싣고 오지 않았다. 그는 객주 이호영으로 하여금 거의 모든 재화를 장만하도록 지시했지만, 유일하게 금지했던 품목이 있었으니 바로 술이었던 것이다.

그러니까 도적 출신들이 술 구경을 못한 지가, 변산에서 떠난 날부터였으니까, 근 보름째였다. 간만에 술병 구경을 하고 술 냄새를 맡았으니 회가 동할 수밖에 없었다.

하지만 도적 출신들은 지난 보름여 간 술을 잘 참아냈듯, 이번에도 꾹 참아냈다. 자존심 때문에 토벌대 출신에게 술 한 잔 달라는 말을 꺼낼 수 없었던 것이다.

그러나 사람이 다 같지 않아서 자존심 따위를 고려하지 않는 자가 있기 마련이다. 도적 출신 중에 '파리'라는 별명을 가진 자가 한 무리의 토벌대 출신들에게 다가가더니 파리처럼 싹싹 빌며 구걸했다.

"나리님들! 굽어 살피셔서, 이놈한티 술 한 모금만 줍슈."

그 토벌대 출신 놈들은 저자에서 무뢰배로 뭉쳐 다니던 녀석들이었다. 그중에서도 불량기가 농후한 녀석이 능글거리며 말했다.

"세상에 공짜는 없어!"

"그야, 그렇습죠."

"우리가 이 술을 마련하느라고 얼마나 고생한 줄 아느냐? 허생 나리가 술이라면 지랄, 지랄 해대셔서 말이지, 우리가 술을 몰래 사서 배에 싣느라고 생똥이 빠질 뻔했다. 그런데 이 피 같은 술을 달라고? 우리가 술을 주면 너는 우리에게 뭘 주겠느냐?"

"달라시는 거 다 드리겠습다. 허지만서두 지가 가진 게 달랑 불알 두 쪽밖에 읎어서……."

무뢰배 놈이 냉큼 말을 챘다.

"그거 좋구나. 네 불알 두 쪽을 다오."

파리는 겁에 질려 사타구니를 움켜잡았다.

"목숨을 내놓을지언정 불알은 못 내놓슴다. 새색시가 애타게 기다리구 있슈."

무뢰배 놈은 벌떡 일어서더니 파리의 목덜미를 움켜쥐고는, 제 손가락을 파리의 입에 쑤셔 넣었다. 파리의 입이 쩍 벌어지자, 들고 있던 술잔을 들이부었다. 꿀 같은 술이 파리의 목구멍으로 흘러들어갔다.

무뢰배가 파리 놈을 놓아주자, 파리 놈은 한 잔 술에 뽕 가서 헬렐레했다.

"자, 술을 주었으니 이제 술값을 받아야겠지. 동무들, 저놈을 눕히게!"

파리 놈은 놀랄 새도 없이 무뢰배 패거리에게 사지가 붙들려 땅바닥에 눕혀졌다. 무뢰배 놈이 파리의 바짓가랑이를 훌떡 내려버리자, 동그랗게 오그라든 불알 두 쪽이 보였다. 무뢰배 놈이 단도를 휘두르자, 파리의 불알 한쪽이 뚝 떨어졌다.

"이놈아, 애새끼 까라고 한쪽은 남겨준 거야!"

무뢰배 놈은 그 불알 한쪽을 집어 꿀꺽 삼키더니 술 한 잔을 들이키고는 좋다고 웃어댔다. 파리는 데굴데굴 구르며 통곡했다. 아픔보다는 불알 한쪽을 잃었다는 것이 더 슬픈 듯했다.

이 광경을 지켜본 도적 출신들이 우, 일어났다. 심상치 않은 기세에, 토벌대 출신들도 병장기를 잡았다. 일촉즉발의 위기 순간에, 박이기가 외쳤다.

"저 사람들은 입이 아닌가. 저들에게도 한 잔씩 돌려."

동료애로 분연히 끓었던 도적 출신의 마음은 술이란 유혹에 조금 식었다. 대개의 토벌대 출신도 저 무뢰배 놈이 조금 심했다고 생각하고 있었다. 바삐 도적 출신에게 술잔을 내밀었다. 도적들은 술의 냄새에 취하여,

끓었던 마음이 좀 더 식었다.

술이 도적 출신들의 목구멍으로 넘어갔다. 그러자 도적 출신 대부분이 파리 녀석의 봉변을, 변산 도적 출신의 전체적 사건이 아니라, 파리 녀석의 개인적인 사건으로 치부해버렸다.

"안에서 새는 바가지 밖에서 안 새겠는가. 변산에서도 어리석은 짓만 해대어 동료들의 손가락질을 받았던 파리 놈! 낙원에 왔다고 그 성격, 그 버릇 어디 가겠는가. 어리석은 짓 하다가 불알 발린 거야. 누가 술 한 잔에 달라는 것 다 준다는 약속을 하라고 했는가. 아무리 술이 마시고 싶어도 말조심을 해야지."

하지만 파리 녀석의 갑작스러운 봉변을 도저히 참아낼 수 없는 도적 출신도 있었다.

항우가 그러했다. 항우는 멀리서 파수 보고 있었던지라 파리 녀석이 불알 한쪽 잃은 사단을 뒤늦게 알았다.

"나와라! 어떤 개자식 놈이 우리 동무의 거시기를 베었느냐?"

열혈남아 항우가 파리 녀석의 불알을 먹어치운 무뢰배 놈을 찾아 헤매는 서슬이 시퍼렜다. 도적 출신들이 손가락으로 누군가를 슬쩍 가리키고, 토벌대 출신들은 아무것도 모르는 척 딴전을 피웠다. 결국 그 무뢰배 놈은 항우에게 딱 걸렸다.

무뢰배 놈은 변산 토벌 때 항우의 무지막지한 힘을 목격한 바 있었다. 감히 대응할 염을 못 내고 털썩 무릎 꿇더니 싹싹 빌었다.

"항우장사님, 살려주시오. 내가 장난이 지나쳤소."

"세상에 남의 불알을 가지고 장난을 하는 놈이 어디 있느냐? 너 같은 놈은 살려둘 수가 없다."

"제발 살려주십시오."

"살려는 주겠다만 네놈도 불알을 떼어버리겠다."

항우가 무뢰배 놈의 사타구니께를 움켜잡고는 용을 썼다. 불알이 떨어지지는 않았지만 완전히 으깨졌다. 무뢰배 놈은 외마디 비명을 지르더니 혼절해버렸다. 항우는 무뢰배 놈을 팽개치고는 포효했다.

"토벌대 출신 놈들은 똑똑히 들어라. 우리 도적 출신을 사사로이 건드리는 놈은 이 항우가 절대 용서치 않겠다."

도적 출신들은 신이 나서 어깨춤이 절로 나왔고, 토벌대 출신들은 허옇게 질려서 숨소리도 제대로 못 냈다.

딱 한 사람 항우를 두려워하지 않는 자가 있었으니 포수 양유호다. 그에게는 총이 있었다. 그는 총을 들고 있는 한 그 누구도 두렵지 않았다. 양유호는 항우를 겨누고 있던 총의 심지에 부싯돌을 쳤다.

총소리가 났고, 항우가 땅바닥에 엎어졌다. 양유호가 껄껄 웃으며 소리쳤다.

"한 방거리밖에 안 되는 놈이 그토록 설쳐댔구나. 내가 변산에서부터 네놈을 벼르고 있었다. 어린놈이 힘만 믿고 싸가지가 바가지 아니더냐? 도적 출신 놈들아, 앞으로 또 까부는 놈이 있으면 저놈처럼 한순간에 시체가 될 터이다!"

토벌대 출신들은 환호성을 터뜨리며 기뻐했고, 도적 출신들은 크게 놀라고 낙담하여 어쩔 바를 몰랐다.

표창국수가 손목을 들어 올리는데 박명궁이 얼른 말렸다.

"놓으랑께. 저 포수새끼 마빡에 구멍을 내줄 테니께."

"그러면 우리 도적 출신들은 다 죽어. 참아, 우선 참아!"

"우리 눈앞에서 항우를 죽인 놈을 그냥 놔두잔 말여?"

"항우는 쉽게 죽을 사람이 아니야. 저것 보라고!"

항우가 엄장한 몸뚱이를 땅바닥에서 서서히 일으켜 세우고 있었다.

분위기가 역전되었다. 항우가 똑바로 서자 도적 출신들은 환호성을 지르며 날뛰었다. 반면에 토벌대 출신들은 무덤에서 귀신이 솟아오르는 걸 목격한 양 얼어붙었다. 특히 양유호가 가장 놀랄 수밖에 없었다.

항우는 양유호를 향하여 달려갔다. 양유호는 뒷걸음질 치며 화승총에 탄약을 재었다. 부싯돌을 당기는 순간 항우가 솟아올랐다. 총알은 허공을 갈랐다. 다시 탄약을 재서 또 한 번 총을 들었으나 이미, 바로 앞에 항우가 떡 버티고 서 있었다.

항우는 화승총을 휙 빼앗아 들고 외쳤다.

"이놈아, 이 삭정이 같은 걸로 얼마나 많은 살생을 저질렀느냐!"

항우가 와락 힘을 주자 화승총이 삭정이처럼 뚝 부러졌다.

"이번엔 네 대갈통을 바숴주겠다!"

항우가 주먹으로 양유호의 머리를 내려치려는데, 박이기가 호통쳤다.

"그쯤 해두어라! 포수에게 총은 목숨과도 같은 것! 이미 목숨을 잃은 것이나 마찬가지니, 항우는 양 포수를 용서해. ……대체 지금 무엇들 하는 건가. 왜구를 토벌하러 와서, 우리끼리 이 무슨 푸닥거리인가. 토벌대 출신은 어차피 조선으로 돌아갈 사람들이고, 도적 출신은 여기서 죽 살 사람들이야. 넉넉잡고 열흘 후면 영영 헤어질 것이다. 그때까지만 서로 간에 꾹 참아!"

이러구러 소요가 정리되었다. 비교적 쉽사리 소요가 진정된 것은, 까딱 잘못하면 토벌대 출신과 도적 출신이 전면전을 벌여 거의 다 죽고, 남은 자들은 왜구의 밥이 될 수도 있다는 것을 본능적으로 느끼고 있었기 때문이다.

안타깝게 된 것은, 불알을 잃은 파리와 무뢰배 놈, 그리고 제 분신과도 같은 총 하나를 잃은 양유호였다. 이 세 사람은 밤새 울었다.

　사월이다. 조선땅이라면 숲에서 잤다가는 아직 추워 얼어 죽지는 않더라도 큰 고뿔을 각오해야 할 것이다. 그러나 여기는 사시사철 조선의 초여름 날씨 같아, 어느 때건 숲에서 한뎃잠 자기에 불편함이 없었다. 그리고 이파리가 무진장 큰 나무가 흔했다. 풀을 베어 깔고 그 큰 이파리를 덮고 나니 부족함이 없는 잠자리였다.

　밤이 후닥닥 지나가고 미명 때였다. 파수 보던 조선인들은 꾸벅꾸벅 졸고 있었다. 슬금슬금 다가온 왜구들이 파수병들을 일제히 공격했다. 순식간에 조선인 오십여 인이 저승객이 되었다. 죽어가면서 살아 있는 자를 위해 비명을 질러준 이가 더러 있었기에, 그나마 다행이었다.

　왜구들은 잠이 덜 깬 조선인을 향하여 야멸치게 긴 칼을 휘둘러댔다. 여기저기서 잠 덜 깬 조선인이 피를 뿜으며 고꾸라졌다. 조선인들이 정신을 차렸을 땐 왜구가 감쪽같이 물러간 뒤였다. 왜구 시체는 단 한 구도 보이지 않는데, 조선인 시체는 칠십여 구나 나뒹굴고 있었다.

　조선인의 아침은 초상집 같았다. 침통한 표정으로 무덤을 팠다. 어제까지 동무였던 이들을 땅속에 뉘고 흙을 덮었다.

　동무를 매장한 조선인은 왜구에 대한 적개심으로 가슴이 터질 듯했다. 특히 토벌대 출신의 분노가 훨씬 더 컸다. 파수 보던 이들이 대부분 토벌대 출신이었기 때문이다.

　토벌대 출신은 도적 출신에게 파수를 세웠다가 무슨 봉변을 당할는지 모른다는 생각에 파수를 도맡았던 것인데, 논외로 치고 있던 왜구에게 참변을 당한 것이었다.

왜구의 기습에 놀란 지휘자 몇몇이 무리를 나누는 것에 이의를 제기했다.

"흩어지면 죽고 뭉치면 산다고 하였소!"

하지만 박이기는 생각을 바꾸려 하지 않았다.

"우리는 많고 왜구는 적다. 왜구는 감히 정면대결을 생각할 수 없다는 얘기다. 앞으로도 왜구는 철저히 모습을 감추고 있다가 기습으로만 일관할 것이다. 이럴 땐 뭉쳐 있는 게 오히려 화가 된다. 흩어져 빠르게 이동하며 왜구 놈들을 토끼 사냥하듯 잡아내는 게 상책이다."

결국 박이기의 처음 계획대로 무리를 넷으로 나누어 섬을 샅샅이 뒤지기로 했다. 박이기와 항우는 현재 지점에 머물렀다. 박율과 흑사마귀의 무리는 북쪽의 높은 산을 바라보고 나아갔다. 양유호와 박명궁의 무리는 해변을 따라 남쪽으로, 정석경과 표창국수의 무리는 솔숲 오솔길로 들어가 동쪽으로 향했다.

초병에게 조선인들의 움직임을 보고받은 왜구 두목 야스하루는 회심의 미소를 지었다. 그는 한 번 기습으로 큰 승리를 거두기는 했으나, 모든 조선인을 죽여 없애는 것은 불가능하다고 생각하고 있었다. 그런데 조선인들이 스스로 흩어져주는 것이었다.

다른 초병이 숨넘어가게 뛰어와 조선인 한 무리가 근접했음을 알렸다. 야스하루가 수신호하자, 왜구들이 바위틈으로 스며들듯 했다. 야스하루도 서서히 모습을 감추었다.

조선인들은 이 섬에 수많은 바위 동굴이 패여 있다는 것을 알 턱이 없었다. 알았다고 해도 왜구가 대여섯 명씩 숨어 있는 동굴들을 찾아내기란 불가능했을 것이다. 설령 찾아낸다 해도 동굴은 끝 모르게 펼쳐져 있었다. 그 동굴 속으로 왜구들을 쫓아갔다가는, 잡기는커녕 오히려 동굴에 아주 익숙해진 왜구에게 되잡혀 죽기 십상일 터였다.

차라리 다행이랄까, 정석경과 표창국수의 무리는 왜구들이 숨어 있는 동굴 지대를 눈뜬장님처럼 지나쳐 갔다.

정석경과 표창국수의 무리는 다음 날 정오, 성벽을 발견했다. 조금만 손보면 당장 옛 모습을 찾을 듯 건재한 성벽이었다. 곧 성문이 있었던 자리로 짐작되는 곳을 찾아냈고, 그곳을 통해 성벽 안쪽으로 들어갔다.

얼마 못 가 조선인들은 입을 크게 벌렸다. 수백 년 전에 큰 고을이 있었을 것으로 짐작되는 드넓은 터와 흔적이 한눈에 들어왔기 때문이다.

"허생 나리의 말이 허랑방탕한 소리가 아니었구먼. 참말로 뭔가가 있긴 있었어."

"그럼 여그가 바로 홍길동 장군이 세운 나라, 율도국의 도성 자리란 거잖수!"

"그 율도국은 아니더라도 하여튼 조그만 섬나라 도성 자리로는 충분히 넓은 것 같구먼."

한편 야스하루 일당은 포구를 노리고 있었다. 다른 조선인 패거리를 기습할 수도 있었지만, 이제 조선인들도 매우 긴장하고 있는 만큼, 어느 정도의 피해를 감수해야만 할 것이었다. 겨우 마흔 명밖에 안 남은 상황에서 약간의 피해도 치명적일 수밖에 없었다. 때문에 야스하루 일당은 전투력을 집중해서 조선인 네 패거리 중 한 패거리만 공격하기로 한 거였다.

의당 공격 대상은 포구를 지키고 있는 패거리였다. 포구의 조선인을 참살한 뒤에 배를 타고 이 지긋지긋한 섬을 떠날 생각이었던 것이다.

야스하루 일당은 이 섬에 갇혀 있었던 덕분에 본의 아니게 이 섬을 구석구석 탐험했다. 그 결과 보통 걸음으로 걷는다면, 이 섬을 최대한 먼 길로 오고가는 데에 나흘 정도밖에 안 걸린다는 것을 알고 있었다. 걸음 빠른 자가 달린다면 이틀에도 오갈 수 있는 거리였다.

하지만 조선인 패거리들은 길도 잘 모르는 상태에서 조심조심하면서, 여기저기 다 살피면서 가고 있으니, 틀림없이 나흘 이상 걸릴 터였다. 닷새나 엿새 이상이 걸릴지도 모른다. 하지만 세 패거리 중 어느 한 패거리가 재빠르게 귀환할 수도 있었다.

때문에 야스하루는 조선인들이 흩어진 후 나흘째 날을 총공격 시점으로 잡고 있었다. 다른 패거리들이 귀환하기 여의치 않을 때고, 포구의 조선인 패거리의 긴장이 풀어져버릴 즈음이라고 판단한 것이다.

야스하루 일당은 끈질기게 참았다. 이쪽 지대에는 자연 동굴이 없었다. 하지만 야스하루 일당은 이런 날이 올 줄 알고 토굴을 파놓았다. 그 토굴에 들어앉아 배고픔을 참고 말을 참고 본능을 참았다. 고향 대마도로 돌아가 아내와 자식을 부둥켜안을 꿈을 떠올리며 참고 또 참았다.

포구의 조선인은 왜구들이 숨은 토굴 근방을 수없이 왔다 갔다 했지만 낌새조차 채지 못했다. 과연 사흘째쯤 되자 포구의 조선인은 방만해졌다. 이틀 동안 사방을 이 잡듯이 뒤졌지만 아무것도 발견하지 못했고, 왜구의 책동은 전혀 없었다. 주위가 완전히 안전하다고 확신했다.

항우마저도 박이기가 가르쳐주는 글자에 맛을 들여 왜구 따위는 까맣게 잊어버렸다. 박이기는 야망이 있는 사나이였다. 포도대장이 그의 꿈이었다. 요새는 돈이 말을 하는 세상이다. 포도대장이 되기 위해서는 돈이 필요했다.

그 돈을 위해서 박이기는 양반 허생이 시키는 대로 다 해왔다. 변산을 토벌하는 데 앞장섰고, 다시 율려 제도까지 따라왔다. 이제 왜구 토벌만 끝나면 그는 엄청난 돈을 안고 조선으로 돌아가게 된다. 돌아갈 때 항우를 꼭 데려갈 생각이었다. 이만한 호위병을 어디서 구할 수 있으랴. 천하장사 항우만 곁에 있다면 그 무엇도 두렵지 않을 것이었다.

해서 항우를 꼬여보려고 술도 권해보고 돈도 줘보았다. 하지만 항우는 그런 것에 콧방귀도 뀌지 않았다. 한데 박이기가 하도 무료해서 무심코 칼자루로 땅바닥에 글자 하나를 썼다. 그러자 항우가 '그거 하늘 천 자 아니요?' 하면서 반색을 하는 거였다.

"네놈이 하늘 천 자를 다 알아?"

"어느 땡중한테 한 백 글자 배웠소."

"그럼 천자문이 아니라 백자문을 배운 게로구나."

"원래 약속은 천자 다 가르쳐주는 거였는데 그 땡중이 워낙 바둑을 좋아해서. 표창국수 성님하고 만날 바둑 두느라고 나 가르쳐주는 거 팽개 쳤지 뭐."

"내가 가르쳐줄 테니 배워볼 테냐?"

"정말이슈? 꼭 가르쳐주슈."

그래서 박이기는 항우에게 천자문을 가르쳐주게 되었는데, 항우가 보통 열성이 아니었다. 아무튼 술도 싫다 하고, 돈도 싫다 하는 놈을 어처구니없게도 천자문으로 꼬인 거였다. 항우가 글자 배운답시고 군기를 잡지 않자, 도적 출신의 방만은 도를 더했다. 토벌대 출신 역시 저희들끼리 엉망진창이었다.

나흘째 되는 날 밤, 왜구들이 땅속에서 조용히 솟아나듯 했다. 사십 대 이백의 싸움이 아니라, 사십의 이백에 대한 일방적인 살육이었다. 종일 놀다가 지친 조선인들은 파수병도 없이 잠들어 있었다. 왜구들은 그 조선인의 배를 찍었고, 목을 베었다. 동무들의 비명소리에 깨어난 조선인은 병장기를 잡았지만, 제대로 휘둘러보지도 못하고 비명을 토했다.

그 시간에도 항우는 배에서 촛불을 켜놓고 글공부를 하고 있었다. 곁에는 박이기가 아주 지겨운 얼굴을 하고 있었다. 갑자기 박이기가 벌떡 일어서더니 "칼 소리다!" 했다. 박이기가 뱃전으로 나가보니 포구 진지에서 비명소리가 들리고 칼 부딪치는 소리가 들리고 무슨 사단이 난 게 틀림없었다. 급히 항우를 불러 배에서 내렸다.

항우와 박이기가 포구 진지에 닿았을 때에는, 왜구는 단 한 명도 안 죽고, 조선인만 이백여 명이 죽은 어처구니없는 싸움이 끝나 있는 상태였다. 야스하루가 피 묻은 칼로 항우와 박이기를 가리키며 말했다.

"저기 두 놈 남았구나! 마저 죽여라!"

왜말을 전혀 모른다고 항우와 박이기가 걱정할 필요는 조금도 없었다. 왜구들이 의기양양해서 우우 몰려드는 것이었다.

박이기의 칼이 뽑아졌는가 싶더니 왜구 둘이 한꺼번에 두 동강 나버렸다. 또한 항우에게 대들었던 왜구 하나가 붕 날아가더니 제 동무와 박치기를 해 두 놈 머리통이 수박처럼 터져버렸다. 박이기의 칼질에 왜구 셋의 목숨이 또 속절없이 끊어졌다. 항우가 진지에 세웠던 나무기둥을 휘둘러대자 예닐곱 명이 돌멩이처럼 날아갔다.

"모두들 물러서라. 내가 상대하겠다!"

야스하루가 부하의 목숨 하나라도 아껴보겠다고 다급히 소리쳤다. 야스하루는 박이기를 상대하려다가, 항우가 부하들을 쫓아다니자 방향을 바꾸었다.

"이 뚱뚱 돼지야. 나하고 붙자!"

"뭐라노, 이 왜구새끼가!"

항우가 야스하루를 향해 내리친 나무기둥이 여러 토막 나더니 좍 흩어졌다. 항우는 얼떨떨해졌고, 야스하루는 돼지의 마지막 멱통을 따겠다고 칼을 그었는데, 박이기의 칼날이 아주 가까이 다가왔다. 가까스로 피하느라 다 잡은 돼지를 일단 살려줄 수밖에 없었다.

야스하루와 박이기는 마주 보고 자세를 갖추었다. 이윽고 두 사람의 칼은 격렬하게 만나서 불꽃을 튕겼다. 열 합을 겨루자 박이기는 힘이 부쳤다. 한순간 박이기의 칼이 공중으로 날아가버렸다. 꼼짝없이 죽었구나! 등줄기에 소름이 쫙 끼치는 순간, 몸뚱이가 뒤쪽으로 끌려갔다.

항우가 박이기를 구한 것이었다. 항우는 박이기를 안고 죽어라 달아났다. 중얼거리면서.

"내가 싸움판에서 뒈지면 뒈졌지 도망치는 놈이 아닌데 지금 도망치고 있수. 변산에서 쪽 팔리게 항복까지 하더니, 이제는 도망까지 친단 말이우."

두 조선인을 쫓으려는 부하들을, 야스하루가 말렸다.

"너희들 상대가 아니다. 어리석게 쫓지 마라. 어서, 배를 타고 떠나자."

왜구들은 가장 큰 배를 골라 타고는 닻을 올렸다.

시체 밭으로 변한 백사장에서 항우는 통곡했다.

"동무들아, 이게 어인 일이란 말이냐!"

그러나 박이기는 슬프지 않았다. 토벌대 출신의 숫자가 줄어든 만큼, 제 몫이 커진다는 생각이 들었기 때문이다. 돈 앞에서는 인간 본연의 측은지심이 부질없어질 때도 많은 것이다.

야스하루 일당은 아침 무렵에 동섬을 지나게 되었다. 동섬의 천혜 포

구에 팔십여 척의 조선배가 떠 있는 것을 보고 모두 벌벌 떨었다. 다행히 조선배들에서는 아무런 반응이 없었다.

이후 왜구들은 사흘 밤과 낮을 쉬지 않고 달렸다. 한데 이상해도 많이 이상했다. 벌써 큰 바다로 나갔어야 마땅한데, 여전히 수많은 바위섬이 보였고, 멀리 지나온 섬들의 자취 또한 사라질 줄 몰랐다.

이곳 제도가 이토록이나 끝없고 거대했던가? 야스하루가 갸웃대고 있는데 졸개 하나가 숨이 끊어질 듯 놀라서 소리쳤다.

"저 섬은 우리가 떠났던 바로 그 섬이 아닙니까?"

과연 그랬다. 사흘 전 탈출했던 바로 그 섬이었다.

그 섬의 태평포구에 떠 있던 이십여 척의 조선배들이 움직이기 시작했다. 왜구들이 돌아오기를 기다리기라도 했다는 듯이.

왜구들은 사력을 다해 노 저어 달아나기 시작했다. 한데 이게 웬일인가. 앞에서도 조선배 수십 척이 나타나 가로막는 게 아닌가.

왜구들은 다시금 방향을 돌려 남쪽으로 달렸다. 그러나 남쪽에서도 수십 척의 조선배가 모습을 드러냈다. 왜구들은 삼면으로 포위되었음을 깨달을 수밖에 없었다.

왜구들은 남은 한 방향으로 죽어라고 내달리니, 그곳은 동쪽섬 포구였고, 더욱 많은 조선배가 정박해 있었다.

조선배들은 왜구들의 배 한 척을 울타리 두르듯 포위하고서는 가만히 있었다.

조선배 한 척이 조용히 다가왔다. 그 배에는 낯익은 얼굴 하나가 보였는데, 한때 동고동락했던 박율이었다.

양반 허생은 박율에게 왜구들을 회유하라고 명령했다. 그러나 박율은 왜구들을 살리고 싶은 마음이 손톱만큼도 없었다. 때문에 회유 대신 조롱을 했다.

"너희 조상들은 싸움에 지면 할복으로 자신의 명예를 소중히 했다. 한데 너희들은 부끄럽게도 살 생각들을 하는 모양이구나. 목숨을 구걸할 작정인가? 조선인은 너희를 사로잡아 개돼지처럼 부리려 하고 있다. 살아서 개돼지가 되겠는가? 죽어서 왜구의 자존심을 지키겠는가? 야스하루 네 이놈, 어서 빨리 뒈지지 못할까?"

야스하루는 태어나서 가장 큰 치욕을 맛보았다. 하지만 문득 살고 싶었다. 할복할 작정이었는데, 박율의 말을 듣는 순간 이대로 죽을 수 없다는 각오가 생겼다.

'네 이놈, 네놈의 간을 내어 우적우적 씹기 전에는 죽지 않을 것이다!'

야스하루는 눈치 챘던 것이다. 박율을 비롯한 대부분의 조선인은 자신들을 죽이고 싶어하나, 조선인의 우두머리는 자신들을 살리려 한다는 것을.

야스하루는 졸개들에게 명령했다.

"죽고 싶은 자는 죽어도 좋다. 바다로 뛰어들어도 좋고, 배를 갈라도 좋다. 나는 그 죽음을 소중히 기억할 것이다. 하지만 목숨이 아깝거든 나처럼 하여라."

야스하루는 평생 목숨처럼 아껴온 칼을 바다에 던졌다. 그리고 웃통을 벗어버리고는 무릎을 꿇었다.

나머지 왜구들 중 셋을 제외하고는 두목처럼 하였다. 셋 중의 하나가 말했다.

"장군, 우리는 치욕을 감당하며 살아갈 자신이 없습니다. 저희들 먼저 가겠습니다."

"그동안 고생 많았다. 내 너희들의 원수를 갚은 뒤에, 너희들을 위한 절개비를 이 섬에 세울 것이니라. 부디 잘 가거라. 먼저 가서 내가 보내주는 조선 놈들을 기다려라. 그들에게 복수하라.”

왜구 셋은 야스하루에게 큰절을 올리더니, 칼을 제 배에 쑤셔 박고는, 고통스럽게 죽어갔다.

그와 같이 야스하루 왜구 일당은 순순히 항복했다.

허생이 왜구를 살려줄 생각이 확고부동한 것을 안 조선인은 내남없이 분노했다.

허생은 조선인을 진정시키기 위해 말했다.

“율 제국에서 더 이상의 살육은 없어야 하느니라. 너희들이 저 왜구 삼십여 인의 목숨을 앗는다고 해서 그 원한이 다 풀리겠느냐? 개돼지보다 못한 왜구들로 하여금 사람이 사람답게 산다는 것이 무엇인지 깨닫게 해줘야 한다. 저들을 살려 저들이 참인간으로 변화하도록 돕는 것이 진정한 복수이니라.”

조선인들은 뜬구름을 잡는 허생의 말을 이해할 수 없었다. 이해하고 싶지도 않았다. 계속해서 왜구를 죽이게 해달라고 왜자겼다.

“네 이놈들. 내 말이 말 같지 않느냐! 나는 결코 저들을 죽이지 않을 것이다!”

허생도 완강했다. 그때 누군가 불쑥 말했다.

“그럼 불알이라도 까게 해주쇼!”

그 말이 다른 조선인들에게도 솔깃했던 모양이다. 모두 불알을 까게 해달라고 소리쳤다.

허생은 내심 불상놈들의 왜구에 대한 적개심에 놀라고 있었다. 왜구를 살리려 하다가 지도자로서의 위신만 실추되겠구나 하고 난감했다. 때문에 불상놈이 타협책을 내놓자, 기꺼이 허락할 수밖에 없었다.

결국 왜구들은 불알은 발렸지만 목숨은 건졌다. 사내의 불알을 까는 것은, 그 사내의 목숨을 빼앗는 것과 진배없다는 게 불상놈들의 생각이었다. 불상놈들은 왜구의 불알을 발라내고, 그들의 목숨을 앗은 것과 다름없다는 위안을 얻었다.

이후로 허생은 왜구를 서너 명씩 각 지역에 골고루 나누어주게 된다. 살게 한 것이 아니라 나누어준 것이다. 그 지역의 공동노예로! 그러니까 이후로 모든 사람이 평등한 율려낙원국이라고 말할 때, 그 모든 사람에 왜구는 포함되지 않았던 것이다.

왜구는 사람이 아니었다!

하여간에 이때에 토벌대 출신, 도적 출신, 왜구 등 많은 이가 죽었다. 그럼에도 불구하고, 개돼지 취급받는 노예일지언정 목숨을 구한 그 불알 발린 왜구들 때문에, 조선인은 '죽은 놈만 억울하다'는 말을 하게 되었다.

2

여기가
무릉도원이다

분주한 노동의 나날이 빠르게 흘러, 어느새 음력 팔월 십오일, 한가위가 되었다. 율려 백성 오천 오백여 명은 율섬 도성에 집결했다. 허생이 단에 올라 말했다.

"율려의 백성이여, 이제 우리나라를 하늘에 고하자. 우리가 이룩한 나라는 모든 인민이 평등하고 자유로운 땅이다. 보라! 굶주리는 자가 있는가? 모두 배가 볼록 나왔으며 낯에 윤기가 돌지 않는가? 사농공상 같은 신분차별이 있는가? 남녀 불평등이 있는가? 이 땅에 그 어떤 악함과 불행이 있는가? 오로지 선함과 행복이 있을 뿐이다.

이곳은 무릉도원과 다름없다! 태평천국이다! 낙원이다! 옛날 옛적에 이 율려 제도에 먼저 와 율도국을 이룬 홍길동과 그의 신민들이 있었다. 전설 속에 묻힌 홍길동의 나라를 우리가 되살렸다. 더욱 조화롭게 만들었다. 율도국은 낙원으로 재건되었다. 우리는 우리의 나라를 율려낙원국이라 부르자! 율려낙원국을 세세손손 이어나가자!"

허생은 열광적인 자화자찬 뒤에 '율려낙원국'을 선포했다. 허생 앞에 운집한 사람들은 더 이상 조선인이라고 불려서는 안 될 것이다. 이제 그들은 '율려인'이라고 불려야 한다. 율려인은 감격에 찬 얼굴로, 두 팔을 높이 들어 올리며 소리쳐댔다.

"율려낙원국 만세, 만만세!"

"허생 장군 만만세!"

"무릉도원, 태평천국, 율려 만만세!"

허생과 율려인은 율려 제도에 상륙한 지 넉 달 만에, 감히 태평천국을 자신하고 있는 것이다. 옛날 제주도에 '탐라국'이라는 나라가 있었다니, 제주도보다 훨씬 넓은 율려 제도에 나라를 세운다고 해도 크게 비웃을 일은 아닐 것이다.

하지만 역사상 감히 태평천국이라 자신할 만한 나라는 거의 없었다. 중국의 까마득한 상고시대에 요임금과 순임금이 다스렸다는 요순시대 정도가, 역사에 기록된 태평천국일 것이다. 거의 믿을 수 없는 황당무계한 기록이기는 하지만 말이다.

하여간 율려인은 상륙 후 불과 넉 달 만에 감히 그 불가능한 태평천국을 자신들이 만들어냈다고 큰소리를 치고 있는 것이다. 그렇다면 율려인은 어떻게 태평천국을 이루었는가?

아무리 작은 땅이라도 통치하려면 정부가 필요하다. 허생이 조직한 정부는, 조선의 지방관아 조직인 육방, 조선 농촌에서 공동작업을 위해 부락 단위로 구성된 조직인 두레, 이 두 가지를 모방하고 결합한 것이었다.

도적 출신들은 허생을 '장군'이라 불렀다. 돈으로 수어청 무사와 싸움꾼을 사서 자기들을 토벌한 사람이니 장군이 아니고 무엇이겠는가? 이러자 토벌대 출신, 천민들뿐만 아니라 유연기까지도 감염되다시피 해서 '장군'이라는 호칭을 사용하게 되었다.

허생 자신도 '선비님'이나 '나리님'보다는 '장군'이라는 호칭을 마음에 들어했다. 간혹 '임금님'이니 '대왕 마마'라고 부르는 이도 있었는데, 허생은 이 말에는 펄펄 뛰었다.

자연스럽게 허생의 호칭은 '장군'으로 굳어졌고, 허생이 조직한 정부는 '장군부'가 되었다. 또 허생과 장군부가 자리 잡은 율섬 도성은, '장군성'이라고도 불렀다.

허생의 장군부는 단 일곱 명으로 구성된 간소한 조직이었다. 허생 외에, 나머지 여섯 사람은 '방'이었다. 이방은 유연기, 호방은 이호영, 예방은 박명궁, 병방은 박율, 형방은 흑사마귀, 공방은 월화였다.

이방 유연기의 소임은 각 지역행정부라고 할 수 있는 두레 조직을 관리하는 것이었다.

유연기는 이방인 동시에 '부장군'이라고도 불렀다. 율려의 만인지상은 물론 장군인 허생일 테고, 부장군은 조선으로 치면 만인지하 제일인인 영의정이라 할 수 있으니 정승 급이었다. 그 옛날 어떤 점쟁이가 유연기의 허벅지에 난 북두칠성 점을 보고 나중에 정승이 될 것이라 예언했는데, 그 점쟁이가 찰떡처럼 잘 맞춘 셈이었다.

호방 이호영은 안흥포 제일의 객주였던 이다. 조선을 떠날 때 도적들과 토벌대, 천민 말고 애매하게 합류한 사람들이 있었다. 유연기를 친어버이나 형님처럼 따르는 사공들 삼십여 인과, 객주 이호영과 그 밑에서 일하던 서기와 차인들 여남은 명이었다.

허생은 나라가 안정될 때까지 재정에 관한 일을 맡아볼 사람은 이호영 밖에 없다고 판단했다. 다시 말해서 이호영을 조선으로 돌려보내지 않은 것이었다.

이호영은 기가 막혀 따졌다.

"장군, 약속이 틀리지 않습니까? 저는 지난 반년 동안 장군의 일을 돕는 데 전력을 다했습니다. 그래서 제가 원래 하던 장사는 엉망진창이 되었습니다. 어서 약속한 돈이나 주십시오. 저는 조선이 좋습니다."

"갈 테면 가보게!"

허생은 별난 일을 저지르고도 남아 있던 거금 전부를 내주었다. 하지만 유연기가 없으면 율려 제도의 해역을 벗어날 수 없다는 걸 누구보다도 잘 아는 이호영이었다.

허생과 유연기는 약속했다.

"한가위 때까지만 고생해주게. 불과 앞으로 넉 달이야! 자네만 앞으로 더 고생해주기로 한 게 아니야. 토벌대로 참여했던 무사와 싸움꾼들도, 유 사공을 따라온 사공들도 넉 달 더 고생해주기로 한 것 아닌가? 한가위를 쉰 뒤에 모두 조선으로 돌려보내주겠네."

할 수 없이 이호영은 호방이 되어서, 율려의 재정과 재화 유통을 책임졌다. 사실 모든 재화를 마련한 그가 없다면, 율려의 낙원 건설은 불가능했을 것이다. 이호영은 그가 수족처럼 부리던 서기와 차인들을 데리고 열심히 일했다. 이호영은 장사꾼이기 전에 성실한 사람이었다.

낙원의 모든 것을 구상한 사람은 허생이지만, 낙원의 실제 형태를 구상한 사람은 이호영이라 할 수 있었다. 그는 재화를 마련하기 위해서, 율려 제도의 모든 섬과 지형을 염두에 둔, 집과 공공건물을 비롯한 모든 건축물, 토지의 구획, 수레가 다닐 도로, 포구 조성 등 모든 기반시설의 설계도를 그릴 수밖에 없었다.

그가 조선으로 가버렸다면, 설계도만 남게 되는 것이고, 그 설계도대로 낙원의 기반시설을 건설해줄 사람이 없게 되는 것이었다.

결국 이호영은 설계도에 따라서 낙원의 기반시설 건설을 총지휘하는 재미에 푹 빠져버렸다. 자기가 정말이지 한 나라를 건설하고 있다는 자부심에 사로잡힌 것이다. 휘하의 서기와 차인들도 긍정적이었다. 자기들이 언제 이런 재정, 건축 공부를 해보겠느냐며 열성적이었다.

하지만 분명한 것은 이호영과 그 수하들을 일에 매달리게 만들 수 있었던 것은, 한가위 이후 귀국시켜준다는 약속이 있기에 가능했다는 것이다.

예방의 소임은 조선에서라면 '대외 관계의 일 그리고 학교, 과거 등에 관한 일'이었다. 그러니까 율려에서는 필요 없는 일이었다. 율려에는 대외 관계를 할 만한 이웃 나라가 없었고, 서당이나 서원 같은 학교도, 과거도 없었으니까. 사실 할 일이 없었으므로, 박명궁은 예방의 자리를 받아들였다.

허생은 박명궁을 처음 봤을 때부터 그에게 호감이 대단했다. 아마도 변산 도적 사천여 명 중에 유일한 양반이기 때문이었을 것이다. 이 섬나라에 양반이라고는 허생과 박명궁 단 두 명뿐인 것이다.

유연기가 알았다면 무척 섭섭해할 일이지만, 허생이 애초에 부장군과 이방으로 삼고자 한 사람은 박명궁이었다. 박명궁이 한사코 사양해서 유연기가 부장군이 될 수 있었던 것이다.

허생은 끈질겼다.

"자네 같은 인재가, 자네가 꼭 양반이라서 하는 얘기는 아니지만, 이 나라에 아무런 기여도 하지 않는다는 것은 문제일세. 왜 자기만의 평안을 생각하는가? 더불어 사는 저 천한 것들을 왜 생각하지 않는가?"

"저들과 저는 같은 사람입니다. 제가 한때 양반이었다고는 하나 도적의 무리에 가입해서 도적질을 했습니다. 사람도 죽여봤고요. 저 같은 게 무슨 다른 사람을 생각할 수 있겠습니까?"

"자넨 참 겸손하군. 조선에 자네 같은 양반만 있다면 조선이 저 모양이겠는가? 암튼 아무 자리라도 맡게."

허생이 하도 끈덕지게 종용하자, 박명궁은 마지못해 말했던 것이다.

"정 그러시다면 명색만 있고 할 일은 없는 자리가 있는지요? 중뿔나게 나대는 자리가 아니라면 해보겠습니다."

그렇게 해서 박명궁은 직함만 있고 하는 일 없는 예방이 된 것이었다.

군사 관계를 담당하는 병방 박율의 주 임무는 허생의 호위였다. 박율은 도적 출신 중에서 쉰 명을 뽑아 허생 장군의 호위대를 만들었다. 허생은 처음엔 이런 게 왜 필요하냐며 손사래를 쳤다. 하지만 토벌대 출신들의 분위기가 심상치 않자, 묵인했다.

박율의 장군 호위대는 장군대라고 불리기도 했다. 병방보다는 호위대장이라고 불린 박율이 호위 일밖에 못하게 된 것은 군대나 군사가 없기 때문이었다.

군대가 아주 없는 것은 아니었다. 수어청 무사, 왈짜패와 무뢰배, 포수 등으로 구성된 토벌대 출신들이 바다를 지키고 있었던 것이다.

토벌대 출신은 왜구 토벌 때 사백여 명으로 줄었다. 그들은 이호영과 마찬가지로 조선에 돌아가고 싶어도 못 가고 있는 처지였다. 그들은 어서 조선으로 돌아가 그간 번 돈으로 호의호식하고 싶었다.

그러나 허생은 그들에게도 엉뚱한 소리를 했다.

"돌아가겠다니? 자네들 일이 다 끝나지 않았네. 일을 다 끝낸 후에 돌아가게."

“무슨 소리를 하시는 겁니까? 저희는 변산에서 도적들을 송두리째 포획했고 여기서는 왜구들을 붙잡았습니다. 저희들은 약속하신 돈보다도 많은 일을 했습니다.”

“아닐세. 자네들의 일은 아직 끝나지 않았어. 또 다른 불한당들이 침략해 올 수도 있어. 자네들은 율의 백성들이 스스로 방위력을 구축할 때까지 율려의 바다를 지켜주어야 하네.”

“저희들을 놀리지 마십시오. 어서, 약속한 돈을 내놓으십시오.”

“정히 그렇다면 가게. 돈이야 가지고 싶은 만큼 가지고 가. 이 땅에서는 돈이 아무런 쓸모가 없으니 쓰레기나 다름없지. 그 쓰레기를 가져가 준다니 무척 고맙군.”

“고맙습니다. 돈은 저희들이 갖다가 잘 쓸 테니 걱정하지 마십시오. 유 사공, 우리를 당장 조선에 데려다주시오.”

유연기는 아무 말이 없고, 허생이 말했다.

“유 사공은 율려 제도를 떠나지 않을 것이네.”

“예? 그러면 유 사공 없이 저희더러 어떻게 가라는 겁니까? 유 사공 없이는 그 누구도 이 율려 제도를 벗어나지 못한다는 것을 모르십니까?”

“알지. 그러니까 일 년만 꾹 참게. 이왕 우리를 돕기로 했으면 끝까지 도와야지.”

무뢰배 정석경이 버럭 소리를 질렀다.

“이봐! 양반, 무슨 개수작이야? 우리를 빨리 내보내줘. 우린 여기가 지긋지긋하다고.”

“가든지 말든지 말리지 않겠네.”

허생은 더 말할 것 없다는 듯 돌아서는 것이었다. 토벌대 출신들은 분을 못 이겨 칼을 빼들었다. 그러자 박율의 호위대도 칼을 뽑았다. 유연기가 토벌대 출신들을 달랬다.

"때가 되면 어련히 자네들을 보내줄 것이네."

"그때가 언제란 말이오? 일 년 뒤? 우리는 그때까지 못 참소. 우리가 왜 이런 섬 구석에 처박혀 있어야 한단 말이오? 유 사공, 제발 우리를 데리고 나가주시오."

"약속하네. 한가위를 쇠면 조선에 보내도록 해줌세. 객주 이호영에게도 그렇게 약속할 것이네. 그때 갈 사람들은 가는 거야."

한가위라면 넉 달 후. 일 년 뒤보다는 듣기에 훨씬 좋은 소리였다. 토벌대 출신들은 옥신각신한 끝에, 유 사공의 말을 받아들였다. 아니, 받아들일 수밖에 없었다. 유연기 없이는 율려 제도 바깥으로 나갈 수 없으니까.

"그럼 유 사공만 믿겠소. 한가위 때 우리를 꼭 데리고 나가주시오."

"걱정하지 말게. 그리고 자네들에게 부탁이 있네. 왜구들과 싸우다가 도적 출신이 백여 명이나 죽었어."

"우리 토벌대 출신은 이백이나 상했소."

"그래서 도적들이 데리고 온 여자들이 하루아침에 과부가 되었단 말이야. 합궁이나 하고 갔는지들 몰라. ……그리고 여자를 하나씩만 구해 오랬는데 둘, 셋씩 구해 온 놈들이 많아. 그래서 홀몸으로 사는 여인네가 천여 명이나 되네. 여자들이 남아돈단 말일세. 자네들이 책임지면 절반 가까이 해결되겠는데 말이야."

"첩을 두란 말이요?"

"첩이라니! 첩을 둘 수 있다면 우리 율려도 아무런 문제가 없네. 하지만 첩을 둘 수 없으니까, 다시 말해 일부일처제니까 문제가 되는 것 아닌가? 내 말은 정식으로 혼례를 치르란 말일세."

"이보쇼! 우리는 조선으로 돌아가야 한다니까! 우리가 이래 뵈도 조선에 처자가 있는 몸이요! 우리는 도적질하던 놈들과는 근본이 다르단 말이요! 첩이 아니라, 정식 혼례를 치르라니, 우리가 양반이요? 가는 데마다 마누라를 만들게? 마누라를 만들면, 우리가 갈 때 데려가야 하지 않소? 우리도 나무꾼과 선녀 얘기를 아오. 우리를 계집으로 붙잡아둘 생각인 모양인데, 우리는 속지 않소!"

"넉 달 후 일을 벌써 걱정하는가? 그때 가서 데리고 가면 좋겠지만, 버리고 가도 뭐라 하지 않겠네. 여인들 입장에서 평생 홀로 사느니, 다만 몇 달이라도 남자랑 살아보는 게 더 좋을 일 아닌가? 씨앗이라도 뿌려주고 가란 말일세. 보시하는 셈치고 말이야. 자네들은 가도 자식들이 남아 그 어미에게 봉양하게 될 테지."

토벌대 출신들이 못마땅하다고 왁왁 대기는 했어도 공짜로 계집을 가지라는데 싫을 까닭이 없었다. 게다가 버리고 가도 좋다니! 한 년 데리고 잘 놀다가 버리고 가면 그만 아닌가? 살벌하던 분위기는 여인 약속으로 급격히 꺾였다. 토벌대 출신들이 욕정에 굶주려 있기도 했고, 다들 조선에 처자가 있는 것처럼 말했지만 사실은 총각이 태반이었던 것이다.

토벌대 출신들은 처녀섬으로 몰려가서 하나씩 골라잡았다.

허생은 홀몸인 여인들 때문에 골치가 아팠다. 남아도는 처녀들은 일부일처제를 뒤흔들 만한 문제였다. 허생 자신부터가 젊은 시절 때처럼 닥치는 대로 껴안고 뒹굴고 싶었다.

하지만 일부일처제를 이룩하기 위해 솔선수범, 기연 하나로 만족하고 있었다. 안홍포 장별희 주막의 일개 창기였던 기연은 허생의 첩 노릇을 하던 주제에, 허생의 마누라로 격상되어 장군마님으로 불리고 있었던 것이다. 허생부터가 기연에게 신물이 나서 딴 여자들 생각이 자주 났고, 남아도는 처녀들 중에 아무나 하나 데리고 자고 싶은 마음이 굴뚝같았지만 꾹 참고 있는 판이었는데, 경우 없이 살던 천한 것들은 오죽하겠는가 말이다.

처녀들을 그대로 놔두었다가는, 마누라로 만족을 못하는 수컷들 때문에 간통의 나라, 본처와 첩이 머리끄덩이를 쥐어뜯는 개싸움의 나라가 될 게 아닌가? 처녀들의 거시기를 막아버릴 수도 없고, 수컷들의 거시기를 잘라버릴 수도 없고, 허생은 혼자 고민이 많았다.

도적 출신 수컷들은 허생이 걱정하는 게 뭔지조차 몰랐다. 도적 수컷들은 순번을 정해, 잡아다놓은 여인들에게 돌림방 욕정을 풀기는 했어도, 가정을 이루어본 적이 없는 떠꺼머리들이 대부분이었다.

본처도 모르는데 첩을 어찌 짐작이나 하겠는가. 그러니 허생이 고민하는 일부일처제와 그것을 뒤흔들 처녀들에 대한 고민을 이해할 수가 없었다.

여하간 왜구 토벌로 허생의 시름은 더욱 깊어졌다. 홀몸의 여자가 백여 명이나 늘어났기 때문이다. 도적 출신이 백여 명 죽었고, 그 죽은 수컷들의 여자들이 바로 과부가 된 것이었다. 이들 과부는 말이 과부지 죽은 서방을 만난 지 스무 날도 안 되고, 태반은 합궁도 못해본, 깨끗한 처녀과부들이었다.

허생은 고심 끝에 율섬과, 동서남북 섬 이외에 자잘한 섬들 중에서, 가장 큰 섬을 홀몸의 여인들만 사는 땅으로 만들었다. 그래서 그 섬은 처녀섬이라 불렸다.

처녀섬에 사는 모든 여인들은 마치 시장에 내놓아진 가금이 된 기분이었다. 그러나 그녀들은 한 남자의 여자가 되지 않고서는, 조선에서도 그렇지만 이 율려 제도에서는 더더욱 행복할 수 없다는 것을 이미 깨우치고 있었기에, 수치스러운 숙명을 받아들일 수밖에 없었다. 그 증거로, 토벌대 출신들에게 선택받지 못한 여인들은 짚신으로 땅바닥을 내려치며 슬피 울었다.

토벌대 출신들은 수십 척의 배를 집삼아 틀어박혔다. 혹시 율려 제도 해역을 넘어 들어올지 모르는 청나라 해적이나 왜구를 순찰할 약간의 기찰선만 띄워놓고는, 제 여자와 밤이나 낮이나 그 짓을 하며 소일했다.

하여간 이 섬나라의 유일한 군대는 그 토벌대 출신들이었고, 병방 박율은 토벌대 출신에게 영향력을 행사할 수 없었다. 박율은 토벌대 출신을 통제하려고 나섰다가 죽을 뻔했다.

"내가 병방이다. 너희들은 이제부터 병방인 나의 지휘를 받아야 한다."

박율이 멋있게 말하자, 토벌대 출신들은 배꼽을 잡고 웃었다.

"늙은 년 사타구니나 핥던 게 병방이라고? 미친놈!"

박율은 피가 거꾸로 솟는 듯했다. 그는 칼을 뽑아들고 가장 가까이에 있던 무뢰배 놈의 목에 칼을 들이댔다.

"네 이놈들, 내 말을 듣지 않으면 이렇게 되느니라!"

하지만 그는 칼을 내리긋지 못했다. 화살이 날아왔기 때문이다. 박율은 급히 몸을 날려 바다로 풍덩 빠졌다. 무뢰배 놈들은 헤엄치는 박율을 향해 계속 활을 쏘아댔다. 왜구 시절에 익힌 뛰어난 잠수 실력이 아니었다면 박율은 죽었을 것이다.

박율은 허생에게 하소연했다.

"장군, 토벌대 출신 놈들을 그냥 놔둬서는 안 됩니다. 저에게 군대를 만들도록 해주십시오! 어차피 토벌대 출신 놈들이 조선으로 돌아가면 우리 율려에도 군대가 필요하지 않습니까? 조금 더 일찍 만들자는 것뿐입니다. 우리 율려인의 군대가 생기면 저 토벌대 출신 놈들도 저토록 방약무인하지는 않을 것입니다."

“군대를 만들어 전쟁이라도 하려는 겐가?”

“그건 아니옵니다만, 토벌대 놈들을 그냥 놔두었다가는 무슨 일이 생길지…….”

“무슨 일이 생긴단 말인가? 그들은 고작 사백여 명이네. 그들은 우리를 위해 바다를 지켜주고 있을 뿐이야. 자네는 그들에게 신경 쓰지 말게. 그냥 놓아들 두어!”

“어쨌든 군대는 만들어야 하지 않습니까?”

“군대가 왜 필요하단 말인가? 저들로 충분하네.”

“그들은 조선으로 돌아갈 것이잖습니까?”

“돌아가지 않네! 이제 그들 얘기는 그만 하게. 한 번만 더 얘기하면 자네를 병방 자리에서 내쫓겠네. 그렇지 않아도 내가 자네를 기용했다가 얼마나 욕을 얻어먹고 있는지 아나?”

허생이 욕을 얻어먹고 있다는 것은 과장된 말이기는 했지만, 그런 말을 할 만은 했다.

율려인에게 허생의 인기는 최고였다. 장군의 말이라면 옥황상제의 말인 것처럼 존중하고 받아들이고 따랐다. 그런 율려인이 딱 한 가지, 허생에게 불평을 가진 것이 있었으니 박율을 병방으로 삼았다는 거였다.

율려인은 박율을 싫어했다. 이유는 단순했다. 그가 과거에 왜구 노파의 사타구니를 핥았다는 것, 그리고 난파선에 실려 표류하던 시절에 사람 고기를 엄청 먹었다는 것. 둘 다 그가 살아남기 위해서 어쩔 수 없이 할 수밖에 없었던 일이다. 누구라도 살기 위해서라면 노파의 사타구니를 핥고 사람 고기를 먹었을 것이다. 하지만 다른 율려인은 그런 일을 겪지 않았고 박율은 겪었다는 게 문제였다.

율려인은 허생이 ‘노인네 사타구니나 핥았던 식인종’을 왜 가까이 데리고 다니는지 이해할 수 없었고, 박율의 말을 거의 무시했다. 호위대원들조차도 직속상관 박율의 말을 건성으로 들었다. 그러니 박율은 말만 병방이지 실권은 아무것도 없는, 그저 허생의 호위무사에 불과했다.

형방 흑사마귀 역시 할 일이 없었다. 형방의 소임은 통치 질서의 유지를 위한 각종 법률과 형벌 사무를 보는 것인데, 이 섬나라에는 법률도 형벌도 없었기 때문이다.

공방은 홍임장의 아내 월화였다. 공방의 소임은 산림, 하천, 호수와 각종 토목공사와 수공업에 관한 일을 맡아보는 것이다. 하지만 공방의 소임 역시, 호방인 이호영이 담당했다. 아니, 이호영이 아니고서는 불가능한 소임이었다. 그렇다면 왜 난데없이 월화가 공방이 되었는가?

애초에 허생은 호방 이호영이 공방을 겸하거나, 이호영이 거느린 수하 중 제일 윗놈에게 공방 자리를 주려고 했다. 그리고 지역은 두레 조직으로 구획했는데, 여기서 문제가 발생했다.

허생은 두레의 임원을 백성들이 자발적으로 구성하도록 했다. 중앙 정부는 자신이 직접 조직했지만, 하부인 지역 정부는 민주적으로 조직하려고 했던 것이다. 그런데 모든 두레가, 두레의 통솔자인 행수 자리에 홍임장을 뽑은 것이었다.

하지만 허생은, 홍임장은 절대로 행수가 될 수 없다고 못을 박았다. 그건 율려인에게 이해하기 힘든 조처였다. 자발적으로 마음에 드는 사람을 뽑으라고 해놓고는, 절대로 안 된다니. 허생의 설명은 이랬다.

"홍임장은 너희 사천 도적을 잘못 다스려 변산을 망하게 한 자이다. 덕분에 나와 너희들이 낙원국을 만들게 되었다마는, 중요한 것은 홍임장은 통솔 능력이 없다는 것이다. 그자는 좀 더 반성해야 한다! 율려 백성들아, 똑바로 생각하라! 여기는 변산이 아니다. 너희는 더 이상 도적이 아니다. 도적 시절에는 가장 잘 싸우는 놈이 두목을 했다. 그러나 이 땅에서는 아니다. 너희의 마음을 가장 잘 알고 솔선수범해서 일할 사람이 두목이 되어야 한다!"

율려인은 납득하기 어려웠다. 그런데 홍임장이 다 죽어간다는 소문이 돌았다. 실제로 홍임장을 찾아간 율려인은, 홍임장이 끙끙 앓아누운 모습을 보았다. 예전의 대두령이 아니었다.

변산에서는 엄동설한에 눈 쌓인 벌판에 알몸으로 서 있어도 고뿔조차 안 걸리던 사람이 앓아누운 것도 보통일이 아니었지만, 눈에 총기가 하나도 없었다. 저런 게 대두령이었다니, 믿어지지가 않았다.

율려인이 잘 생각해보니, 실제로 대두령 홍임장이 잘한 것이 하나도 없는 것도 같았다. 여기에 허생이 율려인을 구슬리는 작전을 썼다.

"너희들의 의리를 알겠다. 하지만 너희들의 의리에도 불구하고 홍임장은 일어나지도 못한 채 방구들이나 지고 있는 신세다. 그러니 그가 무슨 일을 할 수 있겠는가. 허나 내가 너희들의 의리를 가상히 여겨, 홍임장의 마누라 월화에게 공석인 공방 자리를 주겠다. 그리고 홍임장이 다 나으면, 공방 자리를 홍임장에게 인계하도록 조처하겠다."

율려인은 이 말을 어쩔 수 없다는 듯 받아들였고 새로이 두레 임원 선거를 치렀다. 이렇게 해서 월화가 공방이 된 것이다.

그런데 이러한 일은 모두 월화가 생각해낸 대로 된 것이었다. 두레 선거에서 모든 두레가 홍임장을 행수로 뽑았음에도 불구하고, 허생이 인정하지 않는 것을 보고, 월화는 홍임장에게 말했다.

"서방님, 서방님은 허생 장군이 왜 저런다고 생각하여요?"

"내가 미덥지 않은 모양이지. 내가 사천 형제를 데리고도 제대로 한 번 싸워보지도 못하고 패한 것은 사실이지 않은가?"

“아니어요. 허생은 서방님을 두려워하고 있는 것이어요.”

“그게 무슨 말인가?”

“보고도 모르시겠어요? 모든 지역 두레 선거에서 모두가 서방님을 일등으로 뽑았어요. 이건 뭘 말합니까? 아직도 도적 출신들은 서방님을 자신들의 대두령으로 알고 충성하고 있는 것이어요. 형방 흑사마귀도 서방님을 찾아와서 울었잖아요? 예방 박명궁도 왔었고요.”

허생이 형방을 맡으라고 했을 때 흑사마귀는 펄펄 뛴 뒤에, 홍임장을 찾아왔었다.

“성님, 제가 변산에서 성님을 배신한 것은, 성님을 살리기 위해서였소이다. 믿어주시오.”

“다 지난 일이다. 지난 일을 얘기해서 뭣 하누.”

“그런데 허생 장군은 왜 그토록 성님을 싫어하는지 모르겠소이다. 장군이 도적 출신 중에 누구 하나가 형방을 맡아주었으면 좋겠다고 했소이다. 난 당연히 성님이 아니면 불가하다고 했는데, 한사코 안 된다며 배신자인 나더러 그 자리에 앉으라는 것이오. 이게 말이 되오? 내가 형방 자리에 앉으면 변산 형제들이 뭐라 하겠소? 기껏 형방이 되려고 성님을 배신했다 할 것 아니오.”

“흑사마귀야, 네가 형방이 되도록 해라! 도적 출신 중에 누구 하나는 되어야 하는데, 내가 안 된다면 네가 되는 게 좋을 것이다.”

“이 아우가 어떻게 그럴 수 있소이까?”

“나에게 아직도 충성하는 마음이 있느냐?”

“배신을 했지만 그것은 충성하는 마음 때문이었다고 내가 골백번도 넘게 말하지 않았소? 성님을 살리기 위해서였단 말이오.”

“나에게 충성한다면 네가 형방이 되어라. 명령이다!”

그렇게 해서 흑사마귀는 형방이 되었던 것이다.

박명궁도 찾아와서 흑사마귀와 비슷한 말을 하며 괴로워했고, 그때도 홍임장은 "허생 장군이 원하는 대로 뭐라도 맡게. 내 명령이네!"라는 말로 돌려보냈었다.

월화는 배신자인 흑사마귀와, 양반 출신인 박명궁마저도 아직 대두령에게 충성을 맹세하고 있지 않느냐고 말하는 것이었다. 그러고 보면 상륙 후 다른 두령들이나 졸개들이 홍임장을 대하는 것은 변산 대두령 시절과 달라진 게 없었다. 홍임장은 어쨌든 기분이 좋아서 말했다.

"그들은 나에게 십여 년을 충성했다. 충성심이 하루 이틀에 사라지겠는가?"

"바로 그것이어요. 허생 장군은 도적 출신들이 홍임장 대두령에게 아직도 충성심을 가지고 있는 게 두려운 것이어요. 아닌 말로 서방님이 딴마음을 품고 허생 장군에게 반기를 든다면……."

"그게 무슨 소리냐? 난 허생 장군에게 대들 생각이 조금도 없다. 난 그저 장군이 우리 형제들을 등 따습고 배부르게 해주는지 지켜볼 것이다!"

"허생 장군이 형제들을 배부르게 못 해준다면요?"

"그때는 가만히 있으면 안 되겠지."

"그럼 그때가 되면 반기를 들 것입니까?"

"당연히 그래야지."

"그렇다면, 서방님은 지금은 아무것도 해서는 안 되어요. 형방이 되어도 안 되고 두레 행수가 되도 안 되어요. 장군이 시켜주지도 않겠지만요."

"어째서?"

"서방님이 무슨 자리든 맡게 되면 도적 출신들은 서방님을 중심으로 똘똘 뭉치게 될 것이어요. 허생 장군은 도적들에게 물질을 주었지만, 도적들의 마음을 가지고 있는 것은 서방님이어요. 서방님이 감투를 쓰고 있고, 도적들이 배부르게 되면, 도적들은 장군보다 서방님을 따르게 될 것입니다. 그렇게 되기 전에 허생 장군은 서방님을 제거하려고 들겠지요. 그러니까 제 말씀은 서방님이 무슨 자리를 맡았다가는 장군에게 죽임을 당할 거라는 것이어요. 장군이 서방님을 잊어버릴 때까지, 쥐 죽은 듯이 살아야 해요.”

“그게 다 무슨 개소리냐? 뭔 말인지 모르겠다!”

“허생 장군은 서방님이 지켜보는 것을 원해요, 대항하지 않기를 원하고 있어요! 그리고 틀림없이 허생 장군은 이 섬나라에 오래 있지 않을 것이어요.”

“그건 또 무슨 소리냐?”

“두고 보시어요. 틀림없이 그렇게 될 것이어요. 허생 장군은 이 섬을 떠날 때 결국엔 서방님께 나라를 넘겨주게 될 것이어요. 결국엔 서방님밖에 없다는 걸 깨닫게 될 것이니까요.”

“참으로 모를 소리다. 알기 쉽게 말해라. 나더러 어찌하라는 소리냐?”

“앓아누우셔요! 대신 소녀가 공방이 되겠습니다. 서방님을 대신하여!”

월화는 허생을 찾아가 감히 담판을 요청했고, 허생은 월화의 제의를 받아들였다. 허생이 월화를 공방으로 해주는 대신, 월화는 책임지고 홍임장을 쥐 죽은 듯 지내게 만들겠다는 약속을 한 것이었다.

암튼 그렇게 해서 공방이 된 월화는, 모두의 예상을 깨고 명색만 공방이 되는 것을 거부했다. 객주 이호영은 두 달이 못 되어 열여덟에 불과한 월화가 천재적인 통솔 능력을 가지고 있다는 것을 알았다.

이호영은 자신이 맡은 산더미 같은 일 중에 공사 관계 일을 월화에게 기꺼이 떠넘길 수 있었다. 월화가 공사 감독일을 그토록 잘할 수 있었던 것은, 두레 조직이 톱니바퀴처럼 잘 돌아가서 중앙 정부의 감독관이 있어도 그만 없어도 그만이기도 했지만, 율려인의 충성도가 높았기 때문이기도 했다. 율려인은 월화의 말을 홍임장의 말로 알아들었던 것이다.

도적 출신의 마누라들도 처음에는 '저 어린 계집의 말을 들어야 하다니, 밥맛없어 죽겠네!' 했지만, 월화의 지휘를 몇 번 받아본 이후에는 그녀의 말을 요술로 청나라 군대를 능욕했다는 둔갑 미녀 박씨 부인의 말로 알아들었다.

이렇게 장군과 육방으로 이루어진 장군부는 어떻게 일을 했는가? 오일 단위로 날을 나누고, 각각의 날을 월일, 화일, 수일, 목일, 금일이라 했다. 월일에 장군성 장군청에서 장군부회의를 했다.

장군부회의는 하루 종일 걸렸다. 지난 오일의 일을 점검, 검토하고 앞으로의 오일을 계획하는 회의이니만큼 하루를 잡아먹을 수밖에 없었다. 그리고 나머지 날들은 각각 흩어져 맡은 바 소임을 다했다.

장군부회의 때 장군과 육방 말고 또 한 명의 참석자가 있었는데, 유서향이었다. 그녀의 소임은 서기였다. 매설가를 꿈꾸는 처녀답게 서향은 글자를 잘 알 뿐만 아니라 잘 쓰기도 했다. 그녀의 붓글씨는 허생보다도 뛰어났다. 서기로 그녀만큼 적당한 인재는 없었던 것이다. 그녀는 회의록을 만들어, 장군부회의에서 나온 말들을 낱낱이 기록했다.

그 '장군부회의록'을 살펴보면, 회의 때 말을 하는 이는 세 사람뿐이었다. 장군과 이방 유연기, 호방 이호영. 나머지는 명색만 예방, 병방, 형방, 공방이어서 꿀 먹은 벙어리로 있었다. 직함만 있지 할 일이 없어서 회의 때 할 말도 없었던 것이다. 나중에 공방 월화는 말을 좀 하게 되었지만 말이다.

화일, 수일, 목일, 금일은 주로 지도순행을 했다. 각 지역을 순행하며 지도를 하는 것이었다. 장군과 유연기는 거의 함께 다녔다. 그들을 호위하기 위해 병방 박율이, 그들의 말을 받아 적기 위해 서기 유서향이 졸졸 따라다녔다.

호방 이호영은 제 나름대로 움직였다. 공방 월화는 이호영을 따라다니거나 이호영의 지시대로 움직였다.

예방 박명궁과 형방 흑사마귀도 독자적으로 움직였는데, 그들은 지도 순행을 한다기보다는 아무 두레나 가서 아무 일이나 거들었다.

그러니까 허생은 작은 정부를 구성해서 작은 정부가 각 지역을 직접 발로 뛰어다니는 통치를 했던 것인데, 이것은 중앙 정부의 권위를 약화시킬 우려가 있었다.

그것을 보완하기 위해, 한 달에 한 번 전체회의를 소집했다. 각 지역의 대표자(행수, 도감, 수총각까지)가 모두 참석해야 하는 회의였다. 육방도 참석하는 그 전체회의 역시 서기 유서향이 의사록을 작성했다.

전체회의에서도 역시 말하는 사람은 장군과 유연기, 이호영 세 사람뿐이었다. 장군과 두 사람은 의제를 내놓는다기보다는 주로 명령하고 가르침을 주었다. 회의라기보다는 장군부가 각 지역대표자들을 정신교육 하는 시간이었던 것이다.

지역 조직 두레는 허생의 뜻이라기보다는 유연기의 뜻에 의해 이루어졌다. 지역 조직은 유연기가 전담했던 것이다.

유연기는 평생 동안 안 가본 데 없이 다니며 불상놈들이 살아가는 꼬락서니를 보았다. 그는 불상놈들이 서로 도우며 잘 사는 데에는 두레만

한 조직이 없다고 생각하게 되었다.

조선이라는 나라를 농촌뿐만 아니라 전체를 두레로 조직할 수만 있다면 부국강병은 식은 죽 먹기라고 믿었다. 하지만 그의 생각은 자기를 따르는 사공들을 정예화하는 데에만 사용할 수 있었을 뿐, 조선에서는 아무 쓸모가 없는 것이었다. 일개 도사공의 말을 누가 듣겠는가?

그런데 이 섬나라에서는 자신의 뜻을 마음껏 펼쳐볼 수 있는 것이다.

두레는 기본적으로 공동작업을 위한 것이었다. 유연기가 두레를 율려의 기본 조직으로 삼았다는 것은, 율려를 공동노동과 평등한 분배의 나라로 생각했다는 것이다.

허생과 유연기는 율려 제도의 지역을, 다음과 같이 편제했다.

율섬의 도성(장군성), 율동, 율서, 율남, 율북.

그리고 동섬, 서섬, 남섬, 북섬, 처녀섬.

모든 지역에는 공히 오백에서 육백여 명씩 살도록 했는데, 유연기는 각 지역 행정을 두레 조직이 책임지도록 한 것이었다. 그러니까 두레는 지역행정부라고 할 수 있었다.

무슨 조직이나 마찬가지지만 두레에도 임원이 있었다. 두레 전체 통솔자인 행수, 행수를 보좌하는 도감, 두레 작업의 진행을 지휘하는 수총각, 두레 규약을 감시하는 조사총각 등이다.

유연기는 각 지역의 두레 행수를, 그 지역에 사는 이들이 자발적으로 뽑도록 했다. 모든 지역에서 자기 지역에 살지도 않는 홍임장을 행수로 뽑아 문제가 되었지만, 홍임장이 아프고, 월화의 공방 취임으로, 재선거가 실시된 이후에는 제대로 된 결과가 나왔다.

그런데 뽑아놓고 보니, 각 지역의 행수들은 모두 변산 도적 시절에 두령을 맡았던 이들이었다. 두령 출신으로 행수에 뽑히지 않은 자는 적토

마와 방용하 둘뿐이었다. 두 사람의 배신은, 율려인에게 앙금처럼 남아 있었던 것이다.

두레 행수로 뽑힌 이들이 지역민 중에서, 나머지 도감, 수총각, 조사총각을 선임했다. 그런데 처녀섬 사람들은 자기들은 총각이 하나도 없고 처녀밖에 없으니 이름을 바꿔달라고 했다. 그래서 처녀섬만은 수총각 대신 수처녀, 조사처녀라는 직함이 생겼다.

더 나중에는, 남녀가 평등한 사회인데 문제가 있다, 수총각과 조사총각이란 말은, 총각만, 즉 남자만 임원이 될 수 있다는 말처럼 들린다, 게다가 뱃속에 든 아이들이 태어나 자라기 전에는, 총각도 없는 나라가 아니냐, 하는 의견을 수용해, 모든 지역에서 동일하게 총각, 처녀 다 떼고, '수', '조사'라고만 부르게 되었다.

더 정확히 말하면 각 지역에 행수가 책임지는 대두레가 있고, 여러 명의 수총각이 이끄는 여러 소두레가 있는 것이었다. 행수는 도감과 조사총각을 데리고, 소두레를 찾아다니며 격려하고 고충을 들었다.

율려인은 두레로써 넉 달을 오로지 마소처럼 일했다. 마소처럼 일한다는 것은 두 가지다. 폭력에 굴하여 어쩔 수 없이 하거나, 자발적으로 신이 나서 하거나. 물론 율려는 자발적인 경우였다. 아무런 폭력적인 장치 없이, 율려인은 일치단결해서 일만 한 것이었다. 신이 나서!

살기 위해 무엇보다 먼저 필요한 것은 '먹을 것, 살 데, 입을 것'이다.

먹을 것은 가장 문제가 없었다. 기본적으로 호방 이호영이 육천여 명이 일 년 동안 먹을 것을 준비해왔다. 현지 조달 사정도 황홀할 정도였다. 숲과 들에는 맛있고 영양 좋은 과일과 채소가 그득했다. 신선한 고기와 어패류가 지천인 바다가 눈앞에 있었다.

먹을 것을 책임지는 두레패가 따로 있었다. 음식에 일가견이 있는 여인들로 구성된 식사두레패는 아침, 점심, 저녁을 모두 때깔 나는 진수성 찬으로 차려냈다. 조선에서 한 끼니나 두 끼니를 풀뿌리죽 같은 것으로 연명하던 율려인은 허리에 달라붙었던 배가 호박처럼 불어나는 것을 느 꼈다. 세끼 식사도 공동으로 했던 것인데, 수백 명이 함께 모여 떠들썩하 게 맛난 식사를 하는 모습은 과연 태평천국이라 주장할 만했다.

앞으로 먹을 것에 대한 대책, 즉 농사도 수월했다. 지역민 전부가 며칠 누벼대자 잡풀만 무성하던 땅은 농토로 바뀌었다. 율려의 섬은 유사 이 래 누가 씨앗 뿌려주기만 기다리기라도 했던 듯, 볍씨를 뿌리자마자―모 내기를 할 필요도 없었다―벼는 장대처럼 높이 자라며 자갈 같은 열매를 눈사람처럼 매달았다. 다른 곡식과 채소도 마찬가지였다. 심기가 무섭 게, 뿌리기가 무섭게, 웬만한 나무만 해졌다.

농사 역시 농사를 가장 잘 짓는다고 자부하는 자들만 모아서―팔 할이 농사꾼 출신이지만 농사에도 잘하고 못하는 사람이 있는 것이다―농사 두레패를 조직했는데, 이들이 가장 힘들어했다.

왜냐하면 곡식과 채소들이 너무 빨리 자라는 바람에, 농사일이 너무 쉬워 심심하다는 것이었다. 그래서 그들은 농사를 짓기보다는 농토를 넓 히기에 주력했다. 도저히 농토가 되지 않을 황무지가, 농사두레패의 손 에 닿자 금세 금싸라기 땅으로 바뀌어버렸다.

살 데도 빠르게 해결되었다. 각 지역은 오륙백 명으로 편제되었다고 했는데, 각 지역 공히 삼백여 명을 집 짓는 데 투입했다. 기본적으로 각 지역에 집을 삼백여 채씩 지어야 했다. 한 사람당 집 한 채를 지어야 한다 는 거였다. 한 사람이 혼자서 집을 짓는다면 몇 달이나 걸릴까? 도무지 짐작할 수가 없다. 그러나 삼백여 명이 달라붙으면 하루에 집을 몇 채씩 이나 지을 수 있을까?

율려인은 이렇게 했다. 삼백여 명을 다시 일고여덟 개의 소두레로 나누었다.

기초두레는 터를 고르고—조선의 양반님네들이라면 집을 짓기 전에 풍수지리설이니 뭐니 해가면서 터를 잡는 데만 한 세월을 잡아먹을 것이나, 율려의 섬은 집 지을 만한 터가 고민할 필요 없이 나와 있었고, 그 터에 한꺼번에 삼백여 채를 똑같은 크기로, 똑같은 모양새로 지어야 하니, 집 짓기 전에 시답지 않은 조건들 때문에 따따부따할 필요는 없었다—정비하고, 기초하고, 댓돌과 섬돌을 놓고, 주춧돌을 놓았다.

소수 정예인 기둥두레는 별일 아닌 것 같지만 집 짓기에서 가장 중요한 일이라고 할 수 있는, 주춧돌 위에 나무기둥 세우는 일을 했다.

다행히 도적이 되기 전엔 도목수 소리를 듣던 사람과, 그에게 배운 이들이 여남은 명 있었다. 변산 도적 산채의 집을 지은 이들이었다. 그들은 각 지역에 도목수로 배치되어 집 짓기를 총지휘했는데, 특히 기둥은 도목수인 그들이 직접 세워야 했다. 기둥밑동과 주춧돌이 밀착하도록 하는 작업을 '그랭이질'이라고 했는데, 아주 정밀한 작업이어서 도목수가 아니면 불가능했던 것이다.

천장두레는 기둥에 들보를 얹었고, 가구架構를 했고, 서까래를 걸었다.

목수두레는 내부수장內部修粧을 했다. 수장에 쓰이는 재목들은 가늘고 굵고 짧고 길고 각양각색이며, 같은 굵기의 나무라도 쓰이는 장소나 용도에 따라 이름이 서로 다르고 마름질이 달리 되기도 한다. 그만큼 수장재는 복잡하고 일거리도 많아서 집 짓는 대부분의 시간이 이 일에 소모되었다.

이후에는 여러 소두레가 다각도로 달라붙었다. 미장두레는 흙벽을 만들었고, 지붕두레는 기와를 올리고 처마를 만들었으며, 담벼락두레는 제주도식 돌담을 만들었다. 이상하리만치 바람이 없었지만 이후에는 모르는 일이라, 바람에 강한 제주도식을 본뜬 것이었다. 농토를 일구느라 생겨난 돌을 훌륭히 처리하는 방법이기도 했다. 마지막으로 여인네들로 구성된 도배두레가 한지를 바르고 콩기름을 먹이면 집 한 채가 완성되는 것이었다.

이상과 같이 정리해보기는 했지만, 각 지역 구성원들의 성향도 제각각, 지역 내의 각 소두레 성향도 제각각, 소두레 안의 개인도 제각각이어서 공동작업에도 불구하고, 한 마디로 말해서 집은 제멋대로들 지어졌다.

공동작업은 다 좋은데 사공이 많아 배가 산으로 가는 경우가 많다. 호방 이호영의 설계도가 있었음에도 불구하고, 도목수를 맡은 이들과, 소두레 수총각을 맡은 이들이 사사건건 의견 대립을 보였고, 그러다 보면 시간에 쫓겼고, 맡은 일을 대충하고 다음 집으로 넘어갔던 것이다.

하기는 넉 달 안에 삼백여 명이 삼백여 채의 집을 제대로 짓는다는 목표부터가 말이 안 되는 것이다. 하지만 추석 안에, 넉 달 만에 수치상으로 목표가 달성되었다. 원래 계획과는 다르게 집이 제멋대로들 지어졌지만, 추석을 기점으로 율려에 집 없는 부부는 없게 되었다.

정리하면 삼백여 명이 하루에 두세 채씩의 집을 지었다는 것인데, 하여간 조선에서 집 없이 유랑하거나, 산속에서 찬 이슬 맞고 살거나, 집이 있더라도 다 쓰러져가는 초막 같은 것이어서 집이라 자랑하기엔 부끄러웠거나 했던 불상놈들이 기와집 한 채씩을 가지게 된 것이었다.

살 집 말고, 회당(공공모임 장소), 서당(곧 태어날 아이들을 위한), 선착장 같은 공공건물이 지어졌는데, 이런 공공건물은 비교적 제대로 지어졌다. 호방 이호영의 설계도가 집의 것보다 훌륭해서가 아니라, 공방 월화의 지도순행이 훌륭하고 엄정했기 때문이었다. 살 집 짓는 두레가 주먹구구식이었다면 공공건물 짓는 두레는 톱니바퀴 같았던 것이다.

먹을 것, 살 데가 해결되면 그 다음엔 입을 것인데, 입는 문제는 장군부가 신경을 쓰지 못했다. 장군부가 실수한 것이 아니라, 신경 쓸 이유가 당장에는 없었기 때문이다.

율려인은 조선에 살 때 옷 한 가지로 사시사철을 나던 천하고 가난한 것들이었다. 이호영은 일인당 옷 열 벌을 지을 수 있는 무명을 준비해 가지고 왔다. 즉 일인당 무명옷 열 벌이 있다는 것인데, 옷 한 가지로 버티던 걸 생각하면 향후 십 년은 옷 걱정이 없다고 할 수 있었던 것이다. 사실 신경을 썼다 해도, 옷감을 만드는 데 투여할 인력이 부족하기도 했다.

한가위, 들판은 오곡이 무르익어 거의 쓰러질 듯하고, 저절로 자란 과일도 탱탱 영글어 있었다. 허생 장군의 '율려낙원국' 선포가 있은 후, 율려인은 합동 제사를 지냈다.

노동으로 찌든 옷을 벗고, 새 옷을 지어 입은 율려인은, 햅쌀밥, 송편, 햇과일 등을 커다란 제단 위에 올려놓고, 조선땅을 향하여 모두 엎드렸다. 어쨌거나 길러주지는 않았어도 낳아주기는 한 부모가, 혹은 부모의 무덤이 조선땅에 있는 것이니까.

절을 하면 자기도 모르게 경건해지고 숙연해진다더니, 방금 전까지 활짝 웃는 얼굴이던 율려인은 눈시울을 붉혔다. 우는 이들도 많았다. 부모형제가 생각난 것이다. 고향땅이 생각난 것이다.

합동 제사가 끝나고, 잔치가 벌어졌다. 그런데 예로부터 실컷 먹고 떠들고 부르고 웃어대자는 잔치는, 운동 경기를 병행해왔다. 율려인도 그렇게 했다. 종목은 씨름, 검술, 활쏘기, 줄다리기, 차전놀이였다. 여기에 응원전이라 할 수 있는 무용 대결도 있었다.

무용 대결은 공방 월화의 주장으로 추가된 것이었다.

"우리 율려는 남녀가 평등한 땅이어요. 그런데 이게 뭡니까? 순 남정네들만 즐거워하는 거잖아요? 지난 넉 달 동안 남정네만 일했나요? 우리 여인네들도 치마가 걸레가 되도록 일했어요! 놀 때도 평등하게 놀아야 해요."

"글쎄 여인네들은 무얼 해야 하나? 조선에서는 여인네들이 길쌈놀이를 하기도 한다지만, 우리 율려에는 길쌈이 없으니……."

"길쌈놀이는 놀이를 빙자해서 여인네의 노동력을 적극적으로 착취하려는 조선의 나쁜 악습이어요. 말만 놀이지 착취 방편이라고요. 그런 길쌈놀이를 말씀하시다니 실망이어요, 유 이방님."

어린것이 대들듯 말하자 유연기는 무르춤해서 얼굴이 발개졌다. 월화보다 한 살이 적은, 유연기의 딸 서기 유서향은 붓을 내던지고 달려가서 월화 년의 머리카락을 불살라버리고 싶었지만 꾹 참았다. 다만 속으로 굳게 각오했다.

'언젠가 네년의 가슴을 무두질해버릴 테다.'

아버지를 모욕해서가 아니라, 그간 쌓인 게 많았던 것이다. 자기는 서기질이나 하고 있는데 월화는 공방씩이나 되어서 사람을 마소처럼 부리고 있었다. 시샘이 아니 날 수 없었고, 아니꼽고 치사하기가 이루 말할 수 없었다. 월화는 또 서기 서향을 하녀처럼 부리려고 들 때가 많았다. 이런 것들이 서향의 가슴에 분노가 쌓이도록 만든 것이었다.

허생 장군이 물었다.

"그럼 여인네들은 무얼 하자는 것인가?"

“우리 여인네들은, 무용 대결을 하겠어요. 그리고 줄다리기도 할 것이고, 씨름도 할 것이어요.”

“무용과 줄다리기는 해도 좋지만, 씨름이라니? 여자가 씨름을 하면 괴이하지 않겠는가?”

“장군은 양반 출신이니까 괴이하다고 말씀하시는 것이어요. 우리 천한 여인네들은 거의 씨름하듯 살아왔어요. 여기 율려에서는 남자랑 거의 똑같았지요. 모두들 다리가 단단해지고 팔뚝이 굵어졌어요. 씨름을 못할 게 뭡니까?”

각 지역 대항전으로 치러진 운동 대결은, 예상 외로 크나큰 호응을 얻었다. 처음엔 자기 지역의 운동 대표를 뽑기는 했어도, 무슨 재미가 있겠나 하며 심드렁했는데, 막상 시합이 시작되자 너무 재미있는 것이었다. 애향심이 폭발한 것이다! 자기 지역의 대표가 승리하면 그 지역민들은 메뚜기처럼 뛰고 환호성을 질러대며 기꺼워했다.

율려낙원국의 잔치는 사흘 동안 계속되었다. 모두가 입만 열면 “여기가 무릉도원이다!”라고 읊조릴 정도로 내내 흥겨운 분위기였다.

그런데 이 훌륭한 축제 기간에 율려인은 뭔가 하나가 빠졌다는 생각을 했다. 잔치에 꼭 있어야 하는 것, 그것이 없었다. 다 있는데, 그거 하나가 없는 게 분명하다. 그게 뭐지? 그게 뭘까? 그런데 이상한 것은 그 하나가, 끝까지 생각나지 않았다는 것이다. 단 한 사람도!

그런데 곧 두 사람이 가장 먼저 그게 뭔지 생각해냈다. 허생과 유연기는 장군성 가장 높은 곳에서 제 지역으로 돌아가는 백성들을 바라보고 있었다. 두 사람은 동시에 그게 뭔지 생각났고 마주보고 동시에 말했다.

“술!”

허생이 먼저 말했다.

"아하, 술이었군. 뭔가 하나가 빠진 것 같았는데 그게 뭔지 이제 막 생각났네. 술이었어, 술!"

"소인도 막 생각이 났습니다. 술이군요, 술!"

"그것 참, 이상하군. 술은 생각하기 쉬운 것인데 왜 생각이 나지 않았을까?"

유연기가 잠시 생각하더니 대답했다.

"이제야 알겠습니다. 신령님의 조화였습니다."

"신령님이라니?"

"잊으셨습니까? 우리 율려 제도를 지키는 신령님이 계시다는 걸."

"자네 앞에만 나타난다는 그 늙은이 말인가?"

"불경스럽게 말하지 마십시오."

"신령 같은 건 없네."

"신령님이 계십니다. 술이 그 증거입니다."

"무슨 해괴한 소리인가?"

"장군과 저를 비롯한 모든 백성들이 술을 잊고 살았습니다. 지난 넉 달 간. 어떻게 그런 일이 가능하겠습니까? 신령님의 조화가 아니고서야."

"아닐세. 내가 이 율려 제도에 술을 한 방울도 들여오지 않았기 때문일세. 토벌대 놈들이 조금 가지고 왔지만 곧 다 마셔버리지 않았는가? 그 뒤로는 술이 한 방울도 없었어. 백성들은 우리의 가르침대로 서로, 서로를 아끼며 성실하게, 공동노동을 했네. 성실한 공동노동이 술 같은 백해무익한 것을 잊도록 만든 것이네. 심지어 나 역시 술을 잊었지 않은가?"

"아닙니다. 공동노동을 할 때 가장 먼저 생각나는 것이 술입니다. 조선의 천한 것들이 양반의 수탈에 끽소리 못하고 그토록 열심히 노동하는 것은 탁배기 한 잔 때문입니다. 양반 놈에 대해 적개심이 끓어오르다가도 탁배기 한 잔 들어가면 만사를 잊어버립니다. 그만큼 술은 언제나 생각나고, 천한 것들에게 절대적인 영향력을 발휘하는 것입니다.”

“그렇기야 하지. 자꾸 술, 술, 술 하니까 술 한 잔 하고 싶어 미치겠군.”

“보십시오, 그런 술입니다. 그런데 지난 넉 달 간 모두가 술을 잊었습니다. 이건 신령님의 조화가 아니고서는 불가능한 일입니다.”

“자네가 한동안 않던 신령타령을 하니 못 들어주겠군.”

“큰일입니다. 장군께서, 또 내가 술 생각을 했다는 것은, 더 이상 신령님이 조화를 부리지 않기로 하셨다는 겁니다.”

“무슨 얘기를 하고 싶은 건가?”

“장군님과 제가 술을 생각해냈습니다. 백성들도 곧 술 생각을 하기 시작할 거라는 겁니다. 이제 모두가 술을 마시려고 안달을 할 겁니다.”

“그런 일은 없네. 설사 술 생각을 한다 해도 술이 없잖은가?”

“술이 없다니요. 추수를 하게 되면 십 년 먹을 곡식이 생깁니다. 곡식이 술 되는 건 금방입니다. 무슨 대책을 세워야 할 것 같습니다.”

“그럴 리가 없네. 이제껏 술을 생각하지 않은 백성들이 왜 갑자기 술을 생각한단 말인가?”

“신령님이 조화 부리기를 그만두셨으니, 무슨 일이든 못 일어나겠습니까?”

“그놈의 신령타령 그만 못 두겠나. 나는 신령을 믿지 않아!”

“신령님은 분명히 계십니다. 지난 넉 달간은 술뿐만 아니고 모든 일에 있어서 신묘했다고 할 수 있습니다. 좋은 일이지만, 좋은 일이라기엔 참으로 기묘하다 싶을 정도로, 병들거나 앓는 이가 없었습니다. 더러 노동 중에 부상을 입는 이들이 있었지만, 빠르게 치유되고 아물었습니다.

기후 또한 더할 나위 없이 좋았지요. 조선이었다면 지긋지긋한 장마에 한 보름 시달렸을 것이고, 장마 끝나자 번개 같이 찾아온 땡볕더위에 펄펄 끓었을 것입니다. 하지만 율려 제도의 여름은 장마도, 무더위도 없는지, 조선으로 치자면 가장 좋은 늦봄, 혹은 초여름 날의 연속이었습니다. 지금까지도 말입니다!

늘 맑고 푸르른 날이 지겹구나, 싶으면 기다렸다는 듯이 시원한 빗줄기가 쏟아졌습니다. 이제 그만 그쳤으면 좋겠구나, 생각하면 금세 비구름이 싹 걷히고 대기는 아주 청량해졌습니다. 바다는 또 어찌나 잔잔한지 저게 과연 바다인가 의심스러울 지경이었습니다. 사나운 바람은커녕 까부는 바람도 불지 않으니, 바다가 까닭 없이 성질 사납게 뒤채일 리 없었던 것입니다.

산은 신록으로 우거져, 맛난 열매를 주렁주렁 매달고 있었습니다. 또한 버섯과 약초와 채소를 잔뜩 머금고 있다가 사람들의 눈에 주저 없이 띄었지요. 바다의 살찐 고기들은 사람들에게 순순히 잡혔고, 해변에는 어패류가 무한정 꾸무럭거리고 있었습니다. 조선에서 가져온 돼지, 개, 닭은 무섭게 번식을 해댔습니다. 사람들은 기르기 벅차서라도 사흘이 멀다 하고 고기로 몸보신을 해야 했지요. 이것들이 과연 자연스러운 일이라고 보십니까? 이 모두가 신령님이 조화를 부려주셨기에 가능했던 일입니다."

"신령, 신령, 신령! 그 소리 그만두래도! 유 이방의 신령은 종교일 뿐이야! 조선의 불쌍한 것들이 부처, 무당을 믿는 것과 뭐가 다르단 말인가? 도적질이나 해먹던 것들이 종교 따위에 기대지 않고서도 저토록 행복한 것은, 신령 때문이 아니라 인, 의, 예, 지, 신이 모두에게 충만하기 때문이네. 자네도 알겠지만, 나는 도적들을 종교가 아닌, 합리적인 실용학문, 즉 북학의 이념으로써 다스렸네. 북학은 신학문이지만 근본적으로 공맹 사상에 기초를 두고 있네. 저들은 조선의 더러운 양반 놈들보다 열배 백배 공맹적이네. 공맹에, 북학에 물든 저들은 하루 내내 즐겁고 보람차고 사랑으로 충만하네. 얼마나 아름다운 인간세상인가. 바로 북학과 공맹이 저 아름다운 인간세계를 일군 것이네. 북학과 공맹의 힘은 저토록 거대하다네."

"아닙죠, 저건 북학, 공맹의 힘이 아닙니다. 제가 알기로 유교라는 것은 공자 왈 맹자 왈 떠들어온 소리가 퇴비처럼 쌓인 것에 불과하고, 북학이 뭔가 다른 척하지만, 청나라에서 신기술을 배우자는 것만 빼면, 결국 똑같은 소리 아닙니까? 나리는 북학을 핑계 삼아 나리가 바로 저 낙원을 이루었다고 자랑하고 싶은 겝니다만, 아니올씨다, 아니올씨다!"

"자네 요새 왜 이렇게 건방져졌나? 내가 그렇다면 그런 것이지 왜 자꾸 딴지인가? ……그래, 자네는 끝까지 내가 이룬 것이 북학의 힘이 아니라 귀신의 조화라고 우기고 싶단 말이지?"

"귀신의 조화가 아니라, 신령님의 조화입죠. 제가 누차 말하지 않았습니까?"

"이런 빌어먹을 늙은이야. 신령 같은 건 없어."

유연기는 갑자기 짚신을 주워 신더니 달아나기 시작했다. 허생에게 말을 더 맞추어주고 있다가는, 허생의 입에서 더 심한 말이 나와, 신령님을 진정 노엽게 할까 봐 두려웠기 때문이다. 영문을 모르는 허생은 저 늙은 영감탱이가 '신령타령' 하더니 돌았나, 생각하며 혀를 찼다.

사백여 명의 토벌대 출신은 거의 다 미치광이가 돼 있었다. 그럴 수밖

에 없는 것이, 금덩어리를 채취하던 한 달 이외에는, 종일 처먹고 교미나 해대면서 넉 달을 보냈다. 술도 없이 말이다!

사람은 술만 있으면 쉽게 미치지 않는다. 술이 들어가면 정신을 잃고, 주정을 하다 보면 마음속에 쌓였던 피로가 소멸되고, 그러면 편하게 잠이 들 수 있는 것이다.

그런데 술이 없으니, 취하지도 못하고 편하게 잠이 들지도 못하고, 어서 고향으로 돌아가고 싶다는 염원만 태양처럼 타올라, 그들의 마음과 머릿속을 태워버렸던 것이다.

가끔 율려 제도 신기루 해역을 넘어오는 청나라 해적이나 왜구가 있었다면, 싸우는 긴장과 재미라도 있었을 것이다. 하지만 아무도 바다에 나타나지 않았다.

그러나 맨 처먹어서 몸은 불었지만 양기를 죄다 정액으로 싸질러 눈빛은 다들 맛이 가 있던 그들에게도, 기다리고 기다리던 추석은 왔다. 허생과 유연기가 자신들을 고향으로 보내주기로 한 한가위.

한가위 잔치가 끝나고 며칠 뒤, 수어청 교련관 박이기와, 무뢰배와 왈짜패의 우두머리 정석경, 포수들의 좌장 양유호는 도성으로 허생을 찾아갔다. 기다려도 소식이 없었기 때문이다.

그들은 추석 잔치 때에 도성에 가지 않았다. 허생이 부르지도 않았고, 그들 스스로 도적 출신들과 놀고 싶어 하지도 않았다. 하기는 혹시 나타날지도 모르는 적을 지키기 위해 바다를 떠나서는 안 되기도 했다.

토벌대 지휘자들은 자기들이 고향으로 돌아갈 날을 하루 바삐 정해달라고 청했다. 그런데 허생은 그들에게 청천벽력과도 같은 말을 했다.

"나는 추석 때라고 한 적이 없네. 일 년이라고 했어. 앞으로 여덟 달만 더 참게."

“분명히 유 사공이, 아니 유 부장군이 추석 때라고 했소이다!”

“유 이방이 왜 그런 말을 했을까? 하여간 나는 그렇게 말한 적이 없고, 유연기가 아니라 내가 장군이네. 내 말이 곧 법이야.”

“장군, 이럴 수는 없소이다!”

“야, 양반새끼야, 지금 뭐 하자는 개수작이야?”

“양반 놈들은 정말 믿을 수가 없구먼. 이 개자식아, 빨리 우리를 보내줘!”

세 사람이 발악적으로 소리쳐대자, 그들의 목에 호위대가 칼을 들이밀었다. 허생이 말했다.

“그리고 말일세, 더는 자네들 하는 꼬락서니를 못 봐주겠네. 지금 우리나라에서 일하지 않고 처먹기만 하는 것은 자네들뿐이네. 모두가 일하고 있어! 이제부터는 자네들도 일을 하게.”

“그건 또 무슨 소리요? 우리의 일은 바다를 지키는 거잖소?”

“바다를 지키는 일은 중요하네. 아직까지는 청해적이나 왜구가 안 나타났지만, 언제 어떻게 나타날지 모르니까! 그래서 더더욱 자네들에게 바다를 맡길 수가 없네. 내 들으니 자네들 병장기에 녹이 슬어 풀잎도 안 베어질 지경이라더군. 그리고 자네들 몸이 그게 뭔가? 몸은 돼지 같고 눈은 썩은 동태 눈깔 같지 않은가? 그래가지고서 무슨 싸움을 하겠는가? 이제 바다는 각 지역 어부두레가 지킬 것이네. 아홉 개 지역 어부두레가 해산물 조달도 하고 해상방위도 책임질 것이야. 그들은 수적 출신인 데다가 넉 달간 노동으로 단련되어서 일당백이야. 자네 같은 허수아비들보다 훨씬 낫겠지.”

세 사람은 눈이 튀어나오고 머리통에서 피가 솟구쳐 나올 만큼 분노했다. 그러나 목 밑에 칼이 있었다.

"조용히 돌아가서, 자네들의 수하를 설득하고 달래게. 여덟 달만 더 고생을 해."

정석경이 부들부들 떨며 소리쳤다.

"장군, 도대체 우리들에게 왜 이러시는 겁니까? 그간 개돼지처럼 부려먹고, 이럴 수가 있는 거요? 혹시 돈이 아까워서 그러시오? 돈 필요 없소, 고향에 보내만 주시우. 난 여기가 싫소!"

세 사람이 배로 돌아와서 토벌대 출신들에게 허생의 말을 알리자, 모두들 데굴데굴 구르며 분노를 표시했다. 너무 화가 난 나머지 바다로 뛰어들거나, 애꿎은 제 마누라의 빰따귀를 갈기는 자도 있었다.

토벌대 출신들이 앞으로의 대책을 놓고 갈팡질팡하는데, 허생의 첫 번째 조치가 시행되었다. 밥을 주지 않는 것이었다. 토벌대 출신에게 식사를 챙겨주는 사람들은, 율서의 식사두레였다.

허생의 식사공급 중단 명령이 떨어지자, 식사두레는 만세를 불렀다. 그녀들은 무위도식하는 토벌대 놈들에게 하루 여섯 끼를 챙겨주는 것이 무척 힘들고 괴로웠던 것이다.

"세 끼도 아니고 밤낮으로 여섯 끼나 처먹으면서, 하는 일이라곤 씹밖에 없는 개 같은 것들!" 하고 욕해대며 밥과 반찬에 침을 뱉어놓기 일쑤였다.

아무리 기다려도 식사배가 오지 않자, 토벌대 출신들은 노하여 율서포구로 몰려갔다. 포구에서 기다리고 있는 것은 식사가 아니라, 율서 사람들이 중무장하고 있는 모습이었다.

율서 행수 혹부리가 말했다.

"일하지 않은 자는 먹지도 말라고 했다. 우리는 날마다 개미처럼 일하고 있건만, 너희들은 날마다 베짱이처럼 놀았다. 그동안 베짱이 같은 네놈들 아가리에 밥 처넣어준 원통함을 생각하니 돌겠구나. 앞으론 굶어라!"

"이놈들아 미쳤냐? 우리가 너희들을 지켜주고 있다는 걸 모르느냐?"

"지켜줘? 네놈들이야말로 미쳤구나. 대체 뭘 지켜준단 말이냐? 네놈들 불알이나 잘 지켜라."

"왜구나 청해적 같은 무리들이 쳐들어오지 않는 것은 우리가 바다를 지키고 있기 때문이다."

"오라고 해라. 우리 스스로 지킬 테니까!"

토벌대 출신들은 버릇대로 병장기를 세웠으나, 곧바로 두려움에 질렸다. 율서 사람들이 활을 들어 올린 것이었다.

박이기와 정석경, 양유호는 보고를 받고 눈앞이 깜깜해졌다.

"장난이 아니었군! 양반 놈과 유연기에게 완전히 속았어. 그놈들은 우리를 조선으로 돌려보낼 생각이 애당초 없었어! 우리도 저 도적놈들과 어울려 한평생을 이 섬에서 썩게 할 작정인 것이야!"

"도대체 왜 그러는 거요? 똥장군 같은 양반 개불알 자식이."

똑똑한 박이기가 설명해주었다.

"아직도 모르겠나? 허생은 우리가 조선으로 돌아가서 소문낼 것을 두려워하는 것이야. 우리가 소문냄으로써 조선 놈들이 여기로 죄 몰려올까 봐 겁내는 것이지. 사실 이곳에 먹을 게 많은 건 사실 아닌가? 그리고 우리가 무인도에서 긁은 금덩어리가 한두 개인가? 우리는 긁다가 지치고 배가 가라앉을까 봐 더 못 캐 담았지만, 저마다 조선에 갔다가 금 캐러 다시 올 생각을 하고 있지 않은가? 우리가 찾아낸 금덩어리 섬이 또 있을지도 모르는 일이고! 우리들이 아무리 입조심을 하여도, 소문은 날 테고, 소문이 안 나더라도 우리 중에 무리를 이끌고 다시 올 놈들이 있을 게 확실하잖은가? 그래서 우리를 아예 돌려보내지 않을 생각인 것이야."

“잘도 아시오! 그렇게 잘 아시는 분이 이렇게 되도록 수수방관하고 있었단 말이오?”

“생각은 했지만 설마 그렇게 할까 싶었네. 어차피 유연기가 없으면 넘나들지 못하는 곳이니, 우리를 보내도, 소문이 나도 괜찮을 거라고 생각할 줄 알았지. 게다가 허생은 못 믿어도 유연기는 믿을 수 있는 사람이니, 그가 어떻게든 보내줄 줄 알았는데, 그랬는데…….”

“그렇지! 유연기가 없으면 못 넘나들지. 그런데도 이렇게 우리를 막는단 말이오?”

“사실 유연기도 사람이고, 유연기 같은 사람이 또 없으리라는 보장은 없지 않은가? 허생은 그걸 두려워한 것이겠지. 유연기 같은 도사공 놈이 있어, 사람들을 데리고 들어올지도 모른다는.”

“정말로 양반 개불알 자식 놈의 속을 잘도 아시오!”

“그런데 유연기는, 유연기는 대체 어디에 있는 거요. 코빼기도 못 보았으니!”

“일부러 우리를 만나지 않으려는 것이겠지. 허생이 못 만나게 했거나.”

사실 그랬다. 이방 유연기는 토벌대 무리를 그만 조선으로 돌려보내자고 했다. 그러나 허생은 절대로 안 된다고 못을 박았다. 유연기는 그렇게 신의가 없으면 안 된다고, 사람들을 개돼지처럼 부려먹고 그런 식으로 내팽개치면 안 된다고 계속 따졌다.

허생은 그들이 가면 분명 별의별 놈을 다 데려올 것이고, 율려 제도에 들어서는 무리가 한 떼거리만 있어도 율려낙원국의 평화는 위협받는다며 한사코 반대했다. 그러고는 유연기가 제 마음대로 토벌대 무리를 조선으로 데려다줄 것을 염려하여, 유연기에게 감시병까지 붙여놓았다. 유연기는 기가 막혀 장군부에 출근하지 않는 것으로 섭섭함을 강력히 표시했다.

양유호와 정석경이 탄식했다.

"아하, 많은 돈이, 금덩어리가 다 무슨 소용인가. 나는 죽어도 조선에 갈 테야!"

"그나저나 배가 고파 미치겠다. 당장 도적놈들을 깨부수고 밥이나 좀 먹읍시다."

역시 박이기가 가장 침착했다.

"우리는 사백 명이고 저쪽은 이천 명이네. 계집까지 합치면 저쪽은 오천이야. 뭘 어떻게 싸울 텐가? 계란으로 바위를 치겠다는 건가?"

"변산에서도 이겼잖소?"

"어리석은 소리! 그때와 상황이 너무 다르잖은가. 애초에 변산 토벌 후 따라 나온 것이 바보 같은 짓이었어. 돈 몇 푼 더 준다는 말에 속아서 따라나선 것이. ……땅바닥을 치며 한탄해봐야 무슨 수가 나겠나. 이미 엎질러진 물인 것을. 그러나 내게 이 섬을 빠져나갈 방법이 한 가지 있으니 염려들 놓아."

섬을 빠져나갈 방법이 있다는 말에, 모두 썩은 동아줄이라도 잡은 듯 반색했다.

"대신 당분간 죽어들 지내야 해. 끽소리 말고!"

"하라는 대로 하겠소. 그 방법이 대체 뭐요?"

"유연기만 있으면 이 섬을 빠져나갈 수 있잖나. 우리가 저 도적놈들 전부와 싸워 이기는 것은 불가능하지만 유연기 한 명 납치하는 것은 가능한 일이지!"

"그 능구렁이 같은 영감탱이를 납치하는 일이 가능하겠소? 그 영감탱이는 허생과 늘 붙어 산지사방 돌아다니고 있고, 박율을 비롯해서 여러 놈이 호위하고 있잖소?"

"아무리 조심성이 투철한 사람이라도 시간이 흐르면 해이해지기 마련! 참고 또 참으며 기다려야겠지. 유연기를 비롯해서 놈들이 방심할 때까지. ……정 안 되면 유연기의 딸년을 이용할 수도 있을 게야."

"그게 무슨 방법이요? 아무 방법도 아니구먼!"

토벌대 출신은 하루를 못 버텼다. 하루에 여섯 끼니씩 먹던 게 버릇이 되어서 그런지 고작 세 끼를 굶자 모두 미쳐 날뛰었다. 왜구 출신 박율을 흉내 내어 제 계집을 잡아먹겠다고 설치는 놈까지 있었다.

정석경 패거리는 자존심 때문에 구걸은 못 하겠다며, 약탈을 해 먹겠다고 나섰다. 하지만 가는 섬마다 지역민이 활을 들고 대기하고 있었다. 지역민의 의지는 확고해 보였다. 토벌대 출신이 말을 듣지 않으면 전투도 불사하겠다는.

토벌대 출신은 결국 박이기의 계책을 따르기로 했다. 방법이라곤 그것밖에 없었던 것이다. 일단 허생의 말을 듣는 척하기로 했다. 무슨 일을 하라고 할지 모르지만 일을 하는 척하자, 이렇게 단순하게 생각했던 것이다.

토벌대 출신은 율서 사람들에게로 갔다. 박이기가 대표로 율서 행수 혹부리에게 말했다.

"우리도 일을 하겠네. 일을 주게!"

"하하, 장군님 말씀이 딱 맞구만이라. 장군님이 예측하기를, 당신네들이 사흘을 못 버티고 일을 달라고 할 것이라 했당께! 이 말을 들으면 더욱 맴이 아프시겠지만서두, 말할 테니께 들어보소. 장군께서 이르기를, 토벌대 출신들이 일을 하겠다고 하거든, 사십여 명씩 쪼개어 각 지역에 나누어 보내라고 혔소. 아예 딴생각을 못하게 오징어다리처럼 좍좍 찢어 놓으라는 것이제."

토벌대 출신들로서는 기가 막히고 분통이 터지는 소리였다. 정석경은 곧 죽어도 싸우다가 죽을 것을 주장했다. 하지만 대부분의 토벌대 출신은 싸울 마음이 귓밥만큼도 없었다. 배가 고프고 목이 말라서, 당장 밥 한 끼, 물 한 모금에 눈이 멀어 있었던 것이다.

싸운다 해도 문제였다. 싸워 이길 수 있을 것인가? 토벌대 출신은 식량도 물도 없는 배에 갇혀서 열 배도 넘는 적에게 포위되어 있는 거나 마찬가지였다. 게다가 그 적들은 잘 먹고 날마다의 건강한 노동으로 단련되어 사기가 드높았다. 하지만 자신들은 날마다 계집질에나 열 올려 몸이 망가져 있었다. 질 것이 불을 보듯 뻔하니 아예 시작을 말아야 할 싸움이었다.

박이기는 싸우자고 날뛰는 정석경을 타이르다 안 되자, 칼등으로 정석경의 이마를 때렸다. 정석경은 기절해서 뻗어버렸다.

"하라는 대로 하겠네. 하지만 사십 명씩 나누는 건 우리 재량에 맡겨주게."

"그거까지야 우리가 참견할 수 있겠소? 맘대로 하쇼."

박이기는 충직하고 통솔력이 뛰어난 자를 여러 명 골라낸 뒤에 엄하게 말했다.

"나 박이기, 양유호, 정석경, 기패관 최가와 유가, 그리고 너희들이 사십여 명씩 거느린다. 우리 토벌대 출신 모두의 운명은 너희들에게 달려 있다고 해도 과언이 아니다. 어디를 가든지 너희가 책임지고 휘하를 통솔해야 한다. 그리고 나의 연락을 기다려라. 우리는 따로따로 흩어지더라도 한 패거리라는 것을 결코 잊어서는 안 된다."

토벌대 출신은 스스로, 사십여 명씩 열 개의 동아리로 나누었다. 정확히 말하자면 사십여 명씩이 아니라 팔십여 명씩이다. 각각 여자 한 명씩을 데리고 있었으니까.

토벌대 출신들은 남부여대해서, 열 개의 지역으로 흩어졌다. 여자들이야 어차피 섬에서 살 생각으로 조선을 떠난 사람들이었으니까 이제야 제대로 살 곳으로 가는가 보다 신이 났지만, 남자들은 아주 죽을 맛이었다.

돈 욕심에 도적을 쫓아다니다가, 어처구니없게도 섬에서 도적들과 더불어 사는 꼬락서니가 된 것이다. 그런데도 그들은 일말의 탈출 희망에 큰 기대를 걸고 있는 면모를 보였다. 바위섬에서 채취한 금덩어리를, 그 무거운 금덩어리들을 질질 끌고 갔던 것이다. 언젠가는 그것을 조선에 가지고 갈 수 있으리라는 희망으로.

그들은 제 목숨보다 그 금덩어리가 소중한 듯 길을 가는 동안 겁을 냈지만, 율려인은 그게 금덩어리라는 걸 알고도 비웃기나 할 뿐이었다.

"미친놈들! 저 빛나는 돌덩어리가 조선에서나 필요하지, 우리나라에선 개똥보다도 쓸모가 없는 것이거늘. 무섭지도 않나?"

각 지역으로 흩어진 토벌대 출신에게는 더 가혹한 운명이 기다리고 있었다. 사십여 명을 십여 개의 두레에 네댓 명씩 편제했고, 집도 여기저기에 흩어지도록 배분해주었다. 집은 삼백여 채씩이나 지어 지역마다 여유가 있었던 것이다.

토벌대 출신은 똘똘 뭉쳐 살며 훗날을 기약하려 했는데, 산산이 흩어져 모두가 도적 출신들 틈바구니에 끼어 있게 된 것이었다.

3

먹고만 산다면 개도 산다

집 짓기가 완료되자, 율려인의 일거리는 확 줄어들었다. 집 짓기에 매달렸던 두레들은 곧바로 가을걷이에 매달렸다. 추수는 집 짓기에 비하면 놀고먹는 일처럼 쉬웠다.

다른 곡식은 관두고 벼만 말하자면, 오십만 석을 거두었다. 허생은 사십만 석은 공공창고에 넣어두도록 하고, 나머지 십만 석은 율려인 모두에게 공평히 분배했다.

율려인은 자기 집 창고에 쌓인 곡식 더미를 바라보며, "조선의 부자 놈들이 곡식 섬 보는 재미에 살았군 그래! 참 보기에 좋구나!"라고 찬탄하면서 덩실덩실 춤추어대었다.

추수가 끝난 뒤에는 바로 땅을 갈아엎고 보리씨를 뿌렸다.

집 짓기에 이어 추수, 보리 파종까지 끝마친 두레들은 다른 두레에 편입되거나, 새로운 두레로 편성되었다. 새로운 두레는 길 닦는 도로두레, 겨울을 대비하는 나무두레, 미래의 옷감에 대비하는 길쌈두레 등이었다.

그런데 새로운 두레들이 하는 일은 대개 수월하거나 당장 급한 일이 아니었다.

도로두레는 길을 닦는다고 나서기는 했지만, 이미 사람들이 작신 나게 밟고 다녀서 반들반들 나 있는 길을 좀 더 넓히거나 조경하는 정도였다. 길쌈두레는 말만 두레였지 여인네들이 모이지도 않았다.

나무두레는 경험자들의 말이나 지리적 위치로 미루어보아, 율려 제도의 겨울 기후는 봄처럼 따뜻할 것이니 그다지 많은 나무가 필요한 것 같지도 않았다. 급하지 않으니 설렁설렁 일할 수밖에 없었다.

추석 직전에 편성된 어부두레도 마찬가지였다. 고기잡이와 토벌대 출신을 대신해 해상방위를 맡았으나 일이라고 할 게 없었다. 해상방위는 적이 나타나는 일이 없으니 태만해질 수밖에 없었고, 고기도 잠깐 그물질하면 이틀 먹을거리가 나왔다.

그들이 만약 개인적으로 일했다면 혹시 모르는 미래를 위해 마른 생선을 만들거나 젓갈을 담거나 해서 바빴겠지만, 공동작업이다 보니 그런 게 되지가 않았다. 그런 걸 하자는 사람이 있기는 했지만, 두레 동무들에게 욕만 먹었다.

"시팔 놈아, 우리가 왜 그런 미친 짓을 해야뎌?"

종합적으로 말하자면, 추석을 전후로 해서 뭔가 확실히 달라진 것이었다. 상륙 때부터 추수 때까지 넉 달간은 강도 높은 노동의 시기였다. 율려인은 그 시기를 '좆 빠지게, 보지 찢어지게 일만 하던 때'라고 표현했다. 무엇보다 집 짓기에 총력을 기울일 수밖에 없던 탓에 고밀도 노동이 불가피했다.

그런데 추석을 쉰 이후에는 여유롭게 노동하게 된 것이었다. 율려인은 이런 상황에 대해 '좆도 세워가면서 보지도 주물러가면서 슬렁슬렁 일한다'고 표현했다.

　동쪽섬 행수 절굿대는 손과 발은 거의 움직이지 않고 입만 나불대는 사람이 되어 있었다. 어쩔 수 없는 일이었다. 그는 동쪽섬 오백여 명의 지역민과 십여 개의 소두레를 책임진 우두머리였다. 책임자의 면모가 갖추어질수록 손과 발은 퇴화하고 입만 발달했던 것이다.

　행수 시절 초기에는 지도순행도 많이 다녔다. 하지만 지도순행이 슬슬 귀찮아지기 시작했다. 일을 진행하는 데 있어서 지도순행보다 사무소에 앉아 있는 것이 더 유용한 것도 같았다. 지도순행 때, 긴급 결제를 받으러 온 조사총각이 자신을 찾아 헤매는 일이 잦았던 것이다.

　지도순행은 오일에 하루로 줄이고, 나머지는 사무소에 앉아서 결재하고 명령을 하달하는 일만 하게 되었다. 점차로 오일에 한 번 하는 지도순행도 빼먹을 때가 많아졌다.

　이것은 동섬 행수 절굿대만 그런 게 아니라, 모든 지역의 행수가 다 그랬다.

　지역 행수들만 그런 게 아니라, 장군부 사람들도 그랬다. 장군부 사람들 역시 지도순행의 한계를 느꼈다. 일이 많아지고 복잡해질수록 결재받으러 오는 사람을 장군부 사무실에서 맞아 즉각 시정명령을 내리거나 결재를 해주는 게 일의 진척이 빠르다는 걸 알았다.

　집 짓기가 끝나고 추석 이후엔, 장군부 사람들의 동서남북 섬 순행은 아예 없었다. 장군이나 이방은 율섬 지역이나 돌아볼까, 동서남북 섬까지 나올 엄두를 내지 못했다. 바빠서가 아니라, 그들 역시 지역 행수들과 마찬가지로 지도순행이 귀찮아서 안 다니는 것인지도 몰랐지만 말이다.

확실히 장군부는 예전 같지 않았다. 일치단결해서 중앙행정을 처리하던 장군과 육방이 아니었다. 이방 유연기는 토벌대 출신 처리 문제로 허생에게 품게 된 앙금이 쉽게 아물지가 않았다. 다른 것은 다 참아도 자기에게 감시병을 붙여놓았다는 게 화가 나서 견딜 수가 없었다.

허생은 토벌대 무리를 완전 해체해버린 후에야 유연기에게 붙은 감시병을 떼어주었다. 그래도 유연기는 출근을 하지 않았다.

예방 박명궁, 형방 흑사마귀, 공방 월화가 찾아와 부장군이 그러시면 안 된다고 달랜 연후에야 겨우 출근했다. 출근을 하긴 했는데, 장군의 말이라면 무조건 딴지를 걸기로 작정을 했는지, 사사건건 시비 걸듯 허생과 의견 대립을 보였다.

추석 이전엔 장군과 부장군이 공동으로 좋은 생각을 줄기차게 뽑아내던 회의 시간이, 추석 이후엔 장군과 부장군이 말싸움하는 시간으로 변해버렸다.

장군과 부장군 사이에서 중재자 역할을 하던 사람이 그 역할을 안 한 탓이기도 했다. 장군과 부장군 사이의 중재자이자, 율려에서 가장 필요하고 가장 열심히 일하는 사람이었던 호방 이호영이, 일을 안 하기 시작한 것이었다. 그는 회의에도 나오지 않았다.

이유는 간단했다. 그 역시 추석을 쇠고 고향에 가게 될 줄 알았는데, 허생이 보내주지 않는 것이었다. 반년만 더 일해달라며. 이호영은 허생에게 한없는 배신감을 느꼈다. 상처받은 그는 일할 의욕을 완전히 상실했다. 이호영은 허구한 날 바닷가에서 낚시를 하며 분을 삭였다.

집 짓기를 비롯해서 중요한 공사는 모두 끝나서 그가 할 일이 상당히 줄어 있기는 했다. 하지만 그가 의욕을 갖고 계속 일했다면 보다 많은 것이 계획되고 건설되고 조성되었을 것이다. 이호영의 수하인 서기와 차인들도 똑같이 나태해졌다.

그래도 진행 중인 공사들은 무리 없이 진척되어갔는데 그것은 공방 월화의 활약 덕분이었다. 추석 이전엔 이호영이 호방 겸 공방이고, 월화는 이호영이 부리는 가장 좋은 말 같았다. 그런데 추석 이후엔 월화가 공방 겸 호방이고, 이호영은 은퇴한 말 같았던 것이다.

여기에 박율과 흑사마귀가 또 기세등등해져가고 있었다. 문제는 두 사람 역시 사사건건 대립했다는 것이다. 토벌대 무리를 해체하고, 각 지역 어부두레에 해상방위를 맡겼는데 이 어부두레 감독권, 즉 해상방위 통솔권을 놓고, 두 사람이 다툰 것이었다.

"야, 무식한 도적놈아. 어부두레는 군대다. 그러니 병방인 내가 관리해야지."

"왜구 출신 놈아, 어부두레는 군대가 아니라 자위대다. 형방인 내가 맡아야 해."

허생이 둘 중 한 사람에게 통솔하라고 지시했으면 간단했을 텐데, 허생은 무엇 때문인지 명확한 말을 하지 않았다. 결국 율섬 지역 어부두레는 병방 박율이 통솔하고, 동서남북 섬의 어부두레는 형방 흑사마귀가 통솔하는 식으로 되었다.

허생 장군도 좀 갑갑하게 되었다. 오른팔인 유연기와는 말다툼하기 바쁘고, 왼팔인 이호영은 낚시나 하고 자빠졌고, 젊은것 두 놈은 싸우기 바쁘고, 공방인 월화와 서기 유서향도 사사건건 티격태격했다. 그러니 무슨 일을 할 것이며, 동서남북 섬 같은 먼 데로의 지도순행을 생각할 수 있겠는가?

하여간 그런 장군부를 닮아서, 동쪽섬 행수 절굿대도 매우 나태해져 있었다. 추석을 쇠고 나서부터 절굿대는 나태해진 것도 모자라 시름시름 앓다시피 했다. 특별히 아픈 데가 없는데도 그냥 막 미치겠는 것이었다. 마치 상사병에 걸린 것처럼.

절굿대의 아낙은 『흥부놀부전』에 나오는 흥부마누라를 연상시켰다. 그런대로 봐줄 만한 얼굴인데, 바라보고 있노라면 참으로 불쌍하다는 느낌이 꽉꽉 들었다. 그런 불쌍한 얼굴을 타고난 사람이 가끔 있는 것이다. 그래서인지 그녀는 이름보다도 '흥부마누라'로 불렸다.

절굿대가 흥부마누라를 제 아낙으로 얻은 연유도 불쌍해 보였기 때문이다. 절굿대는 흥부마누라를 보는 순간 다른 여자를 더 알아볼 생각은 않고 "참, 불쌍하게도 생겼다. 난, 불쌍한 여자가 좋다. 너는 내 여자다!" 하고 들쳐 업어버렸던 것이다.

영 불쌍해 보이고 밤일도 나무토막처럼 시원찮은 흥부마누라는 놀라운 손을 가지고 있었다. 음식 솜씨가 매우 뛰어났던 것이다. 다른 집에서는 오로지 양으로 먹었지만, 절굿대 집에서는 질로 먹었다.

공동식사, 공동작업의 두레사회에서 이게 무슨 소린가?

하루 세 끼니만 먹는 것으로 만족하지 않는 집들이 생겨났다는 것이다.

이것은 식사두레가 나태해진 탓도 있었다. 식사두레는 음식을 하는 데 점점 성의가 없어졌고, 따라서 음식 가짓수는 시나브로 줄어들었으며, 맛은 개판이 되었다. 이러자 공동식사에서는 안 먹고, 자기 집에서 부부끼리만 챙겨 먹는 집이 많아졌다. 아무래도 부부끼리 먹을 때는, 여인네가 정성을 들여 음식을 했던 것이다.

갈수록 그런 현상이 심해져, 곧 식사두레는 유명무실해졌다. 아침과 저녁은 아예 식사두레원이 모이지를 않았다. 추석 전에는 새벽에 일터에 나와 어둑해져야 일을 끝마치던 사람들이, 추석 후에는 해가 한참 뜬 뒤에 나와서 노을 무렵에 귀가해버리니 공동으로 밥해 먹고 자시고 할 게 없게 되었다. 식사두레는 점심때만 대충 밥을 하고 멀건 국을 끓여서 개밥 수준의 상을 차렸던 것이다.

그러고 보면 식사두레의 끼니 준비가 부실해서 부부끼리 아침저녁밥을 해먹게 된 것인지, 부부끼리 아침저녁밥을 지어먹다 보니 식사두레가 망가진 것이지 헷갈리기는 했다.

하여간 공동으로 밥해 먹을 땐 눈에 뜨이지 않던 음식 솜씨 좋은 사람이, 따로따로 밥을 해먹다 보니 자연히 오롯해진 거였다.

그 음식 솜씨 좋은 흥부마누라가 십 년 체증이 얹힌 사람처럼 침울한 절굿대에게 물었다.

"여보. 당신답지 않게 왜 우거지상통이오?"

"그러게 말여. 내가 이날 이때까지 답답함이란 걸 도통 모르고 살던 놈인데, 뭐가 이렇게 답답할까?"

"지난밤에 그냥 자서 그런 것 아니오? 어쩔 수 없었어라우. 나는 빨간 거 나오는 날 하기 싫단 말이오."

"나도 피 묻히며 하는 건 싫어. 근디 아직도 피가 나와? 허어, 남들은 다 애새끼를 뺐다고 하던데, 임자는 왜 이리 늦은 겨. ……그냥 무지하게 답답해. 왜 이럴까? 왜? 잘 먹고 잘 사는데 뭔가 엄청나게 큰 것이 빠져 있는 것 같단 말이여. 뭔가가 빠져 있단 말여!"

"혹시 술 아니오?"

"술?"

"여보가 술 참 좋아하게 생긴 얼굴이오. 내 아버지가 술 잘 드셔서 내 잘 아오. 내가 술 좀 담가드릴까요?"

"술? 자네가 술을 담글 줄 알아?"

"술도 못 담그는 여편네가 있소?"

홍부마누라는 술을 한 독 담갔다. 술 익어가는 냄새를 맡으며 절굿대는 깨달았다. 자신이 그렇게나 좋아하던 술을 완전히 잊고 살고 있었다는 것을. 그리고 술이 자기를 불렀다는 것을. 술이 마시고 싶어서 그렇게나 답답했다는 것을. 절굿대는 참을 수 없는 심정에 채 익지도 않은 술 한 독을 다 마셔버렸다.

그러고는 솥뚜껑 같은 손바닥으로 홍부마누라의 엉덩이를 북처럼 두들기며 노래하듯 했다.

"마누라야, 술 더 담가라. 술 마시니 참 좋다야! 한 독 두 독 양이 안 차, 닷 독 열 독 왕창 담가라!"

홍부마누라는 박처럼 부풀어 오른 엉덩이를 삐죽거리며 쌀 닷 섬을 술로 담갔다. 또 채 익기 전에 절굿대가 마시기 시작하자, 홍부마누라는 내뺐다. 그녀는 제 아비를 통해 술 잘 마시는 놈은 술주정도 심하다는 걸 터득하고 있었다.

절굿대 행수에게 결재 받으러 왔다가, 술 냄새를 맡은 도감, 수총각들은 입맛을 다셨다. 그들도 자기들이 잊고 있었던 게 뭔지 단박에 깨닫게 된 것이었다. 절굿대가 또 인심 하나는 넉넉한 자였다. 모두에게 한 사발씩 돌렸다.

사람들은 자기 집에 돌아가자 아내들을 붙잡고 닦달을 했다. 당장 술을 담가 오라는 거였다. 하지만 누구나 홍부마누라처럼 술을 잘 담글 수 있는 게 아니었다. 열에 일곱은 술을 담글 엄두도 못 냈고, 열에 셋 정도가 담근다고 담가보았는데 소태인지, 식초인지 뭔지 알 수 없을 만큼 형편없었다. 그것도 어쨌거나 술이라고 마시고들 취한 남편들은 "이것도 술이냐? 홍부마누라님한테 배워 와라!" 하며 난리를 쳐댔다.

아낙들은 흥부마누라에게 달려가 사정사정했다. 흥부마누라는 자신의 솜씨를 구태여 아낄 이유를 찾지 못했다. 대신 재산 축적의 묘수를 찾아냈다.

"세상에 공짜는 없는 법이오."

아낙들은 쌀이 워낙 많다 보니 쌀 아까운 줄 모르고 있었다. 처음에 분배받은 쌀도 아직 남아돌았지만, 추수로 곡식이 집 안에 가득 쌓여 있었던 것이다. 쌀 한 톨 구경하는 게 소원이던 조선 시절을 까마득히 잊어버린 지 오래였다. 아낙들은 쌀가마를 짊어지고 흥부마누라에게 달려갔다.

흥부마누라보다는 못해도 솜씨 좋은 아낙들은 한 번에 술 담그는 법을 배웠고, 좀 미련한 여자들도 서너 번 담가보니 대충 술맛이 나왔다.

대책이 없는 여자들은 열 번을 배워도 술하고는 거리가 멀어서 남편들에게 죽도록 맞았다. 그런 남자들을 위하여 흥부마누라는 술 판매도 시작했다. 남자나 여자나 쌀 없애기 바쁠 때, 오로지 한 사람 흥부마누라만큼은 성황당 돌탑 쌓듯 쌀을 모으고 있었던 것이다.

행수라는 사람부터 술을 마시기 시작했고, 행수의 아낙이라는 자가 술 담그는 법을 가르쳤으니, 동쪽섬 사람들 모두가 술독에 빠지는 날은 금방 왔다.

술의 전파력이 그처럼 거셌던 것은 두레 덕분이기도 했다. 공동작업에 술만 한 것이 없었다. 소두레들은 일할 때보다 술을 마실 때가 더 많아졌다. 모두들 자기들이 그간 술도 안 마시고 그 힘든 일을 했다는 것이 믿어지지 않는다는 소리를 해대가며 퍼마셨다.

이와 비슷한 일이 다른 지역에서도 비슷한 때에 발생했다. 사람들이 하나둘씩 머릿속에서 지워졌던 술을 생각해내게 되었고, 술을 잘 담그는 사람은 어디에도 있기 마련이었다. 못 담그는 사람은 배우면 되는 것이었고, 결정적으로 술 담을 곡식이 산처럼 쌓여 있었다. 시월경에는 온 나라가 술 냄새에 휩싸이게 되었다.

술 사태를 가장 늦게 안 사람은 허생과 박율이었다. 아무도 말을 해주지 않았기 때문이다. 율려인은 막연한 두려움이 있었다. 허생은 조선에서 육천여 명이나 되는 불상놈들을 데리고 떠나면서도, 사람에게 필요한 모든 재화를 배에 싣고 떠나면서도, 술은 한 병도 안 실은 분이다. 즉 그분은 술을 매우 싫어한다. 술을 싫어하는 그분에게 술 얘기가 알려지면 못 마시게 할 것이다.

이런 두려움 때문에 모두가 일치단결해 허생과, 허생을 그림자처럼 따라다니는 박율의 귀에 술 얘기가 안 들어가도록 최선을 다했던 것이다.

심지어는 장군부의 각료인 육방(병방 박율을 제외한)들도 자기들은 술을 실컷 마시고 다니면서도, 장군에게는 술 얘기를 입도 뻥긋하지 않았던 것이다. 육방들은 술을 마신 다음 날에는 아예 허생 앞에 얼씬거리지도 않았다. 또 지도순행을 거의 다니지 않은 것이, 허생이 이 사태를 늦게 안 원인이 되었다.

하지만 술 냄새를 누가 막으리요! 얼마 못 가 허생은 알게 되었다. 허생의 마누라 노릇을 하던, 장군마님 기연이 술을 얻어 마시고 들어와서 해롱댔던 것이다.

허생은 기연에게 정나미가 떨어져 함께 자는 날이 드물었다. 그래서 기연은 그날도 마음 놓고 술을 마시고 와서 처자고 있었다. 허생이 모처럼 거시기 하러 들어왔다가 술 냄새를 맡았던 것이다. 깨워서 추궁하니, 기연은 정신없이 주정해댔다. 술이 아니고서는 불가능한 현상이었다.

허생은 분노했다. 박율의 호위대를 풀어 조사해보니, 안 마신 놈이 없었다. 심지어는 호위대도 박율을 제외하고는 다들 마신 적이 있었다.

허생은 술을 처음 담근 자를 찾아내려고 했다. 모래밭에서 바늘 찾기 같은 일인 줄 알았는데, 의외로 쉽게 찾을 수 있었다. 무슨 일이든 처음 하는 자는 이름이 남기 마련이다. 율려인은 술을 최초로 담근 자가 절굿대의 아낙 홍부마누라라는 것을 알고 있었다.

절굿대는 동섬 사무소에 없었다. 출근도 안 하고 자기 집에서 대낮부터 술에 취해 있었다. 허생은 부르르 떨더니 호위대에게 명령했다.

"저놈을 복날 개 잡듯 하라!"

하지만 복날 개 잡듯 얻어맞은 건 호위대였다. 절굿대는 두어 달간 술독에 빠져 있는 사람인가 싶게 괴력을 발휘하여 홀로 호위대 열의 면상을 깼다. 그물을 구해다가 던져서야 간신히 절굿대의 난동을 멈추게 할 수 있었다.

"네놈의 정신을 뜯어고쳐주마!"

그런대 무슨 방법으로 뜯어고친다? 허생은 점잖게 타일러 말하면 될 줄 알고 왔는데, 이건 뭐 완전히 술에 떡이 된 놈이었다. 이런 놈한테 말을 해봐야 소용이 없고, 어떻게 해야 한다? 정신을 뜯어고쳐준다고 큰소리를 치기는 했는데.

이때 허생의 마음을 헤아리기라도 하듯 병방 겸 호위대장 박율이 말했다.

"정신 뜯어고치는 데에는 그저 패고 굴리는 게 최고입니다! 장군은 지켜만 보십쇼. 제가 이놈의 정신을 완전히 개조시켜 놓겠습니다."

별다른 대책이 없던 허생은 머뭇거리다가 허락했다. 그런데 무슨 생각이 번쩍 나서 덧붙였다.

"절굿대와 홍부마누라, 이 두 연놈만 다스려서 될 일이 아니다! 이놈들이 술을 가장 먼저 담갔으니, 동쪽섬 놈들 모두가 가장 먼저 술을 마셨을 게다. 본보기를 보여야 한다. 술은 절대로 안 된다는 것을! 동섬 지역민 모두를 집합시켜라. 모조리 정신 개조를 시켜야 돼!"

그렇게 해서 박율과 호위대는 동쪽섬 사람들 오백여 명을 굴리고 패는 것으로 열흘을 보냈다. 해변에 죄다 모아놓고 일단 작신 팬 다음, 선착순 달리기, 오리걸음, 배로 기기, 토끼뜀, 나무통 들어 올리기, 모래구덩이 팠다가 메우기 등등을 끼니 때 주먹밥 하나씩만 먹이고, 새벽부터 한밤 중까지 계속 시켜댔다. 혼절하는 사람이 속출했다.

여자라고 봐주는 법이 없었다. 여자들 중에는 임산부가 태반이었고, 임산부 중에는 벌써 임신 여섯 달에 이르는 이도 있었는데 그 여자들마 저 봐주지 않았다. 그래서 이때 애 떨어진 여자들이 많았다.

죽은 사람이 안 나온 게 참으로 기적이라 할 만큼 강도가 높은 정신 개 조였다.

혹시 사내들끼리만 얼차려를 받았다면 동섬 사람들이 반항했을지도 모른다. 그러나 제 아낙들과 함께 얼차려를 받았기 때문에 반항하지 못 했다. 사내가 조금이라도 말을 듣지 않으면 호위대는 얄궂게도 그 사내 의 아낙을 패대었던 것이다.

하기는 율려인의 장군에 대한 충성심이 드높았기 때문에 반항은 불가 능했을 것이다. 어쨌든 그들이 장군님이 싫어하는 일을 하기는 했으니까.

유연기가 오지 않았다면, 얼차려는 언제까지 계속됐을는지 몰랐다. 유 연기는 동섬 사람들이 얼차려 받느라고 다 죽어가고 있다는 말을 듣고 부랴부랴 동섬에 온 것이었다. 유연기는 허생 장군은 쳐다보지도 않고 박율에게 소리쳤다.

"자네 지금 뭐 하는 짓인가? 누가 자네더러 이런 개지랄을 하라고 했 어? 늙은 왜년의 사타구니나 핥던 게 장군님 호위무사 노릇 하더니 간이 배 밖에 나왔구나."

"아니, 이 영감탱이가 그 무슨 말 같지 않은 소리우? 나는 그저 장군님의 명에 따라서……."

"썩 꺼져. 율섬으로 돌아가 근신하고 있어!"

박율은 허생을 쳐다보며 뭐라고 말 좀 해달라는 눈치를 보였다. 하지만 허생은 유연기의 편을 들었다.

"그만 가자! 이만하면 정신 개조가 되었을 것이다. 다시는 술 마실 생각을 못 할 것이야."

허생은 박율의 잔인함에 내심 놀라고 치를 떨고 있었던 것이다. 자기가 시켜놓은 일이라 체면 때문에 그만두라는 말을 못 하고 있었다. 유연기의 참견을 핑계 삼아, 얼차려를 그만두게 했던 것이다.

그런데 유연기는 허생을 그냥 보내주지 않았다.

"장군, 이게 뭡니까? 타일러야지요, 알아듣게! 매와 얼차려로 다스리면 듣는 것은 그때뿐, 깊은 원한만 가슴에 새겨주게 된다는 것을 왜 모르십니까? 저 사람들의 눈을 보십시오. 분기로 타는 듯하지 않습니까? 저들을 어찌 감당하려 하십니까?"

허생은 못 들은 척 자리를 떴다. 하지만 동쪽섬을 술독에 빠뜨린 주범 절굿대와 흥부마누라 둘은 특별히 묶어 도성으로 압송해 갔다. 어쨌든 허생은 술을 마시면 어떻게 되는지 백성들에게 확실히 보여준 것이었다.

그러나 문제는 그런다고 해서 술이 사라질 수 있는 게 아니라는 것이었다. 한 번 술맛을 본 사람들은 술을 안 마시고는 배길 수가 없었다. 사람들은 계속해서 술을 담그고 마셨다.

허생도 그 사실을 알았지만, 수수방관했다. 수수방관할 수밖에 없었다. 그는 술이 얼마나 대단한 영향력으로 사람을 옥죄는지 누구보다도 잘 알았다. 사람들이 술을 생각해냈고, 마시기 시작했다면, 막을 수 없는 불길 같은 것 아니겠는가? 얼차려와 매질로는 술을 막을 수 없다!

하지만 술이 이 사회를 위협할 악의 근원임에는 분명하다는 생각에는 변함이 없었다. 다만 술을 못 마시게 할 근본적인 대책이 생각나지 않았고, 그렇다고 적당히 마시라는 식으로 술 마시기를 용인할 수도 없어서, 이도 저도 못하고 가만히 있었던 것이다.

추수가 끝나고 보리 파종이 끝나자, 두레는 유명무실해졌다. 배가 박처럼 부어오른 여인네들이 늘어나면서, 두레가 더욱더 깨졌다. 노동력의 한 축이었던 여인네들이 일터에서 이탈, 자기 집에만 들어앉자, 여인네를 주축으로 했던 두레는 자연스럽게 와해되었다.

임신하지 않은 여자들도 많았지만, 그녀들은 자기들만 일을 해야 할 이유를 찾을 수 없었고, 그들도 두레에 나가지 않게 된 것이었다.

남정네들은 마지못해 모이기는 했지만, 일을 하기 위해서가 아니라 술 마시고 놀기 위해서였다. 모이기는 했으나 절박하게 해야 할 일은 없었고, 심심해서 술이나 마시는 거였다.

이제 집단적으로 노동하는 모습은 찾아볼 수가 없었다. 공동생활, 공동작업을 기치로 내걸었던 두레사회는 완전히 붕괴한 것이었다. 개인사회가 도래한 것이었는데, 먹을 게 풍족하고 뭐 하나 부족함이 없으니, 대개의 사람들은 게으르고 무료하게 지냈다.

화전 부쳐 먹던 산이 도적들의 근거지가 되는 바람에 할 수 없이 도적이 되었던 강바우라는 이가 북쪽섬에 살고 있었다. 강바우는 무료해하다가 무심코 윷을 깎았다. 배부른 아내에게 윷 놀자고 졸랐다.

"코흘리개마냥 윷을 들이대고 그런대요! 윷 놀 힘 있거든 절구질이나 한 번 해주쇼. 앞집, 옆집, 건넛집, 집집마다 하루에도 두세 번씩 좋아 죽겠다는 비명소리가 들리건만, 우리 집은 보름이 다 가도록 아얏 소리 한 번 안 나오니, 이것 참, 내가 구멍이 없나, 이녁이 거시기가 없나."

"배가 부른디도 혀도 되는 거여? 혔다가 뱃속에 든 아가한테 사고가 날까 봐 그러제."

"내가 만삭이요? 아홉 달까지는 해도 괜찮다고 하더이다."

"윷 던져서 당신이 이기면 한 번 해줄 거구만."

강바우는 불퉁대는 아내를 꼬여 몇 판 놀아보았는데, 아무 재미가 없었다. 윷가락을 들고 무늬만 두레에 나갔다. 사내들이 심심해 죽겠던 차에 잘됐다며 반색을 했다. 사내들은 열심히 윷을 던졌는데, 기대했던 것만큼 신명이 나지를 않았다. 한 놈이 무릎을 치며 말했다.

"내기를 안 해서 재미가 없는 게 아닐까?"

그래서 사내들은 이러저러한 내기를 해보았다. 꿀밤 먹이기, 손등 때리기, 노래하기, 이야기하기…….

"아이구, 재미없어! 이건 계집들이나 하는 내기야."

"내기라면 역시 돈내기가 제일인데."

"이 땅에서 돈이 무슨 소용이 있는가?"

"소용이 있다 한들 있기는 하나?"

"있지, 왜 없어?"

"어디에 있단 말인가?"

"장군께서 우리에게 마누라와 소를 얻어 오라고 각자에게 나누어준 돈이 백 냥씩이었네. 난 그 백 냥 중에 스물다섯 냥이나 남았네. 지금도

가지고 있지.”

“하기는 백 냥은 아내 하나, 소 한 마리 구하기에는 너무 많은 돈이었지. 나도 한 삼십 냥 가지고 있고만.”

“난 남은 돈을 부모님께 드리고 왔어. 땡전 한 푼 없다구.”

“바보 같은 자식! 그러니까 돈을 잘 써야지. 나는 여자 둘에, 소, 돼지에다 염소, 개까지 사고도 열 냥이 남았다네. 한데 허생 장군이 일부일처제라나 뭐라나 하는 바람에 그 여자 둘 중에 하나를 버렸는데, 그 버린 하나가 더 예뻤던 것 같단 말여. 그 계집이 토벌대 출신 놈의 아낙이 되어 깨가 쏟아진다는 얘기를 들었지. 한 구멍만 파느라고 진력이 나버렸는지 요새 그 계집 자태가 떠오르고는 해. 아깝다는 생각이 든단 말이지. 내 양물이면 둘 다 너끈히 거느리고도 남는데.”

“나도 찾아보면 한 열댓 냥쯤 있을 것 같은디.”

그들은 그렇게 자신들이 가지고 있는 상평통보가 얼마나 되는지 털어 놓았다. 마침내 한 사람이 누구나 정말 하고 싶었던 말을 끄집어냈다.

“우리 싱거운 내기 그만두고 화끈하게 돈내기를 해볼까? 역시 내기라면 돈을 걸어야 제 맛이지.”

“돈이 없는 사람은?”

“곳간이 꽉 차 있지를 않나. 돈이 없는 사람은 돈 있는 자에게 곡식을 주고 돈을 얻으면 될 게 아닌가?”

“곡식은 세상이 무너진다 해도 가지고 있어 나쁠 게 없는 것이지만, 이 섬에서 돈은 아무런 가치도 없네. 누가 곡식을 쓸모없는 돈과 바꾼단 말인가?”

“그렇다면 돈 없는 사람은 하지 말고, 돈 있는 사람들끼리만 하면 될 게 아닌가.”

그들은 집으로 돌아가 집구석을 샅샅이 뒤졌다. 그들이 다시 모였을 때, 모두들 몇 냥씩은 쌈지에 담겨 있었다. 또 윷을 놀게 되었는데, 자연스럽게 돈을 걸고 하게 되었다.

돈을 걸고 하니까 제법 뭔가 좀 하는 것 같았다. 윷가락이 굴러갈 때, 모냐, 도야지냐, 외치노라니 흥분되기도 하고, 돈을 따니 신이 나기도 하고, 돈을 잃어 울화가 치밀기도 하는 것이었다.

잠깐 하고 말자던 것이 밤을 새고도 끝날 줄을 몰랐다. 아침에 잠깐 자고 나와서 정오부터 또 붙었다. 두레가 윷놀이 노름을 위해 깔아놓은 멍석처럼 돼버렸던 것이다.

처음엔 한 푼 두 푼 걸고 하던 것이 열 푼, 스무 푼씩으로 판이 불어났고, 나중엔 한 냥, 열 냥씩까지 걸었다. 자기 집 상평통보를 다 축낸 이들은, 윷놀이 바람을 안 타고 있던 사람들을 찾아가 그 엽전 쓸모없지 않느냐, 나나 주어라, 해보았다.

하지만 순순히 내어주는 사람이 드물었다. 자신은 윷놀이에 관심도 없고, 돈도 필요 없는 사회이고, 그래서 가지고 있어봐야 아무런 쓸모가 없는 상평통보였지만, 이상하게도 남 주기는 싫었다. 소유욕이란 그렇게 냉정한 것이었다.

상평통보는 한정되어 있고, 판돈은 높아만 가니, 보름이 못 되어 몇몇이 모든 돈을 따게 되었다. 몇몇만 윷을 놀고 나머지는 구경하게 되자 그렇게 재미나던 윷판이 시들해졌다. 딴 사람들은 이 쓸모없는 것을 따서 뭐 하겠다고 그렇게 열을 올렸나 멋쩍어했다.

돈을 잃은 사람들도 금세 평온을 되찾았다. 잃을 때는 죽도록 분했지만, 곧 있으나 마나 한 엽전 몇 개 없어졌다고 무슨 대수인가 아무렇지도 않아 했다.

여기는 돈에 죽고 돈에 사는 조선 사회가 아니라, 허생 장군의 영도 아래 돈 없이도 태평성대를 누리는 이상 낙원이었던 것이다.

강바우는 윷놀이 판에서 이길 때보다 질 때가 많았지만, 꺼져가는 윷놀이 열풍이 못내 안타까웠다. 그는 동무들이 너도나도 윷을 던지는 것을 보고, 저 즐거운 흐름을 자신이 이끌어냈다는 자부심을 만끽했던 것이다.

'윷은 너무 약해. 좀 더 화끈한 놀이가 없을까. 동무들이 도저히 손을 못 떼게 만들 강력한 놀이가 뭐 없을까?'

며칠을 고민하던 강바우는 결국 뭔가를 생각해냈다. 생각해놓고 보니, 왜 여태 그 쉬운 것이 떠오르지 않았는지 어이없었다.

그것은 수투였다.

'이상하군. 이상해. 이 율려 제도에 들어온 이후로는 불건전한 것들은 도무지 생각이 나질 않아. 내 머릿속을 아주 깨끗하게 빨래한 것 같아. 불과 일 년 전만 해도 없이는 못 살던 수투를 다 잊어버리고 있었다니 참 기막혀. 그래도 다행이야. 이제라도 생각이 났으니. 한데 수투가 없잖아. 이런 젠장헐! 하고 보니 마누라 말고는 넘볼 창기도 없고, 노름할 도구도 없고, 대체 즐기고 놀 만한 세상이 아니구면. 그나마 술을 마실 수 있게 되어 천만다행이지, 술마저 없으면 어쩔 뻔했나. 그러나 술로도 채워지지 않는 이 허전함! 하루 서너 끼니 배불리 먹고, 마누라 있고, 집 있고, 돈 같은 거 필요 없으면, 만고 땡일 줄 알았는데, 그게 아니구면, 아니야!

먹고만 산다면 개도 산다더니만, 먹고만 살 수는 없는 거야. 무슨 사는 재미가 있어야지. 나만 그럴까? 아니야, 동무들도 나랑 똑같을 거야. 그 동무들을 위해서 내가 뭔가 해야지. 윷놀이 유행을 주도했듯, 수투를 퍼뜨리는 거야. 수투는 심심한 우리들에게 활력소가 될 거야. 그래, 수투를 만들자!'

강바우는 수투 만들기에 매진했다. 하지만 강바우는 며칠 만에 두 손 두 발 다 들고 말았다. 원래 수투는 한지를 서너 겹 덧붙인 종이쪽으로 여러 글씨를 쓰고 들기름을 먹인 것이다. 이 나라에 종이가 없는 것은 아니지만, 장군부 사람들만 가지고 있으며 쓰고 있었다.

종이가 없으니, 강바우는 나무를 깎아 수투를 만들어보려고 했다. 하지만 그는 나무를 요령 있게 다루지 못했다. 윷가락이야 아무나 대충 만들어낼 수 있지만, 수투 같은 노름 도구는 손재주가 좀 있어야 만들 수 있다는 걸 깨달았다.

강바우는 수투를 능히 만들 수 있는 자가 누구 없을까 곰곰이 생각해보았다. 한 며칠 낑낑거리며 생각해보니 슬며시 떠오르는 인물이 하나 있었다.

고진광! 그래, 그 녀석이라면 충분히 만들어낼 수 있을 거야. 강바우는 신이 나서 고진광의 집으로 달려갔다.

두레가 와해되었다고 해서, 모두가 게을러터진 생활을 하고 있는 것은 아니었다. 태생적으로 바쁘지 않고는 못 배기는 사람들도 있었다. 그들은 끊임없이 일거리를 만들어내어 하루 종일 바빴다.

그들은 두레에서 공동으로 일할 때보다 천배는 더 열심히 일했다. 당연했다. 공동으로 일할 때는 부지런하면 손해 보는 것 같았고 일을 열심히 해봐야 저 혼자 돋보이려고 깝죽거린다는 비아냥이나 당했다. 하지만 개인적으로 일하니, 일해서 생기는 모든 것이 자기 재산이 되었으므로 손해 볼 일이 없었고, 남들 눈치를 보지 않아서 좋았다.

그들은 황무지를 개간해서 농토를 넓혔고, 집을 튼튼하게 고치고 꾸몄다. 바닷고기를 잡아다가 말렸고, 새끼를 꼬았고, 옷감을 짰고, 두엄을 만들고, 도무지 쉴 줄을 몰랐다.

허생은 공동작업으로 만들어진 토지를 모두에게 똑같이 나누어주었다. 그런데 부지런한 사람들은 공동작업이 아니라 개인작업으로도 황무지를 개간했고 그 개인작업 개간지는 자기 소유라고 생각해버렸다.

집은 지어질 때 하도 주먹구구식으로 지어져서 손볼 데가 많았다. 대부분의 사람들은 불편하게 생각하지 않고 대충 살았지만, 부지런한 이들은 끊임없이 집구석을 매만졌던 것이다.

그리고 두엄은 조선에 살 때 다음 해 농사를 위해서 꼭 필요한 것이라고 배웠다. 다른 이들은 이 땅의 지력을 믿어서, 두엄은 필요 없다고 생각했지만 부지런한 이들은 생각이 달랐다. 땅은 한 번 사용하면 지력이 쇠하는 것이다! 이 율려땅도 그럴 가능성이 높다. 그래서 그들은 두엄을 만들고, 새끼 같은 것도 꼬았던 것인데, 물론 다른 동무들한테 비웃음을 샀다.

"부지런한 버릇은 개 못 준다더니, 작작 좀 일혀. 그런다고 하루에 열 끼니 먹고 사는 것도 아니잖는가베."

남들의 비웃음을 아랑곳하지 않고 근면 성실하게 일하는 그들, 사실 그건 천성이었다. 태평천국도 부지런한 자의 천성을 변화시키지는 못했던 것이다.

고진광도 태생적으로 가만히 있지를 못하는 사람이었다. 부지런해도 너무 부지런했다. 부창부수라고 아내도 그런 아내를 골랐던 모양이다. 고진광의 아내도 고진광 못지않게 부지런뱅이였다. 그들 부부가 얼마나 남다르게 부지런한 자들인지는, 그들 부부의 가축농장만 보아도 알 수가 있다.

주인이 부지런하면 가축이 덕을 보는 법이다. 다시 말해서 게으른 주인을 만나면 가축은 신세 조지는 것이었다. 고진광네 소들은 이 나라의 소들 중에서 가장 배불리, 가장 맛나게 먹고 살았다. 소에게 하루 세 끼니씩 주며 그것도 여물을 반드시 끓여서 주는 집은 고진광네가 거의 유일했다.

사람들이 먹을 게 너무 많아 먹을 것 걱정을 하나도 않는 나라라고 해서 그 나라의 짐승들까지 꼭 배부르라는 법은 없다. 사람이 챙겨주지 않으면 가축은 먹지를 못하기 때문이다.

율려인은 자기 배 채우는 데는 열성이지만, 자기 가축 챙기는 데는 대충이었다. 가축을 제대로 먹이려면 손이 보통 가는 게 아니다. 특히 소는 풀을 먹어야 하는데, 풀 베기 싫어서 콩이나 한 바가지 주고 말았다. 그러니 다른 집 가축들은 제대로 먹지를 못해 늘 배가 고팠다.

하지만 고진광네 가축들은 소를 비롯해서, 모든 짐승이 인간과 마찬가지로 배불러 터질 것처럼 처먹을 수 있었다. 덕분에 다른 집 가축들은 도통 새끼가 들지도 않는데, 고진광네 암소들은 뱃속에 새끼 세 마리씩은 들어 있는 것처럼 배가 불렀고, 돼지와 개와 염소는 일찌감치 이세들을 보았으며 그 이세들이 지들도 새끼 만들어보겠다고 생난리를 쳐대고 있었다. 스물하루면 부화하는 병아리와, 닭 숫자는 헤아리기가 벅찰 만큼 많았다. 다른 집은 끽해야 열 마리 정도 있는데 말이다.

고진광네 가축이 다 번식으로만 생긴 것은 아니었다. 원래 고진광은 허생 장군의 말을 충실히 따라 다른 가축 없이 딱 소 한 마리만 가지고 들어왔다. 그랬는데 가축을 이것저것 여러 마리 가지고 들어온 이들이 귀찮다고, 잡아먹기도 지쳤다고, 버리기 시작했다. 심지어는 소까지 버리는 사람도 있었다. 고진광은 그 버려진 가축들도 주워다가 키운 것이다.

물론 집에서 키우는 것은 아니었고, 산비탈의 황무지를 개간하여 소, 돼지, 개, 염소, 닭이 수천 마리 우글거리는 가축농장을 만들었던 것이다. 부부, 단 두 사람의 힘으로!

그런데 그렇게 부지런한 사람들은 대개 손재주가 뛰어난 법이다. 고진광도 그랬다. 고진광은 무엇이든지 한 번 보면 그대로 만들 수가 있었다.

고진광의 집에는 각종 농기구가 갖춰져 있었다. 공동으로 사용하게 되어 있는 창고의 농기구를 훔친 것이 아니었다. 그 농기구를 보고, 고진광이 직접 만든 것이었다. 오히려 창고의 농기구보다 더 훌륭했다. 조선에서 내로라하는 공장보다 고진광의 손재주가 더 뛰어났던 것이다. 이런 타고난 천재가 조선에서는 변산의 일개 도적으로 창이나 들고 있었다니!

강바우는 바로 그 부지런한 천재 고진광을 찾아간 것이었다.

"수투 알지? 수투를 만들어주게."

부지런한 사람이 대개 그렇듯이 고진광도 수투라는 말에 인상부터 찡그렸다.

"수투라니요? 그건 노름 도구가 아닙니까?"

강바우는 못마땅해하는 고진광의 표정에 조금도 개의치 않고 준비해 온 말을 풀었다.

"윷은 순전히 운이야. 나는 정말 운이 안 따르더라고. 수투는 다르지. 운도 운이지만 머리를 쓰는 놈이 따게 돼 있어. 내가 조선에 살 때 수투라면 날리던 놈이거든. 수투라면 내가 녀석들 돈을 싹 긁어버릴 수 있지. 윷은 아무나 깎아도 제대로 된 수투는 아무나 만들 수 없지. 그래서 내가 자네를 찾아왔네. 수투를 본 적은 있겠지? 자네는 한 번이라도 본 적이 있는 것이라면 뭐든지 그대로 만들 수가 있잖나?"

"만들 수야 있겠지만, 만들어줄 수 없소."

"어째서?"

"윷판도 모자라 수투판까지 벌이겠단 말이요? 장군님이 아시면 벼락이 칠 일입니다."

“뭐 달리 할 일이 없잖은가? 무슨 할 일이 있어야 하지?”

“할 일이 없다니요? 저희 부부는 할 일이 너무 많아 눈코 뜰 새도 없습니다.”

“자네 부부 같은 부지런뱅이들이나 할 일이 많지, 우리는 없네. 이보게, 내가 수투를 생각해낸 것은 나를 생각해서가 아닐세. 우리들이 얼마나 재미없게 살고 있나? 나는 재미없는 사람들에게 재미를 주겠다는 일념으로 수투를 생각해낸 것이네. 노름? 아니야. 그저 재미를 구하자는 것일 뿐이네. 더 이상 말하지 말게. 난 자네의 생명의 은인이야. 잊지 않았겠지? 생명을 구해준 자로서 이리 부탁을 하는 것이니 꼭 들어주어야만 해!”

고진광은 변산 시절 강바우에게 목숨을 빚진 적이 있었다. 관군과 싸울 적에 강바우가 구해줘서 살아날 수 있었던 것이다. 강바우가 ‘생명의 은인’을 구실로 며칠을 조르고 을러대니, 손사래를 치던 고진광은 견디지 못하고, 에라 모르겠다 하고 낫을 들었다.

종이도 없고 가죽도 없으니 왕대를 쓸 수밖에 없었다. 왕대는 이 섬에 충분히 많았다. 강바우는 재료로 나무를 생각했지만, 고진광은 만들기의 달인답게 재료를 정확히 알고 있었던 것이다.

“육십 장짜리로 할까요, 팔십 장짜리로 할까요?”

“누가 육십 장, 팔십 장으로 노름 수투를 한단 말인가? 사십 장짜리면 되네.”

고진광은 폭이 손가락 넓이만 하고 길이가 오 치쯤 되게 만들어 그 위에 새와 짐승, 벌레, 물고기, 문자, 시구 등을 그리거나 써서 끗수를 표시했다.

강바우가 들고 나타난 수투는 며칠 만에 사내들의 눈에 핏발이 서게 만들었다. 사내들은 조선에서 그렇게나 즐겼던 수투를 자기들이 잊어버리고 살았다는 사실에 놀라워하며, 고기 본 개들처럼 수투판에 달려들었다.

강바우가 예상했던 것보다 만 배 정도는 더 거센 수투 열풍이 일었다. 강바우가 본인이 놀라서 이거 너무 심한 거 아닌가, 이 사실을 허생 장군이 안다면, 고진광의 말대로 벼락을 치실 게 분명하다 싶어, 난 이제 절굿대 꼴 나겠구나 하며 밤잠을 설치도록 거센 노름바람이었다. 도성으로 끌려간 절굿대는 율려낙원국의 유일무이한 죄수로서 어느 동굴에 수감되어 있었던 것이다.

북쪽섬에서 발생한 수투 바람은 가까운 서쪽섬으로 휑 불어가 그쪽도 며칠 새에 수투의 도가니에 빠뜨렸다. 수투 바람은 금방 남쪽섬까지 옮겨갔다. 남쪽섬을 삼킨 수투 바람은 멈출 줄을 모르고, 술 때문에 엄청 고생했던 동쪽섬까지 먹어치웠다. 동쪽섬 사람들은 술 때문에 당한 것을 앙갚음이라도 하듯이 수투에 몰입해 들어갔다.

심지어는 여자들만 사는 처녀섬도 수투 바람에 함락되었다. 할 일 없고 무료하기로는 이 나라에서 제일이던 생처녀들은 술과 윷놀이에 만족하고 있다가, 술과 윷보다 백배는 재미가 좋은 수투에 환장하고 달려들었던 것이다.

동서남북 섬과 처녀섬을 삼킨 수투 바람은 일제히 율섬으로 몰려갔다. 율섬 역시 열흘이 못 가 수투의 세상이 되었다. 술 때와 마찬가지로, 허생은 수투 사태를 가장 늦게 알았다.

사람들은 술에 그토록 분노했던 장군님이시니, 수투에는 더욱 분노하리라 믿어서, 일치단결하여, 장군과 장군의 개 박율, 장군마님 기연 등에게 걸리지 않도록 각별히 조심했던 것이다.

온 나라에 수투 열풍이 몰아치다 보니, 부자가 생겨났다. 수투 열풍으로 가장 치부한 사람은 고진광이었다. 고진광은 수투판에 한 번도 안 끼었지만, 수투 제작과 대부사업으로 곡식을 갈퀴로 긁듯 했다.

온 나라 사람들이 고진광이 만든 수투로만 놀았던 것이다. 다른 이가 어설프게 만든 수투는 쳐다보지를 않았다. 무상으로 강바우에게 수투를 만들어주었던 고진광은, 만들어달라는 사람이 하도 많자 만들어주는 값으로 쌀을 받았다. 몇 됫박씩 받다가 나중에는 한두 말씩, 한두 가마니씩 받았다.

하지만 그보다는 대부사업으로 치부한 것이었다.

윷놀이는 상평통보가 한 사람에게 집중되자 분위기가 금방 시들었다. 그러나 수투는 달랐다. 사람들은 기꺼이 곡식을 내어 상평통보로 바꾸었다. 곡식을 잃는다는 것은 상평통보의 경우처럼 아무 쓸모도 없는 것이 없어지는 것과는 전혀 달랐다.

먹고살아야 하는 바로 그것이 없어진 것이고, 그것은 굶주림에 대한 공포를 불러일으켰다. 곡식으로 술을 담가 먹는 것과는 차원이 달랐다. 술을 아무리 담가 먹어도 곡식이 줄어드는 속도는 그렇게 빠르지 않았다. 그러나 수투는 달랐다.

십 년을 배불리 먹을, 창고에 그득하게 쌓여 있던 곡식이 노름에 휩쓸리니 며칠 새에 없어지는 것이었다. 그러나 한 번 수투에 손을 댄 사람은 그 태산 같던 곡식을 다 잃고도 수투에서 헤어날 수가 없었다. 잃은 곡식을 되찾기 위해서, 다시금 수투판을 찾아갔던 것이다.

마침내 아내가 내일 먹을 쌀이 없다고 통곡하는 집이 생겨나기 시작했다. 투전에 찌든 사내들은 기절할 듯 놀라며, 조선에서의 기아적인 일상을 떠올렸다. 사내들은 딱 한 번만 따서 내년까지 먹을 것만 챙기면 다시는 수투판에 끼지 않으리라 다짐하며, 고진광에게 달려가 손을 내밀었다.

고진광은 아주 싼 이자를 붙여 곡식을 내주었다. 그러나 이자를 쳐서 갚기는커녕 원곡식 상환도 못하는 이가 대부분이었다. 그들은 또다시 곡식을 빌렸고, 또다시 잃고, 또다시 빌리고, 이런 일을 되풀이했다. 고진광이 더 이상은 빌려줄 수 없다고 말하면, 빚쟁이들은 알아서 이런 말을 했다.

"그럼 내 소를 주겠네. 자네야 짐승 키우기 좋아하지만, 나는 싫어! 소로 이제까지 빌린 곡식은 갚은 것이네. 자, 그러니 또 대출을 해주게."

소를 비롯한 짐승들 다음엔, 농토였다.

"내 논밭을 내놓겠네."

"논이 없으면 앞으로 어쩌시려고요?"

"무조건 딸 거네, 무조건 딸 거야!"

고진광은 얇게 저민 나무판에 달군 쇠꼬챙이로 그러한 약속을 표시했다. 말하자면 대출 장부, 혹은 거래문서를 확실히 만들어놓은 것이었다.

허생은 모두에게 똑같이 논과 밭, 곡식을 나누어주었을 뿐 개인적 양도의 문제에 대해서는 아무 말도 하지 않았다.

허생은 공동생활, 공동생산의 나라이니, 즉 모두가 평등하니, 부자와 가난한 자가 나타날 수 없으리라고 생각했다. 그런데 공동생활, 공동생산이 와해되고, 자기 곡식을 다 잃은 것도 모자라, 자기 토지를 담보로 곡식을 대출하는 상황이 발생한 것이다. 사람들은 자기 토지니 자기 마음대로 할 수 있다고 믿었다.

허생이 애초에 '공동소유'의 사회로 편제했다면 이런 일은 안 일어났을지도 모른다. 그러나 허생은 '개인소유'로 하되, '공동작업, 공동생산, 공동분배'로 했던 것이다. 그것은 개인의 의욕을 고취시키면서도, 공동의 협력도 가능한 사회를 꿈꾸었기 때문이었다.

개인소유, 개인생산의 사회는 부자와 빈자가 나오게 하여 결국 불평등한 세상을 만들게 될 것이다. 또 공동소유, 공동생산의 사회는 평등하기는 할지언정 개인들이 노력을 하지 않아 다 같이 못사는 세상이 될 것이다. 그래서 절충적인 대안으로 '개인소유, 공동작업·생산·분배'로 했던 것이다.

그런데 허생의 생각이 잘못되었던 것인지, 이상 조짐이 발생하고 있었던 것이다.

수투 열풍이 두어 달을 갔을 무렵, 고진광은 북쪽섬 제일가는 부자가 되어 있었다. 아니, 율려에서 제일 부자였다. 고진광처럼 대부업으로 부자가 되는 이들이 도처에서 생겨났지만, 그중에서도 고진광만큼 수완이 좋은 이는 없었다. 고진광은 남들에게 원성을 사지도 않으면서, 남들의 것을 모조리 차지하고 있었던 것이다.

가축은 원래 가장 많았지만 더욱 많아졌고, 논과 밭은 수백 마지기를 갖게 되었고, 곡식은 황무지에 곡식 창고를 대왕릉처럼 따로 지을 정도로 많아졌다. 사내들은, 고진광이 이처럼 부자가 된 것도 모를 지경으로 수투에 빠져 있었다.

허생은 추석 때 부자도 없고 가난한 자도 없는 모두가 평등한 세상을 이룩했다고 선언했지만, 불과 몇 달 만에 누가 보아도 명백한 부자들이 고진광을 비롯해서 여러 명 출현했던 것이다.

또 당연한 말이지만 수투 열풍은 수투 영웅들을 탄생시켰다. 그들은 신들린 솜씨로 곡식을 땄으니 부자가 되기도 했지만, 그보다는 수투계의 전설적인 존재로 매김되는 영예를 안았다.

특히 네 사람의 수투 달인이 가장 유명했다. 방용하, 양유호, 무당순, 땡추 등인데 차례로 소개하자면 이렇다.

북섬과 율북 지역 수투계의 일인자 방용하는 변산 도적떼 시절에 대두령 홍임장의 모사 노릇 하던 이였다. 동무들을 배신하고 토벌대에 붙어

한 재산 챙기려다가, 허생에게 옭아매여 신세가 아주 말이 아니게 된 자였다. 배신했던 일이 널리 알려지면서, 동무들 사이에서 인간말짜로 취급되고 있었던 것이다.

그 인간말짜가 노름판을 통해 재기했다. 그는 언제나 땄다. 크게 한 판 따는 것이 아니라, 거의 잃지 않으면서 작은 판에서 매번 이겼다. 표시 나지 않게 야금야금 땄던 것이다. 그리고 딴 것을 아낌없이 빌려주었다. 노름빚은 빚이 아니라 하며, 갚지 않아도 아무 말도 하지 않았다. 게다가 개평 인심도 후했다.

이러는 새에 방용하는 그에게 굴레처럼 씌워져 있던 배신자의 이미지를 말끔히 벗을 수 있었다. 곡식의 힘으로 동무들의 마음을 샀던 것이다. 인간말짜 대우를 받던 방용하는, 어느 결엔가 딴 것을 관리할 줄 모르는 멍청한 놈, 착한 놈, 순진한 녀석이라는 평판을 얻게 되었고, 그가 배신자였다는 사실이 잊히도록 만들었다.

토벌대 출신 포수 양유호는 원래 포수 경력보다 노름 이력이 유명했다. 수투 열풍이 불자, 양유호는 물 만난 고기처럼 신들린 솜씨를 뽐내며 서쪽섬과 율서지역 노름계를 석권했다.

남쪽섬과 율남지역 수투계에서는 무당순이 두각을 드러냈다. 무당순의 원래 이름은 마끝순이었다. 끝순은 찢어지게 가난한 주제에 불알 안 달린 애새끼만 무지하게 까지른 뱃사공의 집에서 열세 번째로 태어났다.

변산 도적 하나가 끝순이의 바로 위 계집 막순이를 점찍고 돈을 내밀었을 때, 그 아비는 제 딸년들을 한꺼번에 가리키며 "제발 이 식충이들을 모조리 데려가주쇼!" 하며 빌었다.

변산 도적은 막순이 다음으로 얼굴이 반지르르한 끝순이 하나만 더 간택했다. 그렇게 해서 끝순이도 율려 제도에 오게 되었다.

남아도는 여자들과 토벌대 출신을 짝 지워줄 때, 끝순이도 마침내 신랑을 얻게 되었다. 끝순이의 신랑 팔매비수는 떠돌이 도사와 어느 무당이 배꼽 맞추어 이 세상에 나게 된 자였다. 아비는 어디 떠돌아다니다가 저승객이 되었는지 다섯 살 이후에는 볼 수가 없었고, 어미 무당이 돌보지 않으니, 어려서부터 갖은 서러움을 다 겪으며 자랐다.

밥으로 큰 게 아니라 싸움질을 하며 컸다. 타고난 힘도, 누구한테 배운 무예도 없는 오로지 깡다구와 오기의 싸움질이었지만, 그렇게라도 싸워내지 않았다면 일찌감치 맞아 뒈졌을 것이다.

특별한 싸움 기술이 필요하다는 생각으로 부단히 연마한 것이 돌팔매질이다. 낙숫물이 기어코 바윗덩이에 구멍을 뚫어내듯이, 십 년간 팔매질을 했더니, 언제부턴가 팔매비수라고 불리게 되었다. 돌팔매의 정확함과 세기가 비수를 던지는 것에 버금간다는 거였다.

무뢰배 패거리는 신분을 따지지 않는다. 팔매비수는 자연스럽게 무뢰배 패거리에 흘러들게 되었고, 그 패거리의 빼놓을 수 없는 싸움꾼으로 명성을 떨쳤다.

그런데 팔매비수는 그의 어미 초상을 치른 뒤부터 거의 잠을 못 잤다. 어김없이 꿈을 꿨고, 죽은 어미가 나타났다. 어미는 팔매비수에게 대물림을 강요했다.

"나는 무당이 되기 싫다니께. 글고 난 남자여. 왜 남자한테 무당질을 하라는 겨?"

"요새는 남자 무당도 많어야. 남자 무당이 더 성업이라니께. 너 아니면 우리 이순신 장군님을 누가 모실껴? 이놈아, 죽은 사람 소원도 못 들어주냐?"

토벌대 출신이 처녀섬에서 여자들을 간택할 때, 팔매비수는 마끝순을 보는 순간 제 어머니를 보는 것 같았다. 그래서 그녀를 선택할 수밖에 없었다. 팔매비수와 마끝순이 부부가 되자, 팔매비수의 죽은 어미는 옳거니 하고 며느리를 괴롭히기 시작했다.

"네 남편이 싫다니께, 너라도 모셔야 쓰겄다. 우리 이순신 장군님을 섬겨다오. 제발, 부탁이다!"

끝순은 잠이 굉장히 많은 편이었는데 눕기만 하면 죽은 시어미가 나타나 요란을 떨어대자 견딜 수가 없었다.

"엄니, 맘대로 하셔유. 지를 무당으로 맹글든, 잡아 묵든 맘대로 하란 말유. 제발 잠만 좀 자게 해주시구랴."

토벌대 출신 부부들이 해상방위를 하며 바다 배에서 살던 때는 별문제가 없었다. 그런데 토벌대 출신 부부들이 산지사방으로 흩어져 살게 되면서, 마끝순은 미쳐 날뛰기 시작했다.

산에 올라가서 데굴데굴 굴러다니기도 했고, 바다로 계속 걸어 들어가기도 했고, 울다가 웃다가 하며 들판을 바닷게처럼 기어 다니기도 했고, 불 질러놓고 발가숭이로 춤을 춰대기도 했다.

처음엔 "저 미친년 좀 보소, 참 재미난 구경일세!" 하던 사람들도 짜증을 내게 되었다.

"미친년 구경도 하루 이틀이지. 차마 끔찍스러워 눈 뜨고 못 보겠네. 팔매비수는 어디 가서 뭣 하고 자빠진 겨. 미친 마누라 단속 않고?"

수투 노름판에 살던 팔매비수는 좋던 패를 집어던지고 나와, 돌멩이를 마누라에게 비수처럼 날렸다. 혼절한 아내를 동아줄로 묶어 광에 던져놓고 다시 노름판으로 달려갔다. 하지만 얼마 못 가 감쪽같이 빠져나온 끝순이 또 다른 미친 짓을 하고 있다고 금세 부르러 오고는 했다.

어느 날 미친 지랄 하다가 돌 맞은 끝순은 한 닷새를 혼절하여 지냈다.

깨어난 끝순은 많이 변해 있었다. 바르고 고운 말밖에 못 하던 입에서는 사납고 매서운 말들이 수시로 튀어나왔고, 좀 멍청하던 눈에서는 귀기가 번뜩거렸고, 가볍던 행동거지는 무거워졌다.

그러다 그녀가 남정네들의 수투판에 나타난 것이었다. 남편 팔매비수가 곡식 전부와 논밭까지 날리고 들어온 다음 날이었다.

남정네들은 콧방귀를 뀌었다.

"남녀가 유별하니, 계집은 계집들판에서 하시우."

어쩐지 무서워서 존댓말로 좋게 거절했던 거다.

"쌍년들판은 내가 다 긁었어. 패나 섞어."

남편이 남정네판에서 다 잃는 동안, 끝순은 계집들판에서 모조리 땄던 것이다.

"여기는 남녀가 평등한 땅이여. 그리고 난 많이 잃었어. 우리 마누라가 대신한다는데 어떤 놈이 안 된다는 겨? 돌멩이에 맞아볼 텨?"

팔매비수가 바닷가에서 단단하고 날카로운 것으로만 주워 담은 자갈 담긴 쌈지를 만지며, 아내 편을 들었다.

노름판의 사내들은 "뭐 그러면 끼시든가. 잃고서 개평 달라고 울면 안 됩니다, 아줌씨!" 하며 받아주었다.

그것이 실수였다. 끝순은 한 판도 지지 않았다. 남의 패를 죄다 읽고 있었던 것이다. 끝순은 열흘 동안 천이백승 무패의 성적을 거두었다. 그녀가 딴 곡식으로 그녀의 집은 산을 연상시켰다.

그녀가 무당이 된 게 확실해 보였으므로, 그녀는 끝순 대신 무당순으로 불리게 되었고, 이제 그 누구도 무당순과 수투를 하려고 들지 않았다. 그녀가 나타나기만 하면 모두 삼십육계 줄행랑을 쳤다.

다른 섬에서도 그랬듯이 곡식을 다 잃은, 그래서 당장 먹을 끼니도 없게 된 사람들이, 무당순네 집 마당에 기다란 줄을 섰다.

"우리 이순님 장군님께 충성 맹세를 해! 그라면 곡식을 줄 끼고만. 헌디 명심햐. 우리 이순신 장군님을 배신하면 당장 벼락을 맞을끼구먼."

배고픈 사람들이 똥인지 된장인지 가릴 겨를이 있을 리 없었다. 무당순이 꾸며놓은 사당에 들어가 이순신 장군에게 엎드려 절하고, 맹세를 했다.

"지는 이순신 장군님만을 섬기며 살규!"

그 순간 사람들은 또 다른 장군 허생을 헌신짝처럼 잊어버렸던 것이다.

그런데 그 사당은 북쪽섬에서 가장 부자인 고진광이 꾸며준 것이었다. 무당순의 초빙을 받은 고진광은 좋은 박달나무를 구해다, 이순신 장군의 목상을 깎았다.

무당순이 꿈속에서 만난 이순신 장군이라며 설명해주는 대로, 고진광은 눈, 코, 입, 귀를 만들었다. 머리에 투구를 씌우고 손에는 장검까지 깎아서 쥐어주니 그럴듯한 장군상이 만들어졌던 것이다. 사당 안에 들어가 이순신 장군의 충성스러운 신민이 되겠다고 맹세한 자가 어느덧 이백여 명이 넘었다.

이러저러해서 무당순은 다시는 수투판에 앉을 수 없게 되었지만, 율남지역, 남쪽섬, 처녀섬 일대의 수투 최고수가 무당순이라는 사실은 확고부동한 것이 되었다.

율동지역과 동쪽섬은 의외의 인물이 노름판을 평정하고 있었다. 허생에게 불알이 발린 월명사 땡추였다. 땡추도 대단한 성적으로 대단히 딴 뒤에는 수투판에 못 끼게 되고, 다만 대부사업을 했다.

무당순이 사당의 이순신 장군에게 충성한다는 맹세를 하는 조건으로 곡식을 빌려주었다면, 땡추는 부처님을 믿는다는 증거로 '나무아미타불 관세음보살’을 천 번 외우면 곡식을 빌려주었다.

마당순과 땡추는 빼어난 수투 실력을 종교 전파의 도구로 사용하고 있었던 것이다. 종교를 끔찍하게 싫어하는 허생이 알면 까무러칠 일이지만, 이순신 장군교와 나무아미타불 관세음보살교가 퍼져 나가고 있었던 것이다. 다분히 사이비 같았지만 말이다.

그런데 그 위대한 네 고수가 딱 한 번 붙은 적이 있었다.

사람들은 타 지역 사람들과 마주칠 때마다 입씨름을 했다. 애향심이 발동한 것이다. 저마다 제 지역의 수투 일인자가 나라 전체의 일인자라고 입씨름을 벌였고, 몸싸움으로 치닫는 경우까지 있었다.

지역민들은 자기들 일인자에게 다른 지역의 일인자를 꺾어줄 것을 요구하였고, 일인자들이 받아들여 그 대결이 성사된 것이었다. 네 사람의 수투 영웅도 누가 천하제일인지 확인하고 싶었던 것이리라.

대결은 배 위에서 이루어졌다. 배는 정박해 머무르지 않고, 율려 제도를 계속해서 맴돌았다. 각 지역을 지나칠 때마다 사람들이 자기 지역의 대표를 응원하는 소리가 천둥 같았다.

그러나 네 사람의 수투 대결은 참으로 재미없었다. 소문난 잔치에 먹을 것 없다더니 딱 그랬다.

방용하는 ‘걸어다니는 수판’이라는 말을 들었다. 상대의 패를 읽고, 판세를 보는 것이 수판 다루듯 했기 때문이다. 따진 못했지만 그런대로 버텼다.

양유호는 진정한 노름꾼이라 할 수 있었다. 주 무기인 속임수를 전혀 쓸 수 없었지만 타고난 감각으로 큰 패배는 겪지 않았다.

무당순은 이순신 장군의 신통력으로, 땡추는 수십 년간 부처님을 섬기는 사이에 얻어진 내공으로, 상대방의 패를 제 패 보듯이 읽었다.

네 사람 모두 상대방의 패를 훤히 알면서 치니, 볼만한 판이 나오지 않았다. 즉 아무도 돈을 태우지 않으니, 패를 나눠주고 까는 것으로 판이 끝나는 거였다. 이래가지고는 무슨 재미가 있을 턱이 없었다. 구경하던 이들은 여기저기서 꾸벅꾸벅 졸았다.

결국 그 대결은 닷새나 끌었으나 내내 싱거웠고, 스스로 지친 수투 영웅 사인방이 다음에 보자는 인사를 나누고 헤어짐으로써 흐지부지 끝나버렸다.

술과 수투에 이어 또 한 가지 강력한 태풍이 율려 사회에 몰아치고 있었다. 그것은 간음이었다.

허생은 일부일처제만 확고하게 지켜지면 성적인 방종은 없을 줄 알았다. 허생은 성적인 방종에 대해 큰 두려움을 가지고 있었다. 그의 아버지가 그 많던 재산을 첩질로 다 말아먹은 것도 모자라, 어떤 기생년이랑 한 번 잤다가 역적죄를 뒤집어쓰고 참수되었던 것이다.

그 기생이 관계하던 자 중에 정말로 역모를 꾀하던 자가 있었다. 그 기생이 황진이 정도 되는 유명한 인물이라 끌려가 국문을 받게 되었다. 그 기생은 이왕 죽을 몸, 저승길 동무를 많이 데리고 가겠다고 자기랑 한 번이라도 잤던 선비님네 함자를 막 불러댔던 것이다. 허생 아비의 누명이 벗겨진 것은 그가 이미 뒈져 땅에서 한참을 썩은 뒤였다.

이런 크나큰 상처를 가진 허생은, 첩질 기생질은 나라의 동량인 사내들의 신세를 망치므로 그것은 곧 사회의 무능력을 야기하는 것이라는 생각을 필생의 신념으로 장착하게 되었다.

허생은 그런 생각을 가지고 있으면서도 젊은 날 첩질 기생질을 무수히 해댔던 것이다. 말이 나왔으니 하는 얘기지만 허생은 수투와 술 실력도 수준급이었다.

허생은 젊었을 때 최고의 한량으로 이름을 떨치던 자였다. 시시한 한량이 아니라, 도성에서도 제일 중심지에 살며, 조선을 좌지우지하는 노른의 자제들과 유유상종했으니, 조선의 으뜸 한량이었다.

허생은, 공부를 하다가도 어디서 술 냄새가 나면 과감히 책장을 덮을 수 있는 결단력과, 술을 한 번 마시기 시작하면 몇 날 며칠을 끄떡하지 않고 버틸 수 있는 체력을 기본으로 가지고 있었다.

여기에 한시나 시조를 어느 때고 분위기에 맞게 토해낼 수 있는 타고난 문학 소양과, 해학과 풍자를 자유자재로 구사하는 뛰어난 말발까지 갖추고 있었다.

뿐만 아니라, 허생은 일류 한량답게 계집 후리는 솜씨도 무척 뛰어났다. 문무를 다 겸비한 한량들도 성적인 면에서는 고개 숙인 남자일 때가 많았다.

허생은 기생들로부터 "남산골 허씨 양반은 밤새 다섯 번이나 방아 찧고, 아침 먹고 한 판 더 찧고도, 조금도 지쳐 뵈지 않더이다. 낮거리하자고 계속 졸라대오이다!"라는 소리를 들을 정도로 성적 능력이 우수했다.

여기에 허생은 수투 실력까지 겸비하고 있었다. 그 수투야말로, 족보 아주 약하며 찢어지게 가난한 집에서 태어난 허생이, 최고 족보에 부유하기까지 한 가문의 자제들과 계속 어울릴 수 있었던 가장 큰 기반이었다.

허생은 상놈들과도 많이 어울렸는데, 상놈들과 수투를 하면 만날 잃기만 했다. 하지만 상놈들한테 배운 실력으로 양반의 자제들과 겨루면 백전백승했다. 수투는 허생의 한량질을 든든히 버텨주는 돈줄이었던 것이다.

허생에게도 그렇게 주야장천 술과 문학과 계집과 수투를 하던 시절이 있었던 것이다. 벌써 오래전의 일이다. 그랬던 그가 어느 날 갑자기 한량질을 싹 때려치우고, 집에 틀어박혀 칠 년 동안 글만 읽었다. 그 이후로는 장사를 했고, 지금은 이렇게 도적들을 교화시켜 이 세상에서 유일무이한 낙원을 이루기 위해 고군분투하고 있는 것이다.

하여간 그랬던 사람이 술과 수투를, 특히 첩질 기생질을 불구대천의 원수라도 되는 듯 배척해도 되는 것일까?

많은 이들이 하는 생각이지만, 자기가 하면 선이요, 남이 하면 악이라고 생각했기 때문에 그런 이악스러운 짓이 가능했다.

허생은 자기가 첩집 기생질을 하면 즐길 뿐 망가지는 것이 아니지만, 다른 사내놈들이 하면 그놈과 그놈 집안은 곧 작살날 것이고 그런 놈들이 많은 동네, 고장은 파탄이 날 것이라고 믿었다.

'이 나라가 크기를 한가? 사내들이 첩질 기생질을 하도록 그냥 놔두면 이 조그만 나라는 삼 년이 못 가 망한다! 결단코 성적인 방종을 막아야 한다!'

때문에 허생은 그토록 일부일처제에 강한 집념을 보였던 것이다.

허생은 순진무구하게도, 첩도 기생도 창기도 사당패도 없으면, 즉 몸 파는 계집들이 없으면 성적인 문제는 깨끗할 줄 알았다. 첩과 기생이 없으면, 첩질 기생질도 없다는 논리였다.

그래서 남아도는 처녀들 때문에, 허생이 그토록 고민이 많았던 것이다. 사내 없는 처녀들은 언제든지 첩이나 기생이 될 소지를 안고 있는 불쏘시개니까. 허생은 처녀들을 섬에 가둬놓고, 철저하게 감시하는 것으로 처녀 문제를 해결했다고 믿었다. 그 처녀들과 짝짓기해줄 총각들을 구할 대책에 골머리를 앓기는 했지만 말이다.

허생은 처녀보다도, 총각을 더 불안한 불쏘시개로 여겼다. 처녀는 제 몸을 지킬 생각이라도 하지, 총각이란 것들은 제 몸을 불살라서라도 계집 몸을 취하려고 나대는 것들이니까.

허생은 총각을 인정할 수 없었다. 유부남들은 절대로 제 마누라 아닌 다른 여자를 넘보지 않지만, 총각이란 것들은 아무 여자나 넘볼 수밖에 없는, 즉 유부녀를 겁탈할 수 있는 위험인물이라고 생각했다.

하지만 율려에서는 총각이 걱정할 대상인 동시에 가장 많이 필요한 대상이기도 했다. 총각이 있기만 하다면, 즉각 처녀섬에 남아도는 처녀 하나와 짝을 지어줄 수 있으니까. 그러면 총각과 처녀 둘이 사라진 대신 부부 한 쌍이 새로 태어나는 것이다.

율려인은 장군님이 토벌대 출신들을 조선에 돌려보내지 않은 것은, 그들이 조선에 가서 못된 것들을 데리고 올까 봐 두려워서가 아니라, 일부일처제를 유지하기 위해서라고 말하기도 했다.

토벌대 출신은 율려 제도에서는 홀아비 신세, 즉 총각에 준한다고 할 수 있었다. 이 위험한 준 총각들도 해결하고, 남아도는 처녀들도 해결하기 위해 토벌대 출신들과 처녀들을 짝짓기 시켰었다.

토벌대 출신이 가버리면, 그들은 조선에 본처와 자식들이 있으니 율려에서 맺어진 계집은 버리고 갈 것인데, 그렇게 되면 처녀는 아니지만 혼자 몸의 여인들, 즉 과부가 수백 명 생겨나게 된다. 과부는 처녀보다 더 복잡한 부류가 아닌가? 그러니까 허생이 과부들을 만들지 않기 위해서, 토벌대 출신을 억류했다는 것이다.

그런데 놀랍게도 결혼을 거부하는 총각이 있었다. 그 총각은 스님 땡추였다. 허생은 처음엔 땡추가 따라온 줄 몰랐다. 허생은 변산 해변에서 도적들과 천민을 태울 때, 계집 없는 사내는 태우지 않았다. 그런데 땡추는 토벌대 출신으로 위장해서 혼자 몸으로 몰래 탔던 것이다.

율려 제도에서 땡추는 제멋대로 돌아다녔다. 탁발승처럼. 허생은 상륙 후 석 달이 돼서야 땡추를 발견했다. 율북에 지도순행을 갔다가, 율북 행수인 표창국수와 중대가리가 바둑 두고 있는 것을 보았던 것이다. 허생은 부처의 가르침을 존중하고 불교 학문도 나름껏 공부하여 취한 바도 많았으나, 중은 끔찍이 싫어했다.

"중놈아, 네놈이 도대체 무슨 속셈으로 따라왔느냐? 혹여 율려를 신돈 보우의 나라로 만들려는 속셈이냐?"

땡추는 한참이나 낄낄댄 뒤에 대답했다.

"걱정도 팔자로소이다. 소승이 비록 중 행세를 하고는 있소만, 불경 한 자락 못 외우며, 제가 있던 절간에 시주하러 오는 여편네 하나 없었소이다. 또한 부처님이 엄금하신 술과 고기를 매우 즐기오이다. 게다가 계집까지 마다하지 않소. 어찌 저 같은 것이 부처님의 말씀을 입에 담을 수 있겠소이까. 소인이 부처님의 말을 흉내 낸다 한들 그 어떤 사람이 나 같은 떨거지 중놈의 말을 들으려 하겠소이까?"

"그럼 대체 무슨 꿍꿍이 속셈으로 따라왔단 말이냐?"

"소인은 그저 『홍길동전』에 나온다는 율도국을 구경하고 싶어 따라온 것뿐이오. 또한 표창국수와 떨어질 수가 없었소이다."

"표창국수와 떨어질 수가 없어? 두 놈이 사귄단 말이냐? 동성애란 말이냐?"

"그게 아니오라 바둑친구란 말이오. 『열자列子』의 「탕문편湯問篇」에 '지음'이란 말이 있소이다. 거문고의 명인 백아가 자기의 소리를 잘 이해해준 벗 종자기가 죽자 자신의 거문고 소리를 아는 자가 없다고 하여 거문고 줄을 끊었다는 데서 유래하오이다."

"이 미친 중놈이 공자 앞에서 문자를 쓰는구나. 내가 너보다 책을 읽어도 천배는 더 읽었을진대 시건방지게 어디서 문자를 가르치려 드느냐?"

"하여간에 표창국수와 나는 지음이오. 표창국수의 바둑을 이해할 수 있는 사람은 소인뿐이고, 소인의 바둑을 이해할 수 있는 사람은 표창국수일 뿐이오. 평생 단 한 명의 지음이라도 만나기란 어려운 일이니, 소인이 어찌 표창국수와 떨어질 수 있겠소이까? 하여 이 섬까지 따라오고야 만 것이오. 그러니 저 같은 것한테 아까운 신경을 한 오라기도 쓰지 마사이다."

허생은 의심을 다 풀 수 없었지만, 중놈이 대단한 인물 같지 않아서 더 다그치지 않았다. 한데 문득 생각나는 것이 있어 물었다.

"너는 어떤 계집을 데려왔느냐?"

허생은 땡추도 당연히 계집과 함께 왔을 줄 알고, 과연 중은 어떤 부류의 계집을 데려왔을까 하는 호기심이 생겨 물어본 것이었다. 땡추는 실컷 웃고 난 뒤에 말했다.

"장군, 마누라를 허하는 부처님 종파도 있지만, 소인이 속하는 부처님 종파는 마누라를 인정하지 않소이다!"

"그게 무슨 말이냐?"

"무슨 말이냐니요? 귀가 어두우십니까, 소인은 총각이로소이다!"

"총각이라고? 네 이놈, 우리가 이 땅에 온 지 벌써 석 달째인데 아직도 총각이라고! 이 쳐 죽일 놈!"

허생은 모든 남정네에게 혼인을 명했다. 토벌대 출신뿐만 아니라, 이호영과 그의 수하들, 유연기를 따라온 뱃사공들도 모조리 혼례를 치렀던 것이다.

심지어는 부장군인 유연기마저도 허생의 강권에 못 이겨, 남아도는 여자 하나를 아내로 삼았을 정도였다. 그러니까 서기 유서향에게 작은 어머니가 생겼다는 건데, 조선 안홍포의 장별희가 지아비가 시앗 보았다는 얘기를 들으면 두어 번쯤 까무러치리라.

어쨌거나 그래서 이 땅의 모든 사내에게는 아낙이 있었는데, 딱 한 사람 땡추만 없었음이 드러난 것이었다.

"네 이놈 당장 장가를 가도록 해라! 지금 당장, 처녀섬으로 가서 하나 골라!"

"처녀섬의 여인들이 무슨 물건이오이까?"

"당장 가서 고르지 못해. 표창국수, 자네가 끌고 가!"

그런데 닷새 뒤 다시 지도순행을 나왔을 때, 땡추는 이를 거역하고 여전히 홀몸이었다. 허생은 노하여 소리쳤다.

"네 이놈, 너는 술과 고기에 계집질까지 밝힌다고 네 입으로 말했었다. 한데 장가를 못 가겠다는 이유가 대체 뭐냐?"

"계집을 밝힌다고 말한 적은 없소. 마다하지는 않는다고 말한 적은 있소만."

"그게 그 말이 아니냐, 이 땡중이 누굴 상대로 말 장난질인가."

"다르오. 내가 계집을 취하는 것은 계집질이 아니라, 보시요, 육보시!"

"이현령비현령이라더니, 요놈 말하는 게 참 괴이하다. 혹시 이 나라에 와서도 계집질을 한 게 아니더냐?"

"족집게이십니다. 몇 여인네가 보시를 원하기에 해주었소이다. 그 여인네들은 거기가 막혀 성생활이 원만치 않았소. 어리석은 남편들이 뚫지 못한 것이지요. 그 여인네들이 비손하는 소리를 들었소. 부처님에게 빌었는지, 천지신령에게 빌었는지, 공자님에게 빌었는지, 하여튼 누군가에게 빌었소. 내가 높고 귀하신 분들을 대신하여, 그 여인네들을 안아주었소. 펑펑 뚫어주었소. 그 여인네들이 다음에 고맙다는 치성을 드리더이다. 잠자리가 너무, 너무 재미있어 날 밝는 줄 모르겠다고. 게다가 처녀섬에는 아직도 시집 못 간 계집이 수백 명이요. 뿐인가, 과부도 있소이다. 처녀 과부 거시기는 거시기가 아니란 말이요? 내가 그 계집들을 만족시켜 주었소. 이러하니 계집질이 아니라, 보시란 말이오이다. 육보시!"

"네 이놈, 간음을 했단 말이지. 처녀섬까지 들락날락거리면서 못된 짓을 했다는 말이지. 불륜이다, 불륜이야! 쳐 죽일 놈! 박율아, 저놈을 당장 죽여라!"

허생은 이제까지 사람을 한 번도 죽이라고 한 적이 없는 사람이었다. 변산 토벌 때에도 살리라는 말만 계속 해댔고, 왜구 토벌 때에도 무조건 살리라고 했었다. 마지막에 사로잡혔다가 불알 발리고 살아난 야스하루 이하 왜구 일당은, 허생이 아니었으면 죽은 목숨이었다.

그렇게 살생을 끔찍하게 경계하던 사람의 입에서, '당장 죽여라!'라는 말이 나온 것이었다. 그만큼 허생은 일부일처제를 무시하고 간음을 일삼은 자에게 분노가 컸던 것이다.

모두가 놀랐다. 표창국수가 제발 자기 동무를 살려달라고 애걸복걸했다. 지음은 지음이었던 모양이다. 사람을 수없이 죽여보았고 사람 고기도 원 없이 먹어본 박율은 기세 좋게 칼을 빼들기는 했으나, 땡추를 베지는 못하고 있었다. 잔인한 박율도 스님을 죽이기는 저어되었던 것이다.

허생은 부르르 떨며 소리를 질렀다.

"어서 죽여라! 뭐 하고 있느냐, 어서 죽여!"

그런데 허생이 더욱더 분노할 만한 상황이 이어졌다. 주위에 있던 모든 불상놈들이 꿇어 엎드려서는 땡추를 살려달라고 애원하는 것이었다. 심지어는 계집들도 말이다!

허생은 숨넘어갈 듯 외쳤다.

"계집들아, 너희들은 분하지도 않느냐? 이 땡중 놈이 너희들을 노리개처럼 간음했다고 제 입으로 나불대지 않았느냐? 그런데 살려달라니? 정말로 이 땡중 놈하고 붙어먹기라도 했다는 말이냐?"

계집들은 소리 모아 외쳤다.

"스님은 그런 분이 아니십니다. 고명한 분이십니다. 살려주소서, 살려주소서!"

"고명한 분? 이 미친년들이!"

"호위대는 뭣 하고 있는 게냐? 이 미친년들도 모조리 죽여라!"

늘 품위 있고 훌륭하신 말만 나오던 장군의 입에서 미친년 소리까지 나왔다. 허생은 이성을 상실하고 광분하고 있었던 것이다. 허생이 진짜로 광분한 이유는, 땡추가 간음을 해서가 아니라 땡추가 불상놈들에게 존경을 받고 있다는 것을 느꼈기 때문일지도 모른다.

사실이 그랬다. 땡추가 개차반으로 살았던 것도 맞지만, 율려인에게 존경받고 있는 것도 맞았다. 별명이 땡추요, 하는 짓은 괴이했지만, 그 중은 불상놈들에게 부처님의 현신처럼 숭배받고 있었던 것이다. 그 옛날 원효대사처럼 말이다.

결국 허생은 땡추를 죽일 수 없었다. 끝내 죽였다가는 저 불상놈들의 반발이 엄청날 것 같은 두려움 때문이었다. 그러나 아무 벌도 주지 않고 끝낼 수는 없었다. 허생은 타협안을 내놓듯이 외쳤다.

"목숨을 살려주는 대신, 거시기를 잘라버려라. 다시는 수캐질을 못 하도록 말이다!"

태연한 얼굴로 남의 일 구경하듯 하고 있던 땡추의 얼굴이 순간 일그러졌다. 그러나 그는 금세 태연을 되찾은 얼굴로 말했다.

"자르시우. 어차피 자르려 했었소이다. 내가 보시해주었다는 소문이 여인네들에게 좌악 퍼져서, 나의 고깃덩이를 청하는 여인네들이 줄을 서 있소. 그 여인네들을 감당하기 벅차오. 귀찮기도 하오. 차라리 잘 되었소이다. 있어서 괴롭기나 한 것, 없는 게 낫겠소이다. 단칼에 잘라주시우."

"빌어도 시원치 않을 텐데 끝까지 부처님 흉내를 내는구나. 이 간악한 중놈! 네 바람대로 해주마!"

병방 박율은 모가지는 못 베었지만 거시기는 벨 수 있었다. 땡추의 거시기가 싹둑 베어졌다. 허생은 땡추의 거시기를 마구 밟아댔다. 많은 여인네들의 막힘을 뚫어주었던 그 요물을!

땡추의 요물이 관계했던 여인들은 하 많았다. 그중에서 한 사람만 얘기하자면, 유연기가 알면 기절할 일이겠는데, 서기 유서향도 땡추와의 육체적 사랑에 겨워 밤새껏 교성을 질러댄 계집이었다.

유서향은 박명궁을 사모했지만, 그녀를 여자로 만들어준 사람은 불행히도 예방 박명궁이 아니었다. 아직 집이 지어지지 않았을 때, 그녀는 숲에 숨어 박명궁과 그의 아낙이 정사하는 것을 지켜보고 있었다.

서향은 박명궁에게 꼬리를 쳐보았으나, 박명궁은 황진이의 유혹에 끄덕도 안 했다는 서경덕 흉내를 내는지 차가운 얼음벽 같았다. 그러면서 호박 같은 제 아낙한테는 해줄 것 다 해주고 있는 것이었다.

서향이 슬퍼 미치겠는 마음으로 박명궁의 허연 엉덩이에 시선을 박고 있는데 땡추가 나타났다. 스님은 아무 말 하지 않았다. 그런데 마치 꼭 "벗어라, 벗어라!" 하고 불경을 외는 듯했다. 서향은 견딜 수 없이 온몸이 뜨거워졌다. 마구 달려가 바닷물에 몸을 첨벙 담갔다. 그래도 온몸의 불이 꺼질 줄을 몰랐다.

서향은 큰 바위에 올라가 홀라당 벗은 뒤, 큰 대 자로 눕고 말았다. 땡추의 혓바닥이 그녀의 몸 구석구석을 파먹었다. 그녀는 울면서 웃었다.

"너에게는 귀신이 붙어 있구나! 하기는 누구에게나 귀신이 붙어 있지. 나에게는 원효대사의 귀신이 붙어 있고, 허생에게는 허균의 귀신이 붙어 있고, 네 아버지 유연기에게는 강태공의 귀신이 붙어 있고, 너에게는 허난설헌의 귀신이 붙어 있구나! 글귀 붙은 아가야, 너처럼 소중한 몸이 어찌 미미한 박명궁 따위에 애달파하느냐?"

"땡추, 제발 나를 건드리지 말아요! 내 몸은 오로지 박명궁 나리를 위한 것!"

"아니다, 네 몸은 만인의 것이 될 터이다. 많은 중생이 네 몸뚱이를 뜯어먹으며 기쁨의 춤을 추게 되리라!"

땡추는 서향에게 들어갔다. 땡추는 그녀의 속을 마구 돌아다녔다. 그녀의 속에서, 탐관오리들과 싸우기도 했고, 광대처럼 재주를 넘기도 했고, 호랑이를 맨손으로 때려잡기도 했고, 빗자루를 타고 날기도 했다.

그 유서향뿐만 아니라, 아주 많은 여자들이 땡추와 교접하여 소리를 질러댔던 것이다. 해변에서, 숲에서, 동굴 속에서, 새로 지은 기와집에서.

하여간 그 사건은 율려인들에게 큰 충격을 주었다. 땡추가 불알 발린 일도 대사건이지만, 그보다는 허생 장군이 그토록 상스러운 말을 해대며, 심지어 죽이라는 말까지 해가며 광분했다는 게 더 놀랍게 얘기되었다.

허생 장군은 어쨌든 자신이 얼마나 간음을 싫어하는지 백성들에게 확실히 보여준 셈이었다.

그런데 그 간음 싫어하는 허생 장군은 놀랍게도, 유부남이 첩질 기생질 하려 드는 것은 당연한 것이며, 총각이 유부녀와 간음하는 일은 반드시 일어난다고 믿으면서도, 정말이지 놀랄 노 자를 안 쓸 수 없게도, 유부남이 유부녀와 간음할 수도 있다는 것은 생각조차, 아니 상상조차 못했다.

　허생이 첩질 기생질은 실컷 했어도, 유부녀와 관계하는 것은 경험은커녕 공상도 못했던 사람이었다. 자기가 그러니까 남들도 그런 줄 알았던 것이다.

　허생이 처녀 총각 문제에만 신경 쓰는 사이에, 유부남과 유부녀들은 마음껏 간음을 해댔다. 간음 열풍에 가장 크게 기여한 것은, 어이없게도 두레였다. 두레 조직은 부부별로 편성된 게 아니라, 개인의 기호와 능력에 맞추어 편성된 것이었다.

　대부분의 두레는 남자끼리, 여자끼리 편성되었지만 남녀 혼성의 두레도 있었다. 남녀 혼성의 두레는 말할 것도 없겠지만, 남자만의 두레, 여자만의 두레라도, 공동작업의 특성상 남자 두레, 여자 두레가 섞여서 일할 때가 많았고, 남녀의 교류가 빈번할 수밖에 없었다.

　중매혼의 최대 문제점은 성격이 안 맞는 것은 둘째치고 궁합이 안 맞을 경우 대책이 없다는 것이다.

　도적 출신들은 허생에게 백 냥씩을 받아들고 열흘 동안 계집을 구했다. 궁합 맞춰보고 계집을 구한 이는 드물었다. 얼굴만 보고 택한 마누라였다. 여자들 입장에선 사내가 마음에 들고 안 들고를 생각해볼 겨를도 없이 부모가 따라가라고 해서 따라 나온 거였다. 즉 돈에 팔려온 신세였다.

　이러다 보니 궁합 안 맞는 부부들이 너무 많았다.

　조선 사회였다면 계집들은 돌부처 인생이니 하고 집구석에 처박혀 남편 들어오기만을 기다렸을 것이고, 남정네들은 집에 들어가기 싫어서 사창가에서 죽쳤을 것이다.

　그러나 공동작업, 공동생산의 나라에서는 두레라는 방편이 있었다. 남녀들은 빈번하게 교류하는 사이에 정말로 자기와 궁합이 맞을 것 같은 이성을 발견하게 된 것이었다. 처음엔 연애였지만 연애가 간음으로 발전하는 것은 시간문제였다.

간음 열풍은 기이한 일도 만들어냈다. 어떤 부부 둘 모두가 간음을 했다. 그런데 그들 부부의 간음 상대 역시 한 부부였다. 그래서 그들은 남편을 바꿔서, 아내를 바꿔서 살기 시작했다.

간음 열풍은 변강쇠 같은 사내, 옹녀 같은 여인네도 출현시켰다. 사내 중에는 변강쇠 같은 거시기를 지닌 자가 있고, 계집 중에는 옹녀 같은 거시기를 지닌 자가 있는 것이다. 변강쇠 사내 앞에는 여자들이 줄을 서 있었고, 옹녀 여인 앞에는 사내들이 줄을 서 있었다.

술과 수투는 추석 이후에 생성돼서 발전했지만, 간음은 추석 이전부터 최대한 발전되어 있었다. 물론 술에 입을 안 대고, 수투에 손을 안 대는 사람도 있듯이, 간음을 하지 않는 사람들도 많았다.

간음하지 않은 사람의 입장에서 배우자가 간음한 것을 발각하면 가만히 있을 수 없었을 것이다. 또 제 발 저린 놈이 더 지랄한다고, 저도 간음하는 주제에 배우자의 간음을 잡아 족치는 이도 있었다.

간음이 한 번 발각되면 집이 시끌시끌하고, 곧 다른 집도 시끄러워지고, 금방 마을 전체가 시끄러워졌다. 그냥 시끄럽기만 하면 다행인데 술이 도움을 주는 경우가 많아서 세간이 깨지고 부서졌다. 주먹다짐이 오가는 것은 기본일 테고, 칼부림도 예사로 났다. 그러다 보니 죽는 자도 생겼다.

4

팽이와 아이는 때려야 한다

　　　　　　　　　박율은 동쪽섬 사람들을 모질게 다루었다가 허생의 눈 밖에 났다. 허생은 박율의 잔인함에 치를 떨고는 박율을 호위대장 자리에서 쫓아냈다. 병방 자리까지 빼앗지는 않았지만 말이다.

허생이 대신 호위대장으로 임명한 자는 형방 흑사마귀였다. 칼싸움 실력도 흑사마귀가 낫기는 했다. 형방 흑사마귀는 해상방위를 맡은 각 지역 어부두레에 대한 통솔권까지 확실하게 받았다.

따라서 아무런 권한이 없어진 병방 박율은 허생의 총애를 되찾을 궁리를 했다. 각 지역을 돌아다니며 노예들, 즉 불알 발린 왜구들을 만났다. 박율과 불알 발린 왜구들은 서로 원한이 많은 관계였다. 특히 왜구의 두목이었던 야스하루는 박율을 죽이겠다는 핑계로 할복하지 않은 자였다.

그러나 불알 발린 왜구들은 원한을 잊고, 박율에게 기꺼이 협력했다. 왜냐하면 그들은 굶어 죽기 직전이었기 때문이다.

술과 수투와 간음으로 엉망진창이 된 나라는 가축들과 불알 발린 왜구들을 굶주리게 했다. 하지만 율려인은 굶주리지 않았다. 십 년을 먹을 곡식이 쌓여 있으므로, 아무리 술을 담가 먹어도, 아무리 노름으로 날려도 먹을 것은 모자라지 않았다.

그러나 제 몸뚱이와 제 여편네와 제 남편이 아닌 것에까지 끼니를 챙겨줄 정신머리는 몹시 모자랐다. 하여 말 못하는 가축과, 말을 하지만 사람이 아닌 것이나 마찬가지인 불알 발린 왜구들에게 밥을 제대로 안 주었던 것이다.

운 좋게도 고진광처럼 큰 부자가 된 이의 집으로 팔려가는 가축들이 있기는 했다. 그 운 좋은 가축들은 간신히 연명하는 가축들을 비웃으며 여유작작하게 되새김질을 했다. 하지만 그 간신히 연명하는 가축들도 불알 발린 왜구들보다는 나았던 것이다.

왜구들도 율려인이 성실하게 일할 때는, 비록 개돼지 취급을 받으며 가장 힘들고 어려운 일을 도맡았을지언정 먹을 거는 실컷 먹을 수 있었다. 율려인이 먹는 것 가지고 야박하게 굴지는 않았던 것이다.

그런데 사람들이 게을러지고 일을 안 하면서, 왜구들은 처절히 굶주리게 되었다. 여전히 힘든 일은 다 하면서. 가축에게는 어쩌다 밥을 주어도 왜구에게는 식은 밥 한 덩어리 던져주는 일이 없었다.

그들은 하다못해 부자가 된 이들의 집에 가서 일하기도 했다. 지역 공동의 노예에서 일개 개인의 노예가 되었던 것이다. 부자들은 그들을 종일 부려가면서 밥은 쥐꼬리만큼 주었다. 조금이라도 게으름을 피우면 채찍으로 패대었다.

이 불알 없는 노예들은, 박율에게 자기들이 보고 겪은 율려인의 실태를 낱낱이 고했다. 박율은 서기 유서향에게 부탁하여 몹시 두꺼운 보고서를 작성했다. 보고서를 읽은 허생은 할 말을 잃었다.

허생도 백성들이 추석 이후 무척 달라졌다는 것을 알고는 있었다. 동쪽섬에서 술난리도 겪었고 말이다. 하지만 이 정도일 줄은 몰랐다. 특히 장군을 분노하게 한 것은 간음 사태였다.

시월 달 전체회의에서 허생은 말했다.

"사람과 사회를 망치는 네 가지 것이 있으니, 제일이 간음이요, 제이가 음주요, 제삼이 노름이요, 제사가 종교다. 그리하여 나는 우리의 태평천국을 건설할 때, 그 네 가지 것을 막기 위해서 최선을 다했다. 간음은 일부일처제로 훌륭히 해결했다고 믿었다. 또한 종교는 못 먹고 못 사는 사람이 있어야 출현하는 것이니 나타날 이유가 없으리라 생각했다. 그리고 술과 노름에 대해서는 너희들의 이성과 도덕심을 믿었다. 너희들이 본성이 착하고 깨끗하니 배부르게 먹고만 살게 해준다면 술도 노름도 생각하지 않을 것이라고 생각했다.

그러나 내 생각이 틀렸는가 보다. 너희들의 본성은 그리 착하고 깨끗하지 않은 모양이다. 나는 슬펐지만 너희들을 이해하기로 했다. 나도 마시고 해봐서 안다. 술이 얼마나 맛있는지! 수투가 얼마나 재미있는지! 술과 노름에 대해서는 어느 정도 봐주기로 했던 것이다. 때문에 저번에 술로 동쪽섬 전체가 엉망진창이 되었을 때 나는 얼차려를 주는 정도에서 그쳤던 것이다. 내가 절굿대를 동굴에 가둬놓는 등 본보기를 보였건만, 너희들이 술을 계속 마시는 것을 알면서도 그간 참았던 것은 술 정도는 있어야 너희들이 즐겁게 살지 않겠는가, 해서였다. 수투도 그렇다. 그저 재미를 위한 정도라면 봐주기로 마음먹었다!

그런데 내 조사해보니, 너희들의 술과 수투는 도가 지나친 지 오래되었더구나. 술과 수투 때문에 다친 사람은 셀 수 없고, 살인사건까지 있었

다니 말 다하지 않았는가? 살인사건이 일어나는데도, 네놈들은 행수라
는 것들이 나한테 보고서 한 장 올리지 않았다. 술과 수투뿐인가! 땡중은
불교를 퍼뜨리고 무당순이라는 년은 이순신교를 퍼뜨리고 있다지? 게다
가 다 참아도 내가 못 참는 것이 있다는 걸 알지 않는가? 그것은 간음이
다! 그런데 간음마저도 창궐하고 있다니! 간음 문제 때문에 부부싸움하
다 죽은 연놈들이 벌써 십여 명도 넘는다니 기가 막히도다!

각 지역의 행수, 도감, 수총각들은 듣거라! 앞으로 한 달 안에 간음도,
음주도, 수투도, 종교도 모조리 없애라! 이것은 명령이다! 알겠느냐?"

장군님이 서슬 푸르게 소리소리 쳐대는데, 그 누가 모르겠다고 하겠는
가. 지역대표들은 큰 소리로 알겠다고 대답했다. 그러나 지역대표가 무
슨 힘으로 간음을, 음주를, 수투를, 종교를 막을 수 있겠는가? 그들 자신
만 그만두어도 표창할 일일 테다.

지역대표들은 자기 지역에 돌아가서, 지역민들을 한자리에 불러 모았
다. 그리고 허생 장군을 흉내 내어, 앞으로 남의 남편과 아내를 탐하지 말
고, 술 처마시지 말고, 수투 하지 말고, 부처님도 이순신 장군도 믿지 말
라고 소리쳤다.

지역민들은 경건하게 듣기는 했지만, 하루 이틀은 정말 안 하려고 노
력해본 사람이 없는 것은 아니었지만, 닷새가 못 가 그런 말을 들었다는
것도 까먹어버렸다.

허생은 박율을 다시 호위대장에 임명했다. 흑사마귀는 무늬만 형방으
로 물러나 앉게 했다. 흑사마귀는 백성들이 그 난리인 걸 다 알면서 자기
에게 고하지 않았기 때문이다. 대신 박율은 시키지도 않았는데 큰일을
했기에 다시 총애를 받게 된 것이었다.

박율은 더욱 열심히 일했다. 노예들은 더욱더 열심히 첩보활동을 했

고, 그것을 박율에게 보고했다. 유서향의 도움을 받아 서체 아름다운 기찰보고서를 거의 날마다 장군에게 올렸다. 유서향의 서체는 참말이지 아름다워, 그 서체로 쓰인 온통 나쁜 일들이 좋아 보일 지경이었다.

어느 날 허생은 이방 유연기에게 말했다.

"예상대로 백성들은 조금도 반성을 하지 않고, 계속해서 그 지랄들을 하고 있네. 사람들이 간음과 음주와 수투와 종교 같은 몹쓸 것에 저토록 빠지는 것은, 법과 도덕이 없기 때문이네. 자네의 주창을 존중해 시도했던 두레사회는 실패했네. 두레의 모토는 대동단결일 것이네. 다시 말해서 대동단결이 깨지면 두레도 깨지는 것이지. 지금 우리나라는 꼭 그렇게 되었네. 대동단결은 없어지고 개인의 방탕과 이기심만 남았네. 두레사회는 불가능한 것이었네! 법과 도덕으로 통치해야 하네!"

"장군의 노여움은 알겠습니다. 하지만 조금만 참고 기다리시면 백성들은 스스로 과오를 깨닫게 될 것입니다. 이제 곧 율려 백성들의 절반이 엄마가 되고 아빠가 되옵니다. 간음은 자연스레 없어질 것입니다. 음주와 노름과 종교는 사람이 살아가는 데 어쩔 수 없이 필요한 것이라고 생각하면 안 되시겠습니까? 도가 지나친 자들이 있는 것은 분명합니다만, 대부분은 재미로 하는 것일 겁니다. 심심풀이 땅콩으로요!"

"닥치게! 애초부터 자네의 말을 듣는 게 아니었어! 자네는 '사람의 자발적인 착한 본성'이라고 말했었지. 도적놈들에게 집과 밥과 옷을 주면, 그들 스스로 가장 인간다운 길을 추구한다고! 모든 사람이 누구의 방해도 받지 않고, 각자 아름다운 인간의 모습으로 살아간다면 그게 바로 낙원사회라고! 그렇게 낙원은 저절로 이루어지는 것이라고! 한데 그게 아니었어! 자발적인 착한 본성은 없네. 아이와 팽이는 때려야 하네! 그래야 아이들은 착하게 자라고 팽이는 잘 돌아가네! 나는 우리의 나라를 법과 도덕으로 통치할 것이야!"

"자율을 버리고 타율로 가시겠단 겁니까?"

"그렇다네! 길을 가다가 틀렸다고 생각되면, 과감히 길을 바꿀 줄 알아야 하네. 이 순간부터 자율의 길을 버리고 타율의 길로 갈 걸세! 법을 만들고 도덕을 세울 것이네! 그리고 법과 도덕을 가르치는 교육을 할 걸세. 법과 도덕과 교육은 앞으로 우리나라를 떠받치는 세 기둥이 될 걸세. 자네를 비롯하여 각 지역의 우두머리들부터 교육을 받아야 할 것이야!"

그 후 허생은 열흘 동안 두문불출하면서 「율려법」과 「율려도덕」을 저술했다.

허생은 한양 묵적골에 살 때 마누라가 돈 안 벌어온다고 바가지를 긁자 "아아, 안타깝구나! 내가 처음 글을 읽기 시작할 때에 십 년을 채우려고 했었는데, 이제 겨우 칠 년을 읽었구나!" 하고 탄식한 적이 있는 사람이었다. 어쨌든 칠 년이나 글을 읽었다는 것인데, 그 칠 년 동안 글 읽은 바를 「율려법」과 「율려도덕」에 쏟아 부었던 것이다.

허생은 각 지역에서 글을 읽고 쓸 줄 아는 자들을 모두 불러 모았다. 예방 박명궁, 서기 유서향, 전기수였던 황다설, 이호영의 수하였던 서기와 차인 등을 비롯하여 열댓 명이 모였다. 그러나 글을 사용할 줄 알 것이 확실한 수어청 교련관, 기패관이던 박이기와 최가, 유가 등은 부르지 않았다. 허생은 토벌대 출신들을 믿지 않고 배척했던 것이다.

허생 못지않게 한자에 정통한 이방 유연기는 끝내 참여를 거부했다. 자발적인 참여에 의한 두레사회 주창자였던 유연기는 두레의 실패는 인정했지만, 법과 도덕에 의한 통치에 협력할 수 없었던 것이다. 그리고 또 한 사람 글을 잘하는 호방 이호영은 거의 정신병자가 되어 쓸모없는 사람이 돼 있었다.

그들 글을 아는 이들이, 허생의 「율려법」과 「율려도덕」을 한 사람당 열 권씩 필사했다. 그들은 글을 읽고 쓸 줄 안다는 이유만으로 베껴 쓰기를 하다가 팔에 쥐가 나는 것은 예사고 팔이 아예 부러질 뻔했다.

허생은 한꺼번에 법과 도덕을 만들었지만, 우선 법으로 나라를 정화한 뒤에 도덕을 가르치기로 했다.

동짓달 전체회의 때 허생은 참석자들에게 「율려법」을 나누어주었고, 앞으로 그 책에 쓰인 대로 통치하겠다고 선포했다. 그리고 그들을 열흘 동안 붙잡아두고 법 교육을 했다. 지역대표들은 교육을 받기는 했지만 거의 이해하지 못했다.

지역대표들은 공부가 얼마나 고된 것인지 뼈저리게 깨달았을 뿐이다. 비몽사몽 상태로 허생에게 회초리를 맞아가며 뭔가를 계속 듣고는 있었는데, 뭘 들은 것인지 하나도 기억할 수가 없었다. 태어나서 그토록 끔찍하게 고통스러운 경험은 첨이라고들 했다.

허생이 교육한 것은 「율려법」에 쓰인 그대로였으니, 들은 것을 기억 못하면 그 책을 보면 된다. 그러나 지역대표들은 글을 몰랐다. 순 까막눈들에게 책은 무용지물이었던 것이다.

허생은 지역대표들에게 교육수료증을 나누어주고, 자기 지역으로 돌아가 지역민들에게 지금까지 교육받은 대로 교육을 시키라고 했다.

지역민들은 돌아가 지역민들을 불러 모았다. 허생에게서 받아온 「율려법」을 보여주며 나름대로 설명을 해보았다. 하지만 거의 못 알아듣고 온 그들이 제대로 된 설명을 해낼 턱이 없었다. 지역민들은 화를 내며 개풀 뜯어먹는 소리 당장 집어치우라고 소리쳤다!

그러나 지역대표들은 이런 식으로 정리해내는 놀라움을 보여주었다.

"간단히 말혀서 앞으로 간음하고, 술 처마시고, 수투하고, 부처님이나

이순신 장군님을 믿으면, 손모가지를 잘라버린댜. 손모가지를 잘라버렸
는데 계속 그러면 다른 손모가지도 잘라버린댜. 손모가지가 다 잘렸는데
도 계속 그러면 그 다음엔 모가지를 자른댜!"

허생이 난해한 말로 열흘 동안이나 교육을 한 것이 전혀 쓸데없지는
않았던 것이다. 지역대표들은 다른 말은 다 못 알아들었지만, 허생이 가
장 자주 했던 말만은 기억했던 것이다.

허생은 지역대표들에게 열흘간 지역민을 교육한 후 교육수료증을 나
눠주라고 했었다. 지역대표들은 하루나 이틀 정도로 교육을 종료하고 수
료증을 나눠주었다.

사실은 교육에 참가하지 않은 지역민들이 대부분이었다. 그들은 교육
을 안 받으면, 즉 교육수료증이 없어도 손모가지를 자른다는 소문을 듣
기는 했다. 그들은 지역대표에게 몰려와 수료증을 달라고 야료를 부렸
다. 지역대표들은 그들에게 곡식을 받고 수료증을 내주는 치부 감각을
발휘했다.

소문이 두려워서 비리로 교육수료증을 챙긴 사람이니 간음도, 음주도,
수투도, 종교 행위도 그만둘 것인가? 그러나 실제로는 계속했다. 교육수
료증 같은 눈에 뵈는 것을 챙길 수는 있지만, 너무나 재미난 짓을 그만둘
수는 없는 게 또한 사람이었던 것이다.

허생이 첫 번째 포고령 공포를 눈앞에 두고 있을 때, 서기 유서향이 말
했다.

"장군님, 제가 이런 말씀 안 드리려고 했는데 보다 못해 이제는 드려야
겠습니다."

"네 아버지 얘기라면 하지 마라. 난 유연기에게 배신당한 느낌이다. 잘
못했으면 반성하고 도와야지, 제 마음에 안 든다고 돕지를 않다니. 우리

는 뜻을 함께하기로 굳게 맹세한 사이였는데 어찌 그럴 수 있느냐?”

“제 아비 이야기가 아니옵고, 장군님, 이 나라의 백성들은 글을 전혀
모릅니다.”

“그걸 누가 모르느냐?”

“그러니 「율려법」과 「율려도덕」을 책으로 나눠준들, 포고령을 공포한
들 무슨 소용이 있습니까?”

“그래서 교육을 했지 않느냐?”

“교육으로는 부족하다고 생각합니다. 장군님은 어째서 언문을 이용하
지 않으십니까? 세종대왕께서도 백성들을 편히 다스리려고 언문을 만들
었던 것 아닙니까? 율려의 백성들 중에도 언문이라면 아는 자가 많이 있
을 것입니다.”

“어떻게 하자는 말이냐?”

“언문으로 된 「율려법」과 「율려도덕」이 필요하옵니다. 또 포고령 역시
언문으로도 내려야 합니다.”

허생은 곰곰이 생각한 뒤에 말했다.

“네 말이 일리가 있다. 그러나 난 언문으로 생각하고 쓰지 않는다.”

“어째서 그 좋은 글자를…….”

“그것이 어떻게 좋은 글자이냐? 허균 선생이 언문으로 그 놀라운 『홍
길동전』을 쓰신 것도 사실이고 내가 그걸 읽은 뒤부터 율려국 건설이라
는 웅대한 꿈을 꾼 것도 사실이다마는, 언문이 천한 글자라는 것은 어찌
할 수 없는 사실이다! 하지만 네 말이 매우 일리가 있다. 천한 백성을 다
스리는 데는 천한 글자가 제격이겠지. 그러나 누가 언문을 그토록 잘 구
사할 수 있으랴? 나의 「율려법」과 「율려도덕」을 언문으로 바꿀 만한 자
가 있느냐? 황다설이면 가능할까?”

“바로 소녀입니다. 전기수 황다설도 소녀의 놀라운 언문 능력을 인정했습니다. 제가 책임지고 언문을 담당하겠습니다. 제가 언문본 「율려법」과 「율려도덕」을 만들고, 언문 번역본 포고령도 쓰겠습니다.”

“그렇다면 번역을 해보라! 나도 언문을 읽을 줄은 아니, 너의 번역본을 보고 생각해보겠다. 만약에 너의 언문 번역이 내 마음에 든다면 크게 치하하겠다!”

설달 초하루, 허생은 전 율려 백성을 도성에 모았다. 허생은 말했다.

“오늘은 역사적인 날이다. 오늘 나는 율려낙원국의 제이 건국을 선포한다! 제일 건국기는 두레에 의한 통치였다. 그리고 제일 건국기는 어제로써 끝났다. 오늘부터는 제이 건국기다. 제이 건국기는 「율려법」과 「율려도덕」으로 통치할 것이다.

나는 너희들을 법과 도덕으로 다스리지 않으면 안 된다는 깨달음을 얻었다! 간음, 음주, 노름, 종교 행위 이상을 사대 범죄로 규정한다! 나는 법과 도덕의 이름으로 사대 범죄와의 전쟁을 선포한다! 너희를 깨끗이 한 뒤에 도덕을 가르치겠노라!”

이후로 허생은 구체적으로 죽 늘어놓았는데, 정리해보면 이렇다.

우선 육방과 두레를 철폐하겠다고 말했다. 대신 장관과 경찰을 두겠다고 했다. 이방, 호방, 공방, 예방, 병방, 형방을 없애고, 필요에 따라 어떤 관청을 만들고, 그 관청을 담당하는 장관을 두겠다는 것이었다.

옛날에 호방과 공방이 담당하던 일은 내무청이 담당하고 그 내무청 장관은 월화.

군사와 경찰과 「율려법」은 경찰청이 담당하고 그 경찰청 장관은 흑사마귀.

교육과 「율려도덕」은 교육청이 담당하고 그 교육청 장관은 박명궁.

언문에 관계된 일은 언문청이 담당하고 그 언문청 장관은 유서향.

장군의 비서와 호위는 호위청이 담당하고 그 호위청 장관은 박율.

이상인데, 누구나 알 수 있듯이 육방 때와 달라진 것이 있다면, 유연기와 이호영이 없다는 것이었다. 율려인은 금방 눈치 챌 수가 있었다. 뭐가 어떻게 달라진 것인지 잘 모르겠지만, 아무튼 유연기와 이호영이 장군에게 토사구팽당했다는 것을.

그리고 지역에는 중앙의 청과 장관에게 관할, 통솔 받는 소와 소장을 두겠다고 했다. 예를 들어, 북쪽섬에는 경찰소, 교육소, 언문소, 호위소 등이 생기고, 그 소의 우두머리는 소장이라 부르겠다는 것이다. 또한 두레 시절엔 지역대표인 행수를 지역민의 선거로 뽑았지만, 앞으로는 중앙정부가 알아서 임명하겠다고 했다.

그리고 장군의 포고령은 공포하는 즉시 발효되는 것인데, 장군은 제일호 포고령을 공포했다. 제일호 포고령은 〈사대 범죄 금지령〉인데, 교육받았던 바로 그 내용이었다. 간음하고, 술 마시고, 노름하고, 불교나 이순신 장군 믿으면 손모가지와 모가지를 자르겠다는.

마지막으로 허생은 말했다.

"어찌 이 기쁜 제이 건국일을 축하하지 않을 수 있겠는가! 모두 즐기고 놀라! 추석 때처럼 지역 운동대회를 열어라!"

이때 분위기 파악 못 하는 백성 하나가 질문했다.

"장군님, 그럼 오늘 마지막으로 술을 마시겠습니다. 술도 안 마시면서 무슨 운동대회랍니까. 흥이 안 나지요!"

허생은 분기탱천해서 말했다.

"경찰청장은 저놈의 왼쪽 손모가지를 베어라! 저따위 말을 한 것은 술 처마신 것과 진배없다!"

사실 그 백성은 해장술이 덜 깨 주정한 것이었다.

흑사마귀가 주저하자 허생이 직접 칼을 들고서 그 백성의 손모가지를 잘라버렸다. 허생의 짓거리에 온 백성이 눈알이 튀어나올 듯이 놀랐다. 장군이 장난하고 있는 것이 아님을 모두 확실히 느꼈다. 백성들은 걱정과 두려움에 휩싸여 잔치가 재미없었다. 마지못해 놀고 마지못해 운동대회를 치렀다. 허생 장군만 혼자 신이 났다.

그러나 제 지역, 제 마을로 돌아간 사람들은 포고령을 빠른 속도로 잊어갔다. 설마 진짜로 그러시겠느냐, 괜히 말이나 한 번 본때 나게 하신 것 아니겠느냐고 생각했다.

진짜로 손모가지를 자르지 않았느냐며, 겁을 단단히 먹은 이들이 있기는 했다. 그러나 다수의 사람들은 그저 본보기로 하나 자른 것뿐일 테다, 설마 그 많은 사람들의 손모가지를 다 자를 수 있겠느냐고 대수롭지 않게 생각했다.

한 열흘 별일이 없기도 했다. 마을 곳곳에 한문과 언문으로 된 포고령이 붙어 있었는데도, 사람들은 그 포고령에 뭐가 적혀 있는지도 기억하지 못하게 되었다. 한문 포고령도 못 읽었지만 언문 포고령도 못 읽었던 것이다.

언문청장 유서향은 한문은 몰라도 언문은 아는 이가 많으리라 생각했다. 배우기 쉬운 글자, 언문이 만들어진 것이 벌써 수백 년 전이고, 실제로 안흥포에서는 언문을 잘 아는 천한 것들을 무수히 만났던 것이다. 하지만 그건 안흥포 같은 큰 저자에서나 있는 일이었다. 산속이나 촌구석에서 살던 것들은 언문도 한문처럼 '흰 것은 종이요, 검은 것은 글씨로구나' 정도로밖에 몰랐다.

그러나 허생의 의지는 확고했다. 허생의 독려에 시달린 경찰청장 흑사마귀는 보름 만에 모든 지역에 경찰소를 세웠다. 경찰도 뽑았다.

흑사마귀는 이제 홍임장 따위는 잊어버렸다. 앓아누워서 기동도 못하는 예전의 대두령을 기억해서 뭣 하겠는가? 그리고 그는 무늬만 형방일지언정 형방으로 있는 동안 권력이라는 것에 눈을 뜨게 되었다. 잠깐 호위대장을 겸하며 어부두레를 통솔하던 시절에는 실제로 권력의 맛을 보기도 했다.

흑사마귀는 자기에게 왜 그런 중책을 맡기는지 의아하기는 했지만, 홍임장에게 물어보지도 않고 경찰청장이 되었으며, 보란 듯이 잘해보려는 욕심도 생겼다.

흑사마귀가 경찰로 선발한 자들은, 변산 도적 시절부터 눈여겨두었던 이들이다. 무예 실력이 뛰어나며, 자신을 흠모했던 자들.

드디어 율려낙원국에는 피바람이 몰아치기 시작했다.

흑사마귀는 직접 나서서 무당순을 체포했다. 무당순은 길길이 날뛰며 소리쳤다.

"네 이놈, 이순신 장군님이 무섭지도 않느냐? 이순신 장군께서 너에게 피의 불벼락을 내리리라!"

과연 그녀에게 영적인 존재가 붙어 있기는 한 모양이었다. 무당순이 날뛰자 동아줄이 툭 끊어졌다. 그녀는 호탕하게 웃으며 경찰을 비웃었다.

"이 경찰 나부랭이 것들아! 너희도 엊그제까지는 간음하고 술 처마시고 노름하고 우리 이순신 장군님에게 절했던 것들이 아니냐? 그런 놈들이 경찰이라니, 개구리도 웃겠다! 썩 물러들 가라! 어서!"

흑사마귀도 다른 사람들은 몰라도 무당순과 땡추만은 체포하기가 쉽지 않을 것이라고 생각했다. 그래서 장군에게 체포할 자신이 없다고 솔직히 말했더니, 허생은 노하여 소리쳤다.

"나는 자네의 강직한 마음을 높이 봐서 경찰청장에 임명한 것이다! 도대체 그 나약한 소리가 경찰청장이 할 소리인가? 체포할 수 없거든 죽여버려라! 다른 놈들은 살려주어도 무당순 년과 땡추 놈은 어차피 살려둘 생각이 없다. 종교는 아편이다! 아편을 파는 연놈들을 어찌 살려두겠느냐?"

그러니까 흑사마귀는 장군으로부터 사형명령장을 받아온 셈이었다. 그러나 그는 가급적 무당순을 체포하려고 했다. 그가 보기에도 무당순이 보통 사람은 아닌 것 같았고, 그런 사람을 베었다가 정말로 이순신 장군 귀신한테 해코지를 당하는 것 아닌가 하고 겁이 났던 것이다.

그러나 무당순이 밧줄을 끊어버린 것도 모자라 조롱을 해대자, 흑사마귀는 용기를 냈다.

'그래, 이왕 경찰청장이 되었고, 허생 장군을 도와 낙원을 이루어보기로 굳게 맹세한 이상 무엇이 두렵겠는가? 나는 오로지 법과 도덕을 위해 살 뿐이다!'

흑사마귀는 칼을 빼어들고 말했다.

"무당순, 네 이년! 네년은 감히 이순신 장군님을 그 더러운 입에 올리며, 백성들의 마음을 사악하게 만들었다. 이순신 장군님이 언제 백성들에게 노름하고 술 처마시라고 한 적이 있다더냐? 그런데도 네년은 이순신 장군님을 빙자하여, 백성들에게 노름하고 술 처마시도록 만들었다. 나, 경찰청장 흑사마귀는 허생 장군의 명을 받아 네년을 즉결 처형하겠다."

"미친놈, 네깐 게 감히 이순신 장군의 딸인 나를 죽이겠다고? 허허허,

미친놈이로다. 장군님, 피의 불벼락을 내리소서!"

흑사마귀는 눈 질끈 감고, 무당순의 모가지를 잘라버렸다. 무당순의 목구멍에서 뿜어져 나온 피가 꽃가루 같았다. 흑사마귀도 얼마 동안은 벌벌 떨었다. 피의 불벼락이 곧 떨어질 것 같아서. 그러나 피의 불벼락은 끝내 내리지 않았고, 흑사마귀는 정신을 차렸다.

무당순의 남편 팔매비수도 묶여 있었다. 팔매비수는 무당순의 남편이라기보다는 몸종처럼 살고 있었다. 아내의 기에 눌려 꼼짝을 못했던 것이다. 그래도 아내가 죽자, 팔매비수는 묶인 몸인 것도 잊고 부르짖었다.

"네 이놈, 사랑하는 내 마누라를 죽이다니. 내 너의 뒤통수를 돌팔매로 깨버리겠다!"

"너도 죽어 마땅한 놈이다. 저런 걸 마누라로 삼았으면 패서라도 무당질을 못하게 해야지. 무당 여편네 뒤치다꺼리나 하고 살아? 그리고 너 지금 내 뒤통수를 깬다고 말했지? 이것은 경찰청장에 대한 반역이다! 나에 대한 반역은 허생 장군님에 대한 반역이다. 그러니 반역죄로 너 또한 사형에 처한다!"

흑사마귀는 가차 없이 칼을 휘둘러 무당순의 남편 모가지도 떼어버렸다. 그때까지 소풍 다니는 기분이었던 경찰들은 자기들이 얼마나 살벌한 임무를 맡은 것인지, 자기들의 우두머리 흑사마귀가 얼마나 잔인한 사람인지 확 깨닫고 가슴이 싸늘해졌다.

흑사마귀는 무당순과 팔매비수의 시체를 이순신 장군을 모신 사당에 처넣었다. 그리고 불태워버렸다. 이순신 장군 노릇을 하던 나무상은 자기를 무척이나 위했던 두 인간의 영혼과 함께 사라졌다.

이 일을 벌써 전해 들었는지 땡추는 종적이 묘연했다. 경찰청장은 땡추 수배령을 내려놓고 지역경찰소 순행에 들어갔다.

먼저 파견되어 있던 경찰들은, 흑사마귀의 명령을 우습게 알고 아무도 체포해놓지 않고 있었다. 흑사마귀는 대동하고 온 중앙경찰들에게 지역경찰들의 엉덩이에서 피가 나도록 패게 했다. 흑사마귀는 엉덩이에서 피가 나오도록 맞아 정신이 하나도 없는 지역경찰들에게 말했다.

"당장 가서 잡아 와라! 한 놈당 한 명 이상씩 잡아 와라! 못 잡아 오면 너희들 손모가지가 잘린다. 우리는 범죄와의 전쟁을 하고 있다는 걸 명심하란 말이다. 이 밥버러지들아!"

노름에 죽고 노름에 사는 몇 사람이 노름을 하고 있었다. 경찰이라는 놈들이 오더니, "너희는 노름하다가 적발되었다. 수투와 판돈은 증거물로 압수한다!"고 말했다. 그러고는 노름꾼들을 꽁꽁 묶어 경찰소로 끌고 갔다. 경찰소 마당에는 먼저 붙잡혀온 이들이 있었다. 술 마시다 잡혀온 자들이었다.

마당 중앙에 커다란 작두가 있었다. 경찰은 한 사람을 끌어내더니 왼손을 작두 밑에 들이밀었다. 사람들은 여기까지도 장난인 줄 알았다. 하지만 곧 모두 입이 쩍 벌어지며 얼굴이 샛노래졌다. 경찰은 예고도 없이 그 사람의 왼손을 잘라버렸던 것이다. 나머지 끌려온 사람들은 비로소 실제 상황임을 알고 울며불며 용서해달라고 빌었으나 경찰은 들은 척도 하지 않았다.

한 식경도 못 되어 오십여 명이 손모가지가 잘렸다. 마당은 사람들이 흘린 피로 흥건해졌다. 흑사마귀가 손모가지 잘린 사람들에게 말했다.

"다음에 걸리면 남은 한쪽 손마저 잘린다는 걸 잊지 말도록!"

이런 일이 지역마다 벌어졌다. 흑사마귀가 없어도 지역경찰은 일을 잘하게 되었다. 흑사마귀는 한 번 순행으로 지역경찰의 기강을 완벽히 세운 것이었다. 또한 한 번 피 맛을 본 경찰이 거칠 것 없이 경찰짓을 수행했기 때문이기도 했다.

경찰이란 자들은 참으로 냉정했다. 변산에서 아주 친하게 지내던 동무가 경찰에 끼어 있는 것을 보고, "날세, 나 떡칠이여, 옛날 우정을 생각해서 한 번만 봐주시게!"라고 애걸복걸해보아도 소용이 없었다.

"우리는 허생 장군의 율법과 흑사마귀 경찰청장의 명령에만 복종할 뿐이여. 빌어봐야 입만 아플 거구만!"이라는 대답을 듣기가 무섭게, 손모가지가 날아갔을 뿐이었다.

과연 피의 통치는 놀라운 성과를 거두었다. 경찰은 보름 동안 사천여 개나 되는 손모가지와 백여 개의 모가지를 잘랐고, 그러자 그 많던 간음자, 음주자, 수투자, 부처님의 아들딸, 이순신 장군님의 백성 이 모두가 씻은 듯이 사라져버렸다.

한순간에 사대 범죄가 없는 깨끗한 세상이 된 것이었다.

이천여 명은 손모가지 한 개 잘린 것으로 그쳤지만, 천여 명은 양쪽 손모가지다 다 잘렸다.

양쪽 손모가지가 없는 상태로 무슨 술을 마실 수 있으며 수투를 하고 간음을 하겠는가? 그러므로 더 이상 죄를 지을 수 없었으므로, 세 번째 죄를 지어 모가지 날아가는 사람은 없어야 정상일 것이다.

그러나 그렇지가 않았다. 양쪽 손모가지가 없는 이는 타인의 힘을 빌려 술을 마셨고, 간음은 손이 없어도 할 수 있는 것이니 할 수가 있었고, 수투도 하자고 들면 못할 것이 없었다. 발가락을 사용하면 되니까. 그들은 중독자였던 것이다. 하지 않고서는 못 배기게 된. 기어이 또 하다가 모가지까지 잘리고 만 것이었다.

하지만 사실은 억울하게 당한 이들이 대부분이었다.

과거의 일 때문에? 그건 아니다. 허생 장군은 과거의 일은 문제 삼지 않고, 포고령 공포 이후의 범죄만 문제 삼겠다고 말했다.

그런데도 억울하게 당한 이들이 그토록 많았던 것은, 경찰청장 흑사마귀의 '하루 한 건 이상 체포하지 않으면 너희 경찰의 손모가지를 잘라버린다'는 엄포 때문이었다. 엄포로 그친 게 아니라, 실제로 그렇게 했다.

따라서 경찰은 자기의 손모가지가 잘리지 않기 위해, 하루에 일인당 한 명 이상의 범죄자를 잡아다가 그의 손모가지를 잘라야 했다. 경찰은 중앙경찰, 지역경찰 합하여 총 이백여 명이었다. 이백여 명이 보름 동안 하루에 한둘씩 잡아다가 잘랐기 때문에 사천여 개나 되는 손모가지가 잘라진 것이고, 하루에 서넛씩 잡아다가 자른 열성 경찰 때문에 모가지까지 날아간 이들이 생긴 것이었다.

실은 무당순과 팔매비수가 살해당하고, 한 지역경찰소에서 오십여 개의 손모가지가 날아간 첫날, 즉시 사대 범죄는 사라졌다고 해도 과언이 아니다.

아무리 간음, 음주, 수투, 종교 행위 등이 사람에게 떼려야 뗄 수 없는 짓거리라지만, 자신의 신체 일부와, 그것도 손모가지와 모가지를 담보로 그런 짓거리를 공공연히 벌일 사람은 없었다.

단단히 중독된 이들이나, 목숨을 걸고도 하는데 손모가지 하나를 못 걸겠는가 하면서 숨어서 했을 뿐이다.

그런데도 그들 경찰은 귀신처럼 범죄자들을 잡아낸 것이다. 보름 동안 날마다.

우선 불알 발린 왜구들의 활약이 컸다. 그들은 호위청 박율을 도와 간첩질을 해서 위상이 신장되어 있었는데, 이번 정부 개편 때 신분 상승을 했다. 흑사마귀가 그들을 경찰청 소속으로 만든 것이었다. 그전의 '노예'보다는 훨씬 마음에 드는 '경찰노비'라는 호칭도 부여받았다.

이들 경찰노비는 보름 동안의 범죄와의 전쟁 기간 중에 눈부신 밀고 활동을 벌였다. 간음, 수투, 음주, 종교 중독자들은 기상천외하게 감춰진 자연동굴에서 범죄활동을 했다. 하지만 늦게 온 조선인들보다 율려섬 생활이 한참 선배인 경찰노비들은 동굴 속의 그들을 귀신같이 찾아냈다.

그러나 경찰노비가 제아무리 귀신 뺨 치는 재주를 가졌다손 치더라도, 소수의 중독자들은 잡을 수 있었지만, 나머지 존재하지 않는 범죄자를 무슨 수로 잡아낼 수 있었겠는가?

그런데도 그토록 많은 희생자가 나오게 된 데에는 또 다른 결정적인 이유가 있었다. 사람들이 서로를 신고한 것이었다.

간음 범죄를 예로 들자면 이런 식이었다. 남편의 간음으로 고통받았던 아내가, 제 남편이 간음했다고 신고한다. 그 아내 소견머리로는 남편의 손모가지를 하나 자르는 것이 남편을 다른 여자에게 빼앗기는 것보다 낫다고 생각한 것이다.

남편은 간음했던 것은 맞지만 포고령 이후로는 무서워서 간음을 하지 못하고 있었다. 그런데 경찰은 아내의 말만 믿고, 그 남편을 끌고 가서는 자백하라며 엉덩이에서 피가 나도록 때리는 것이었다.

남편은 더 맞다가는 맞아 죽을 것 같아서 간음했다고 자백하고 만다. 자백과 함께 손모가지가 날아간다. 당연히 그 남편과 간음한, 정확히 말하면 옛날에 간음했던 여인도 끌려와 손모가지가 잘리게 된다. 그 여인은 옛날에 했지만 지금은 안 했다고 하소연해보았자 소용없다. 두 명이나 했다고 증언을 한 판이니, 경찰은 고문도 않고 막 바로 손모가지를 쳐버렸던 것이다.

그런데 두 연놈이 생각해보니 억울한 것이다. 왜 자기들만 잘려야 하는가? 간음했던 것들은 간음했던 것들을 두루 알기 마련이다. 그들은 자기가 알고 있는 간음자들 중에서 평소 사이가 좋지 않았던 놈이나 년을 밀고한다.

이러다 보니 포고령 이후로는 간음을 하지 않았지만, 그 이전에 간음을 잘해서 소문이 자르르했던 이들은 죄다 손모가지가 잘렸다.

음주, 수투, 종교 행위를 해서 손모가지가 잘린 이들은, 알고 보면 다 그런 식으로, 고문과 밀고와 무고로 당한 이가 대부분이었다. 결국 대개의 율려인은 포고령 이후에는 간음도, 음주도, 수투도, 종교 행위도 한 바 없었지만, 과거의 전력 때문에 당한 꼴이 되고 말았다.

과거에 많이 했던 사람은 많이 했었으니까 그나마 덜 억울할 텐데, 과거에 조금밖에 못했던 사람은 참말로 억울할 만했다. 하지만 가장 억울한 사람은 세 번이나 무고를 당해, 결국 모가지까지 잘려야 했던 사람들일 것이었다.

그렇게 모가지가 잘린 이 중에는 정말이지 억울하다 못해 기가 막히게 죽은 경우도 있었다.

별명이 '험악쟁이'인 그 사람은 아내 하나만 사랑했고 다른 여자에게는 눈길 한 번 준 적이 없었다. 술도 한 방울 안 마셨고 수투는 구경해본 적도 없었다. 부처님도 몰랐고, 허생 장군은 알아도 이순신 장군은 생판 몰랐다.

그런데 사람들은 그가 인상이 험악하다는 이유만으로 그를 떠올렸고, 무고하는 순간에 그의 이름을 댔다. 그는 변산 도적 시절에도 인상이 안 좋다는 이유만으로 왕따를 당했었다. 그의 모가지가 잘린 이후에도 그가 죽은 지 모르고 그의 이름을 불러대는 이들이 많았다.

반대의 경우도 있었다. 별명이 꽃변강쇠라는 사내가 있었는데 별명이 말해주듯 꽃미남에 변강쇠처럼 정력도 좋은 사내였다. 이 사내는 헤아릴 수 없이 많은 간음을 했다. 술도 잘 마셨고 여자들과 어울려 수투도 곧잘 했다.

그가 어떻게 들락날락거리는 건지는 모르지만 처녀섬에서 수많은 처녀들에게 둘러싸여 왕 노릇 하는 밤이 쌔고 쌨다는 것은 공공연한 사실이었다. 그런데 그 꽃변강쇠는 남자들도 좋아했다. 사내건 계집이건 꽃변강쇠를 보면 가진 것을 다 주고 싶어 했고, 꽃변강쇠의 마음에 들고 싶어서 별 지랄을 다했다.

이번 밀고와 무고 사태 때에, 그 꽃변강쇠의 이름을 댄 자들이 단 한 명도 없었다. 모가지가 잘릴 예정인 자들마저도 꽃변강쇠의 이름만은 말하지 않았다. 그래서 간음으로 죽어야 한다면 그 누구보다도 일찍, 죽어도 골백번은 더 죽어야 할 꽃변강쇠는 손모가지 하나 안 잘리고 무사했다.

어쨌든 단 보름 동안, 인구의 절반 이상이 손모가지 하나, 혹은 둘이 없는 나라가 돼버렸다. 허생 장군이 '범죄와의 전쟁' 종결을 선포하지 않았다면, 온 나라 백성의 손이 다 잘렸을지도 모른다.

'범죄와의 전쟁'이 종결되었다고 해서, 사대 범죄를 저질러도 된다는 얘기는 아니었다. 사대 범죄를 저지르면 여전히 손모가지와 모가지 잘리는 형벌을 받았다. 다만 전시적인 '범죄와의 전쟁'이 종결됨으로써, 고문과 무고와 밀고의 시기도 끝나게 되었다는 것이다.

이 나라 여성들 중에는 태반이 만삭에 가까웠다. 배가 남산처럼 부른 여인들 중에도 손모가지 잘린 이가 많았다. 여하간 봄이 되면 그녀들이 다투어 아이를 까지를 텐데, 그 아이들은 커서 이런 질문을 할지도 모른다.

"우리나라의 어린이들은 모두 손이 둘인데, 왜 어른은 손이 둘이거나 하나거나 하나도 없거나 그래요?"

허생 장군은 〈평등 재산령〉을 공포해 부자도 없애버렸다.

"남보다 땀 흘리고 남보다 절약하여 부자가 되는 것은 막을 수도 없는 일이고 외려 권장할 일이다. 그러나 노름이나 대부업 같은 사악한 방법으로 축재하는 것은 인정하지 못한다. 그러니 노름이나 대부업으로 부자가 된 자들의 것을 거두어, 제 주인들에게 돌려주도록 하라!"

경찰은 득달같이 달려 나가 장군의 명령을 수행했다. 부자들은 경찰의 인정사정없는 칼질이 두려워 일언반구의 항의도 하지 못했다.

"다 가져가도 좋으니 제발 손모가지만 건드리지 마슈!"

싹싹 빌며 바들바들 떨 뿐이었다.

경찰은 부자에게서 빼앗은 곡식을 가난한 자들에게 똑같이 나누어주었다. 이러니 순식간에 다시금 부자와 빈자가 없는 평등한 세상으로 되돌아갔다.

사람의 손모가지를 벼 모가지 자르듯 하여 인기가 땅에 떨어졌던 허생 장군은 인기를 아주 조금 만회했다. 잠깐 부자였던 사람들과 졸지에 불구자가 된 이들에게는 원망을 샀지만, 잠깐 빈자였던 사람들에게는 "역시, 자비로운 장군님이셔!"라는 찬탄을 자아내게 했던 것이다.

경찰을 앞세워 사대 범죄를 근절시키고, 평등을 복원하는 데 너무도 쉽게 성공한 허생은, 마침내 사람들의 정신을 뜯어고치기 위한 「율려도덕」 교육사업을 추진하였다.

그런데 교육청장 박명궁은 한사코 일하려고 하지 않았다. 그는 변함없이 권력을 몰랐고 관심도 없었던 것이다. 허생은 좀 화가 났으나 참을 만했다. 이상하게도 박명궁이 아무리 뻗대도 싫지가 않은 것이었다.

허생은 흑사마귀의 일처리에 반하여, 경찰청장에게 교육사업도 맡기기로 했다. 그런데 어디서 굴러먹다 온 건지 거지꼴이 된 유연기가 찾아와 말렸다.

"경찰청은 장군께서 주신 힘을 등에 업고 이미 무서운 권력이 되었습니다. 그들에게 교육마저 담당하도록 시킨다면 경찰은 무소불위의 권력이 될 것입니다."

"권력이라니? 혹시 조선에서 양반들과 정치 모리배들이 누리던 추악함을 말하는 건가. 그렇다면 율려낙원국에는 권력이 없네. 없으며 앞으로도 영원히 없네."

"명백히 있는데 없다니요?"

"그러나 공자와 맹자의 인의예지신 같은, 노자와 장자의 무위자연 같은, 사람을 사람답게 만들고 누구나 평등하고 자유롭게 이끄는 그런 권력이라면 있네."

"장군님, 그 많은 사람들의 손모가지와 목숨을 빼앗고도 그런 위선적인 말이 나오십니까?"

"위선이라니? 내가 권력이라면 나는 착한 권력이네!"

"불상놈들을 믿었다가 상처받은 소인이 착함과 악함을 따져서 무엇하겠습니까! 저는 이번엔 불상놈들에게 또 한 번 경악했습니다. 스스로 파멸하는 것도 모자라, 서로를 모략하고 중상하고, 아하, 지옥이 따로 없었습니다. 하지만 이 모든 피의 지옥이 장군의 법 때문에 생긴 걸 아셔야 합니다. 그러나 장군님이 옳은 것인지도 모르겠습니다. 그런 경악할 놈들을 법이 아니면 무엇으로 다스릴 수 있겠느냔 말입니다. 여하튼 경찰청에 힘을 몰아주어선 안 됩니다."

"흑사마귀와 경찰은 나의 개에 불과하네! 내 강아지들이란 말이야. 강아지들은 아무리 커봐야 개에 불과해. 초복, 중복, 말복에 잡아먹는 개! 음, 한겨울이지만 문득 개가 먹고 싶어지는구나.”

“그러나 개가 사람을 무는 수가 있습니다. 지가 개라는 것을 잊어버리고, 나중엔 주인까지 함부로 대하고, 아예 미쳐버려 주인을 물어버리게 되지요. 개는 개답게 키워야 그런 일이 없습니다. 목덜미에 쇠사슬을 묶어놓고 틈만 나면 패대야 합지요. 한데 나리는 개들에게 칼을 쥐여주고 마음껏 날뛰도록 만들었습니다. 그것도 모자라 교육까지 쥐여주려 합니다. 칼을 든 개들이 교육이라는 갑옷을 입게 되는 거지요. 그 개는 나리님을 먹어치우고야 말 것입니다.”

“유 사공, 더 이상 말 말게. 나에게 다 생각이 있단 말일세. 모처럼 자네가 나를 찾아와주었는데, 그리고 내 걱정까지 해주는데 감격을 안 할 수가 없군 그래. 우리 이런 딱딱한 얘기 그만두고 개나 잡아먹세.”

“그러시다 정말 큰일 나십니다. 저의 말을 명심하소서. 그리고 저는 개 안 먹습니다.”

그날 허생은 경찰청장 흑사마귀와 경찰들을 불러 개를 수십 마리 잡아먹었다. 그동안 애로가 많았던 경찰을 치하하고 격려하는 자리였다.

이것을 본 뭇 백성들도 너도나도 개를 잡아먹어, 낙원국은 며칠 동안 개털 타는 냄새로 진동했다. 그렇게 잡아먹어도 개가 씨 마르는 일은 생기지 않았다. 개는 워낙 번식이 빨라 이미 섬이 개 천지였던 것이다.

허생은 한문으로는 이 나라의 통치가 불가능함을 인정하고, 언문을 백성의 상용문자로 사용하기로 결심했다. ‘언문’의 명칭도 ‘한글’로 바꾸었다. 따라서 언문청은 ‘한글청’이 되었고, 언문청장이었던 유서향은 ‘한글청장’으로 호칭이 바뀌었다.

허생은 경찰들에게 교육까지 맡기기 위해, 경찰들 중 한글을 읽고 쓸 줄 아는 이들을 '교육경찰'이라는 이름으로 선발하려고 했다. 그러나 경찰 중에 허생이 원하는 만큼 한글을 할 줄 아는 자가 열에 한 놈이 될까 말까 했다.

궁리 끝에 허생은 한글청장 유서향의 의견에 따라 시험을 보아 '교육경찰'을 뽑기로 했다. 허생과 경찰청이 교육경찰고시를 공시하자, 너도 나도 응시접수를 했다. 한글이라곤 낫 놓고 기역 자밖에 모르는 놈들도 한글에 도튼 양 설쳤다.

사람들이 경찰이 돼보겠다고 개나 소나 덤빈 것은 당연한 일이었다. 현재 이 나라에서 경찰만큼 위세 드높고 빛나는 자리가 어디 있단 말인가? '범죄와의 전쟁' 시기에 경찰들의 위상은 하늘처럼 높아져 있었던 것이다.

남녀 삼천여 명이 교육경찰 선발시험을 보겠다고 율섬 도성에 운집했다. 시험장은 경찰청에 마련되었다. 시험장 입구에는 다음의 한글 문구가 내걸려 있었다.

'아는 한글 낱말을 오십 개 이상 쓰시오!'

이 문구를 읽을 줄 아는 사람만 시험장에 들여보냈다. 이 문구를 읽지 못한 이천오백여 명은 시험장에 들어가보지도 못하고 낙방의 고배를 마셔야 했다.

시험장에 무사히 들어온 오백여 명은, 자기가 아는 한글 낱말을 종이에 적기 위해서 끙끙거렸다.

그런데 별안간 시험장 상공을 가로지르는 화살 한 대가 있었다. 화살은 마당쇠의 상투에 정확히 꽂혔다. 마당쇠는 너무 놀란 나머지 물똥을 뿌지직 쌌다.

화살을 날린 이는 다름 아니라 박명궁이었다. 교육청장 박명궁은 교육청 일은 아무것도 안 하고 있었지만, 시험감찰관을 맡으라는 명령까지 거부할 수는 없었던 것이다.

"남의 답안지를 훔쳐보는 놈이 또 있으면 상투가 아니라 마빡을 꿰뚫어줄 것이니라."

이 소리에 남의 것을 훔쳐보고 있거나, 훔쳐보려고 마음먹었던 이들이 얼어붙었다.

한글 낱말을 오십여 개 이상 써낸 이는 불과 백여 명에 불과했다. 경쟁이 치열할 줄 알고, 시험 문제를 열 개나 준비했던 허생은 몹시 허탈하였다. 겨우 단 한 문제에 예정했던 백여 명을 다 뽑아버리다니.

그들이 비록 오십 개 이상의 한글 낱말을 써내기는 했으나, 한글을 자유자재로 읽고 쓰기에는 어림 반 푼어치도 없는 실력이었다.

"조선에서는 암글이라 무시하고, 언문이라 깎아내리는 것을, 내가 왜 '한글'이라 했는지 아느냐? 너희들의 낙원을 구현하는 커다란 글이 되라는 바람이니라. 그런데 장차 도덕을 가르칠 네놈들부터 한글을 이토록 모르니, 무슨 큰 글이 되겠는가. 반성들 하여라."

그래서 허생은 시험으로 선발한 교육경찰 백여 명에게 「율려도덕」뿐만 아니라, 한글도 가르쳐야만 했다. 오전에는 한글을, 오후에는 도덕을 강의했던 것이다. 도덕은 자신이 직접 가르쳤지만, 한글 교육은 박명궁에게 맡겼다.

박명궁이 무슨 생각에서인지 한글 교육을 담당하겠다고 먼저 말하고 나왔던 것이다. 뿐만 아니라 그토록 거부하던 일을, 그러니까 교육청장의 소임을 성실하게 수행하겠다고 허생에게 약속했다. 박명궁에게 애정이 대단한 허생은 뛸 듯이 기뻐했다.

경찰청장 흑사마귀는 교육에 흥미가 없어 교육경찰에 관심도 애정도 없었지만, 경찰청장에게 교육까지 맡기는 것을 우려하던 많은 이들이 박명궁의 전면 등장을 기뻐했다.

허생은 어느 날 밤에 자신의 애정을 이렇게 표현했다.

"자네 그거 아나? 우리나라에서 양반은 자네와 나 둘밖에 없다네."

"소인은 반상 구별을 잊은 지 오래요."

"타고난 바탕은 지우지 못하는 법이네. 자네가 도적질을 하든, 불상놈과 어울려 농사질을 하든, 그 뭘 하든, 타고난 양반의 기품은 지울 수가 없단 말일세. 양반의 자부심을 잊지 말게."

"소인은 이해하기 어렵소. 장군이 말하던 세상은 양반도 상놈도 천민도 없는 그런 세상 아니오? 그런데 느닷없이 양반의 자부심이라니. 표리부동하오."

마음의 겉과 속이 다르다는 말을 듣고도 허생은 기분이 나쁘지 않았다.

교육경찰은 허생의 도덕 교육을 무척 재미없어했다. 허생의 말은 워낙 어려워, 힘껏 노력해도 알아들을 수가 없었다. 하여 결국 졸게 되고, 회초리를 맞게 되고, 밤중에 보충 학습을 받아야만 했다.

하지만 박명궁의 한글 교육은 매우 재미있어했다. 똑같은 말이어도 박명궁의 말은 사람들의 귀에 쏙쏙 들어갔다. 박명궁은 겸손할 줄도 알았다.

"오해들 말게. 내가 허생 장군보다 쉽게 가르치는 게 아닐세. 허생 장군이 가르치는 도덕이라는 게 원래 어려운 것이고, 내가 가르치는 한글이 원래 가르치기 쉽고 배우기도 쉬운 글자일 뿐이라네."

스무 날이 금세 흘러갔다. 허생은 가르치고 싶었던 것의 십분의 일도 못 가르쳤지만, 교육을 마감하고, 교육경찰을 각 지역으로 파견했다.

각 지역으로 파견된 교육경찰은 경찰소 옆에, 교육소를 세웠다. 각 지역에 교육을 위한 준비가 완료되자 허생은 포고령 〈도덕 교육령〉을 공포했다. 〈도덕 교육령〉을 요약하면 이렇다.

'율려의 인민은 겨울에는 오후 동안에, 여름에는 저녁 동안에 도덕을 교육받는다. 교육에 참석하지 않는 자는 일 회당 곤장 열 대로 다스린다. 한 달 동안 오일 이상 결석자는 곤장 백 대로 다스린다. 두 달 연속 오일 이상 결석자는 곤장 천 대로 다스린다. 한 달에 한 번 도덕시험을 봐서 백 점 만점에 오십 점 미만을 받는 자는 곤장 오십 대로 다스린다. 구십오 점 이상자는 소 한 마리를 상으로 주고 원한다면 교육경찰에 임명한다.'

율려인은 이번의 포고령에는 첨부터 고분고분했다. 〈사대 범죄 금지령〉 때 워낙 뜨거운 맛을 봐서 포고령이라는 말만 들어도 오금을 저리게 된 터라, 무조건 복종이었던 것이다.

또한 그들은 율려인이기 전에 조선인이었는데, 조선인의 핏속에는 못 배우고 자란 한이 켜켜이 쌓여 있어, 뭘 배우기를 참 좋아한다. 공짜라는 데, 어차피 노름도 못 하니 할 일도 없는데, 배움을 마다할 까닭이 없었다.

그런데 모든 지역 공히, 도덕 교육은 시간이 갈수록 한글 교육으로 변질되어갔다. 교육경찰은 허생 장군에게 졸면서 배운 도덕을 나름대로 가르쳐보았다. 그러자 사람들은 조는 정도가 아니라 아예 자버렸다. 그들을 회초리로 내리치는 것도 하루 이틀이었다.

그러던 중 우연히 한글을 가르쳐보았는데, 이게 뜻밖에도 반응이 썩 괜찮았다. 차츰 사람들은 한글이 아니면 배우려고 하지 않았다.

"제기랄, 공자 왈인지 맹자 왈인지 강아지 깽깽 소리 같은 염불은 듣기 싫으니께, 거 한글 좀 가르쳐주쇼."

"하나를 배우면 열을 배우고 싶다더니, 내가 딱 그렇수. 어서 나머지 자음과 모음을 가르쳐주시오."

교육경찰도 한글만 가르치고 싶었다. 도덕을 가르칠 때는 무엇을 왜 가르치는지도 모르면서 막 떠들어댔다. 당연히 아무런 성취도 맛볼 수 없었다.

하지만 한글은 일단 가르치기가 쉬웠고, 글자를 아는 사람이 늘어갈수록 가르친 보람이 팍팍 느껴졌다. 교육경찰부터가 허생에게 도덕 교육은 개판으로 받고, 박명궁에게 한글만 잘 배운 것이었다.

그러나 교육경찰들은 허생 장군으로부터 한글이 아니라 도덕을 가르치라는 명령을 받은 것이었다. 때문에 한글을 내놓고 가르칠 수는 없었다. 그래서 도덕을 가르치는 척하면서 한글을 가르치는 이상한 교육의 형태를 띠었다.

그러다가 교육청장 박명궁이 순시를 오자 그 고충을 털어놓았다.

박명궁은 명쾌하게 교육경찰의 고민을 풀어주었다.

"한글만 가르치게. 어차피 자네들은 계속 사람들을 가르쳐야 하네. 한글을 다 가르치고 나면, 그때 가서 도덕을 가르쳐도 돼."

이렇게 해서 전 지역 공히, 도덕 교육이 아니라 한글 교육이 이루어지게 된 것이었다.

도덕시험이 걱정이기는 했는데, 시험문제 출제자가 박명궁이었다. 박명궁은 도덕 문제도 가나다라마바사와 아야어여오요우유 정도만 알면 답할 수 있는 문제를 냈다. 말도 안 되는 점수로 곤장을 맞는 이는 드물었다.

여하간 이상과 같은 도덕 교육으로 또 하나의 인물이 사람들의 뇌리에 깊이 새겨졌다.

〈사대 범죄 금지령〉 때 경찰청장 흑사마귀는 무자비하게 사람들의 손모가지를 잘라 이름이 났다. 그 이름은 '공포의 표상'이 되었다. 오죽하면 아이가 아직 한 명도 안 태어났음에도 불구하고, '흑사마귀 나타났다는 말에 울던 아이 울음 뚝 그친다'는 말이 생겨났을까.

하지만 새로이 이름을 얻은 사람, 교육청장 박명궁의 이름은 공포와는 차원이 다른, 굳이 말하자면 '인화의 표상'으로 사람들의 뇌리에 새겨졌다.

박명궁이 나타나면 싸우던 자들이 화해하고, 어려움을 해결 못해 괴로워하던 자들이 돌파구를 찾아냈으며, 서로 잘났다고 우겨대던 사람들이 겸손해졌다.

흑사마귀는 여자들한테 인기 빵점이었지만, 박명궁은 여자들한테도 인기 만점이었다. 박명궁을 한 번이라도 본 여자들은 당장 그날로 가슴앓이를 시작했다. 아랫도리 문제는 남편이 해결해줄 수 있었지만, 아낙네들의 가슴 문제는 남편이 열 있어도 소용없을 터였다. 이러니 상사병이 온 나라를 몰아쳐갔다.

그래서 한글청장 유서향은 매우 불쾌했다. 그녀는 박명궁에게 수차례 꼬리를 쳐보았으나, 일부일처제를 사수하겠다는 대답에 상처만 받았었다. 박명궁을 잊을 수 있을까 해서, 어디에 숨어 있는지 모를 땡추에게 몸도 주어보았었다. 하지만 한 번 핀 사랑의 꽃은 시들 줄을 몰랐다. 그녀가 생각하지 않으려고 할수록 그 사람은 더욱 맹렬히 생각났다. 박명궁, 그는 유서향을 미치게 했다.

유서향이 한 번은 박명궁에게 노골적으로 꼬리를 친 적이 있었다.

"나 한 번 달래주시오. 어느 땡중은 부처님의 율법을 아전인수 하여 잘도 하더이다. 부처님 발가락의 때만도 못한 당신께서는 무얼 믿고 이처럼 고고하오이까?"

박명궁은 특유의 세상 버린 듯한 미소를 지으며 헛기침하고는 그 순간을 모면하려 드는 것이었다. 악 받친 서향이 다리를 부여잡고 통곡하자, 그제야 박명궁은 한 말씀 하였는데 그게 또 그녀의 가슴에 쇠못 박아대는 소리였다.

"내 거시기는 오로지 한 사람만을 위해 존재하는 것이라네. 나무는 가만히 있으려 해도 바람이 불면 흔들릴 수밖에 없지만, 바람이 불어도 절대로 흔들리지 않는 것들이 있네. 바위 같은 것들이지. 제발 정신 차리고 딴 사람을 바라보게. 사람에게는 다 정해진 인연이 있는 법 아니겠나. 정해진 인연을 거역해보았자 서로 가슴만 아플 것이네. 자네 가슴만 아픈 게 아니라네. 나도 아프다네."

그랬는데 그 박명궁이 율려 제도 수많은 여자의 가슴을 사로잡은 거였다. 물론 박명궁은 유서향에게 그랬듯 모든 여자에게 얼음벽처럼 냉정했지만, 아무튼 서향으로서는 기분이 매우 나쁜 상황이 아닐 수 없었다. 자기만의 박명궁을 수많은 여자와 나누어가져야 하는 것이니까.

유서향은 더 이상 참을 수가 없었다. 박명궁을 자기만의 남자로 만들고야 말겠다는 굳은 결심을 했다. 그러기 위한 방법은 생각해보니 아주 간단했다. 먼저 박명궁의 아내를 귀신으로 만들어버리는 것이다. 다음엔 박명궁의 아내가 되는 것이다.

'아, 내가 이런 악독한 생각을 하다니!'

유서향은 너무나 괴롭고 슬펐다. 하지만 그녀가 괴로워할수록 실행 계획은 오히려 또렷해졌다. 마침내 결심한 유서향은 황다설과 만났다.

"전기수 영감, 나를 사랑하지?"

"사랑하다뿐여. 난 자네를 위해 죽을 수도 있구만."

서향은 기다렸다는 듯이 말했다.

"날 위해 사람 하나 죽여줘요."

"사, 사람을 죽, 죽여?"

"날 사랑한다면서요?"

"내, 내가 죽을 수는 있어도 누, 누구를 죽이는 일은 차마 못 하겠구만. 우리 이쁜 서향이가 왜 이런 소리를 하는지 모르겄어. 박명궁 그 양반 때문이여?"

"내가 누구를 죽여달라고 하는 건지도 잘 알겠군요."

"정말 왜 이러는 겨? 서향아, 우리 이러지 말자구. 응?"

"영감이 박명궁의 마누라를 죽여주면, 영감이 원하는 대로 다 하겠어요. 그 무엇이든."

"내가 원하는 건 서향이 마음이야. 마음을 줄 수 있겠어? 마음을 줄 수 있겠느냐고?"

"마음은 안 돼요. 몸을 주겠어요. 영감은 나랑 자고 싶어 했잖아요? 권력도 줄 수 있어요. 내 지혜로 얼마든지 당신을 경찰소장 자리에 올려놓을 수 있다고요."

황다설은 고개를 떨어뜨리고 고뇌했다.

그 며칠 뒤에 박명궁의 아내가 죽은 채 발견되었다. 각 지역교육소를 순행하고 돌아온 박명궁이 안방 문을 열었을 때, 박명궁의 아내는 이미 싸늘한 주검으로 변해 있었다.

시체를 낱낱이 살핀 흑사마귀는 말했다.

"죽은 표정이 웃고 있으니 타살이라 보기는 어렵소. 그렇다고 자살이라는 증거가 있는 것은 아니오. 자연사라 보아야겠는데, 사인은 오리무중이오. 혹시 어릴 적부터 가지고 있던 큰 병이 있었던 게 아닐는지."

흑사마귀의 경찰청장다운 예리한 시각이라기보다는 누가 보아도 그렇게밖에 말할 수 없었을 것이다.

율려낙원국의 첫 번째 초상이 치러졌다. 그동안 이 나라에 죽음이 없었던 게 아니다. 막 상륙했을 즈음에는 왜구와의 싸움으로 토벌대 출신,

도적 출신도 죽고 왜구도 죽었었다. 경황이 없던 때라 장례식이 제대로
치러지지 못했다.

얼마 전에는 보름 동안 백여 명이나 되는 사람이 죽지 않았는가? 다만
그들은 사대 범죄를 저질러 처형된 이들이었다. 장례 같은 것은 없었고,
시체는 경찰에 의해 바다로 던져졌다.

그러니 격식을 갖춘 초상이 처음 치러지게 된 것이다. 죽은 사람이 누
구인가? 허생 장군이 아끼는 사람이며, 허생 장군 다음으로 인기가 좋은
박명궁 교육청장, 그의 마누라였다.

율려낙원국의 모든 백성이 박명궁을 조문했다고 해도 과언이 아니었
다. 여자들도 조문을 와서 눈물을 한 바가지씩은 흘리고 갔다. 슬퍼서가
아니었다. 상주 박명궁을 한 번 보았다는 기쁨을 주체할 수 없어, 흘린 눈
물이었다.

유서향은 여인네들의 눈물을 보며 비웃었다.

'미친년들, 박명궁의 아내가 죽었다고 박명궁이 마치 너희들 것이 되
기라도 한 양 좋아들 하고 있구나. 웃기지들 마라. 이제 박명궁은 나만의
남자가 될 터이니.'

허생은 초상 덕분에 또 하나의 포고령을 선포하게 되었다. 이번의 율
령은 각 지역에 공동으로 쓸 묘지 터를 지정해준 〈장지령〉이었다. 묘지
까지 지정해주다니, 아무래도 장군은 포고령을 선포하는 데에 단단히 재
미가 들린 모양이다.

어쨌거나 율섬의 공동묘지로 지정된 곳은 율산의 중턱이었다. 율산은
제주도의 한라산과 높이, 규모, 지형 등 모든 면에서 비슷한데, 율산의 중
턱은 들꽃 산꽃이 흐드러지게 핀 남향이었다.

허생은 이렇게 풍광 좋은 곳이 있으면 배부른 자들이 누각을 짓고 음

풍농월할 생각을 품게 된다며, 아예 그 싹을 잘라버리겠다고, 몇몇 장관의 반대에도 불구하고 그곳을 굳이 공동묘지 터로 지정해버린 것이었다.

장례 마지막 날이 되었다. 갑작스럽게 탈주 소식이 전해졌지만, 발인은 예정대로 진행되었다. 꽃상여는 많은 여인들의 애도를 받으며 산줄기를 타고 올랐다.

상여가 태워지고, 특징이 전무했던 한 여인, 교육청장의 마누라였다는 이유만으로 수많은 여인들의 기쁜 조문을 받았던 여자, 그녀가 땅속에 묻히고 봉분이 솟아올랐다.

장례 기간 내내 정신이 달아난 사람 같았던 박명궁은 묘에서 떨어지려고 하지 않았다.

유서향은 속으로 뇌었다.

'너무 슬퍼하지 말아요. 곧 내가 당신을 안아줄 거예요. 당신은 나에게서 온갖 기쁨을 맛보게 될 거예요. 조금만 기다려요!'

5

개똥밭에 굴러도 고향이 좋다

　　　　　　　　　　　허생은 이제까지 언급한 포고령

외에도 여러 가지 포고령을 선포했는데, 그중에는 〈자유왕래 금지령〉과
〈심야통행 금지령〉도 있었다. 두 포고령 역시 사대 범죄를 막기 위한 것
이었다.

　발상의 근거는 간단했다. 사람들이 자유롭게 왕래하고 심야에도 마음
대로 싸돌아다닐 수 있기 때문에, 감히 사대 범죄를 저지를 용기를 품게
되는 것이다! 따라서 왕래를 제한하고 한밤중에 못 돌아다니게 하면 범
죄의 근원을 자를 수 있다!

　〈자유왕래 금지령〉은 타 지역으로의 이동을 통제한 것이었다. 포고령
이후, 자기가 살고 있는 지역에서 다른 지역으로 가려면 검문을 받아야
했다. 경찰청은 포구와 산 밑에 검문소를 설치하고, 타 지역으로 이동하
려는 사람들을 검문했다. 타 지역에 가려는 이유가 확실한 경우에만 통
행증을 발부했다. 통행증을 가진 사람만이 타 지역에서 자유롭게 돌아다

닐 수 있었다.

그러나 타 지역에 부모형제가 있는 것도 아니고, 타 지역에 가려는 이유가 확실한 사람은 드물었다. 통행증 없이 타 지역에 있는 것이 발견되면, 이유를 불문하고 곤장 오백 대를 맞아야 했고, 곤장 오백 대 맞고 살아남을 사람이 어디 있으랴. 따라서 율려인은 자기 지역에만 묶여 사는 꼴이 되었다.

〈심야통행 금지령〉은 자기가 살고 있는 지역 내에서도 해시(밤 아홉 시에서 열한 시)부터 인시(새벽 세 시에서 다섯 시)까지는 제 집 밖으로 나와 돌아다닐 수 없게 한 것이었다. 세 번 걸릴 때까지는 엉덩이 백 대를 맞지만, 네 번째부터는 천 대를 맞아야 했다.

이러한 두 포고령은 토벌대 출신들의 탈출 계획을 힘들게 만들었다. 그들은 후일을 도모하고 강제로 흩어질 수밖에 없었다. 그런데 〈자유왕래 금지령〉과 〈심야통행 금지령〉은 이들 토벌대 출신들의 만남조차 불가능하게 만들었던 것이다.

무뢰배와 왈짜패의 우두머리 정석경은 교육경찰 선발시험 공고가 났을 때, 하늘에서 내려온 동아줄을 잡은 기분이었다.

'드디어 이 우물 속 같은 섬을 뜰 실마리를 얻었구나!'

하지만 정석경은 곧 낙담했다. 서당을 삼 년이나 다니며 천자문을 배운 적이 있어 한문시험이라면 자신이 넘쳤다. 그러나 한글은 동그라미를 보고도 '이응'을 못 쓸 정도로 천박한 수준이었다.

며칠을 괴로워하던 정석경은 눈이 번쩍 뜨였다. 아내인 튼실이가 광속에 들어앉아 부스럭거리기에, 이년이 서방 몰래 맛있는 걸 혼자 처먹나보군. 간 떨어져라, 놀래줘야지 하고 살금살금 들어가보았다.

한데 이게 무슨 조화인가. 튼실이가 한글로 써진 『변강쇠전』을 좔좔 읽어대고 있는 게 아닌가.

"서방님, 살려주시어요! 다시는 안 볼게요."

"마누라, 책을 본 것이 무슨 죄가 된다고 비는가?"

"첫날밤 그러셨잖아요. 한문이든 언문이든 글자 읽는 것들을 보면 당장 모가지를 따버리고 싶다고!"

과연 그런 말을 한 적이 있었던 것도 같다. 그러나 지금은 글자를 아는 정도가 아니라 좔좔 읽을 정도인 아내가 얼마나 고마운가.

"그래 이 책은 어디서 구했는가?"

"제가 처녀 적부터 워낙 책을 좋아했습니다. 책 좋아하기로 소문난 한글청장 유서향보다는 못하겠지만 저도 책에 환장한 년이었지요. 조선에서 가지고 있던 책을 버리지 못하고 숨겨 가지고 들어온 것이어요."

"잘되었군. 잘되었어! 마누라, 나에게 한글을 가르쳐주시게. 시험 날이 며칠 안 남았네. 서두르세."

"서방님도 경찰이 되시려는 거예요? 서방님 참으로 훌륭한 생각이시어요. 이 나라에서 사내대장부가 할 일이 경찰 말고 또 뭐가 있나요? 제가 꼭 찰떡같이 시험에 붙도록 잘 가르쳐드릴게요. 그런데 서방님, 저……."

"말해보게. 뭔가? 한 번 하자고?"

"그게 아니오라, 저도 경찰이 되면 안 될까요? 허생 장군은 남녀가 평등한 세상이라며 여자에게도 시험 응시 자격을 주었어요. 제 실력이면 여자부 장원급제는 떼어놓은 당상이라 여겨지는데……."

'안 돼. 암탉이 울면 집안이 망해!'라고 소리치려던 정석경은 문득 다른 생각이 떠올랐다. 하여 선선히 허락했다.

고작 열흘 동안 가르치면 얼마나 가르쳤겠는가. 게다가 정석경은 뭘 배우는 데 타고난 체질이 아니었다. 틈만 나면 졸고, 먹성은 좋아 끼니 외에도 하루에 두세 번 상을 차리게 하고, 한나절에 한 번씩 동하니 마누라 고쟁이 벗겨 속살 주무르기에 바쁘고, 이랬으니 무슨 배움이 있었겠는가.

그럼에도 불구하고 정석경은 별 어려움 없이 교육경찰 시험에 붙었다. 전에도 말했듯이, 다른 응시자들의 실력이 원체 형편없었기 때문이다.

정석경의 아내 튼실이는 자신만만하던 바대로 장원을 먹었다. 여자 부분, 남자 부분을 통틀어 일등이었다. 정석경과 튼실이가 부부 동반으로 교육경찰이 된 것은 훌륭한 말 안주거리가 되었다. 두 부부는 다른 시험 통과자들과 마찬가지로 허생과 박명궁으로터 혹독한 공부 과정을 이수했다.

정석경은 특히 박명궁에게 뭘 배우고 있으려니 배알이 꼴려 미쳐버릴 지경이었다.

'도적놈한테 글을 배우다니, 나는 이 치욕을 도저히 못 잊겠노라. 네놈만은 꼭 죽여주고 이 섬을 나갈 것이다.'

안타까운 것은 사백여 명이나 되는 토벌대 출신 중에서, 정석경처럼 똑똑한 생각을 해낸 자는 그가 유일했다는 것이다. 몇 명만 더 자기처럼 생각하고 교육경찰이 되었다면 일하기가 훨씬 쉬웠을 텐데 말이다.

토벌대 출신이 교육경찰에 관심이 없었던 것은, 그들이 아직도 허생 장군의 말을 믿고 있었기 때문이다. 일 년을 채우면 조선으로 돌려보내 준다는. 이젠 몇 달만 더 참으면 조선으로 갈 수 있다는 희망을 가지고 있었고, 그런 희망을 가진 사람이 도적 출신들 틈에 끼어 교육경찰이니 뭐니 하는 괴이한 신분이 될 마음을 품을 까닭이 없었던 것이다.

물론 한글을 모르기도 했다. 돈 벌겠다고 목숨을 걸고 토벌대에 참가했다는 것은 싸움질과 무예에 몹시 자신이 있다는 것이고, 그만한 싸움질과 무예 실력을 쌓느라고, 한글 같은 거 배울 과거는 없었던 것이다.

정석경은 교육경찰이 된 뒤, 바삐 움직였다. 먼저 수어청 교련관 박이기를 찾아갔다. 경찰만큼은 자유통행증을 부여받아 아무 때나 아무 지역이나 마음대로 활보할 수 있었던 것이다.

박이기는 떨떠름하게 정석경을 맞았다. 정석경은 토벌대 출신 동지이기 전에, 경찰이었다. 경찰들의 위세에 율려인은 모두 주눅이 들어 있었고, 박이기도 별수 없이 경찰 차림의 정석경을 보자 두려운 마음부터 일었던 것이다.

허생은 모든 백성에게 백의민족의 후손이라 하여 흰색 옷만 입게 했었는데, 경찰은 검은 옷을 입게 했다. 옷이 보통 사람과 달라야 권위가 선다는 거였다. 또한 찢어진 갓을 쓰게 했다. 한 마디로 저승사자처럼 무서운 분위기를 풍기라는 거였다. 그래서 경찰 차림이라 함은 저승사자 분위기를 풍기는 검은 옷을 입고 찢어진 삿갓을 쓴 상태를 말했다. 허생은 교육경찰도 기존의 경찰과 같은 차림을 하도록 했던 것이다.

"자네가 교육경찰이 되어 위세가 하늘을 찌른다는 소린 들었네. 나는 도덕 교육에 꼬박꼬박 참가하고 있으니 자네의 방문을 받을 이유가 없는 것 같은데 어째서 찾아온 것인가?"

"교련관, 정말로 내가 찾아온 이유를 몰라서 그런 헛소리를 하시오?"

"그럼? 자네가 교육경찰이 된 것은……?"

"말해 무엇 하오! 누군가 우리 토벌대 출신들을 규합해야 될 것 아니오? 그러다가 좋은 날이 오면 일제히 움직여야 할 것 아니오? 설마 계집질에 녹아나서 이 섬에 주저앉을 생각인 거요?"

박이기는 벌떡 일어나 정석경의 손을 꽉 잡았다.

"자네 진짜 마음을 떠본 것이야! 나 역시 늘 이 섬을 탈출할 생각뿐이라네. 난 수어청으로 돌아가 진급을 해야 된단 말일세."

두 사람은 허생이 일 년을 채우면 귀국시켜준다는 말을 믿지 않았던 것이다.

두 사람은 밤새워 모의했다. 박이기가 책임지고 율섬에 사는 토벌대 출신을 맡기로 했다. 지역 섬에 사는 토벌대 출신은, 통행이 자유로운 정석경이 맡기로 했다.

정석경은 동서남북 섬을 돌아다니며 옛 동지들을 만났다. 그런데 정석경은 뜻하지 않은 난관에 부딪혔다.

포수 양유호를 만났을 때였다. 어서 탈출 날을 잡자고 설치고 나올 줄 알았는데, 뜻밖에도 양유호는 불덩어리를 받아 쥔 사람처럼 어마 뜨거워라 하는 것이었다.

"누가 듣겠네. 목소리를 낮춰. 난 참 이해할 수가 없네. 자넨 뭐가 못마땅해서 이 섬을 나가고 싶어 하나? 그리고 일 년 기한이 얼마 남지 않았네. 장군님이 어련히 알아서 보내주실까."

"이봐, 양 포수! 허생인지 염생인지 하는 양반 놈의 말을 믿는단 말인가? 보내줄 놈이었으면 벌써 보내주었어! 말짱 사기야!"

"안 보내준다면 이 나라에서 살지 뭐."

"양 포수! 자네는 이 조그마한 섬이 좋단 말이야?"

"좋구 말고. 생각해보게. 조선에서의 삶은 얼마나 비참했는가. 나는 포수꾼이었고, 자네는 무뢰배였네. 우리가 총과 주먹을 믿고 설치기는 했었네만, 한 번이라도 사람대접을 받은 적이 있는가? 조선에 돌아간들 우리를 반겨줄 것이 무엇이 있단 말인가? 수어청 무사들은 다시 개돼지보다 못한 무사 노릇을 해야 할 것이고, 자네 무뢰배와 왈짜패는 저잣거리에서 건달 노릇이나 해야 할 것이고, 우리 포수는 다시 산속을 뒤져야 할 것이네. 그렇게 사느니 여기가 훨씬 좋지 않은가?"

“자네 단단히 미쳤군. 우리는 부자야! 허생한테 받을 돈이 문제가 아니라, 우리에게는 금덩어리가 있어. 우리는 조선에 가면 다 부자로 살게 될 것이라고!”

“알 수 없는 일이네. 허생 장군이 우리를 보내준다 한들, 돈과 금덩어리하고 같이 보내줄까? 장군 하는 짓을 보게. 칼을 든 악귀가 아닌가? 돈과 금덩어리하고 같이 보내준다 해도, 우리 같은 천한 것들이 조선에서 과연 그걸 쓸 수 있겠는가? 우리가 도적들과 함께 떠난 것은 이제 조선에 다 알려진 사실일 테고, 우리는 포도청에 끌려가 국문이나 받고 뒈질 것이네. 그리고 설령 부자로 산다 한들, 이 나라에서만큼 편안히 살 수 있을까? 조선에서는 부자로 산다는 것도 쉬운 일이 아니지 않는가?”

“기가 막히네! 도대체 무엇이 자네를 이토록 태평하게 만들었나? 좋네, 좋아. 그러나 한 가지만 더 얘기하지. 조선은 우리가 태어나고 자란 곳이야. 우리의 고향이라고! 개처럼 살지언정 고향에서 살아야 돼. 수구초심이란 말도 모르는가?”

“몰라. 무식해서.”

“한낱 미물인 여우도 죽을 때는 자기가 살던 굴을 향하여 머리를 둔단 말일세.”

“이 사람아, 인간들은 툭 하면 고향, 고향 해쌌네만, 그건 현실과 다르네. 사람 중에 태어나고 자란 고향에서 일생을 다하는 경우가 대체 얼마나 되는가? 아주 많은 이가 타향에서 살다 죽네.”

“이런 제기랄, 그러니까 자네는 이놈의 조롱박 같은 율섬에서 늙어 뒈지겠다는 거지? 자네 수투로 한 재산 모았다더니 정말로 아주 돌았군!”

“이보게 교육경찰! 내가 수투의 달인 소리를 듣던 건 까마득한 과거네. 난 포고령 이후에 수투가 뭔지조차 잊어버렸어. 모았던 재산은 다 돌려주고 다른 사람들과 똑같아! 왜 생사람을 잡고 그러나! 내가 그 '범죄와의 전쟁' 때 아주 죽는 줄 알았네. 사람들이 나를 무고할까 봐 벌벌 떨었단 말일세. 그때 경찰들이 무고한 이를 얼마나 죽였나? 자네가 그냥 경찰이 아니고 교육경찰이라지만 경찰은 경찰이니 생사람 잡는 소리는 제발 말아주게. 무서워 죽겠네."

수투의 달인 소리를 듣던 사람이, 아무에게도 무고를 받지 않고 손모가지가 무사했던 것은 사람들의 존경심 때문이었다. 사람들은 고문에 못 이겨 무고와 밀고를 해대는 와중에도 양유호의 경이로운 수투 실력은 보존되어야, 즉 그의 손모가지가 무사해야 한다고 생각했고, 그래서 양유호의 이름을 대는 이가 없었던 것이다.

"양 포수! 지금 무슨 헛소리를 하는 건가! 나는 지금 고향에 왜 가기 싫다는 건지 물어보고 있는 것이야!"

"이제 이 땅이 나의 고향이네. 내가 뿌리박고 사는 이곳, 나의 자식들이 나고 자라나게 될 곳, 이곳이 바로 나의 새로운 고향일세."

"닥쳐! 어쩌다가 자네가 이리 되었나? 오라, 저 여우 같이 생긴 년 치마폭에 푹 빠진 게로구나?"

과연 양유호의 아내는 여우 소리를 들어도 좋을 만큼 미모가 빼어났다. 양유호가 불끈했다.

"왜 아무 상관 없는 남의 마누라를 걸고넘어지는가."

"그냥은 못 가겠다. 네가 이 섬에 남든 우리와 함께 떠나든 넌 우리의 계획을 알아버렸어. 네 입을 찢어버리기 전에는 못 가겠다."

"경찰이 되었다더니 눈에 뵈는 게 없군. 나의 의리는 아직 시퍼렇게 살아 있네! 못 들은 걸로 할 테니 가봐. 자네들이 탈출을 하든 말든 나는 전혀 상관 안 할 테니."

"개소리! 네놈 따위의 의리를 믿느니, 개구리가 뱀하고 잤다는 얘기를 믿겠다."

교육경찰 정석경은 칼을 빼어들어 양유호에게 달려들었다. 양유호는 몸을 던져 칼끝을 피했다. 양유호의 아내가 뭔가를 양유호에게 휙 던졌다. 그것은 양유호의 포수꾼 이십 년 내력이 손때로 묻은 화승총이었다. 원래는 두 자루였는데 한 자루는 항우의 손에 분질러졌다.

양유호의 아내는 두 사람의 대화가 심상치 않음을 느끼고, 안방에 잘 모셔놓았던 총을 들고 나와 제때 던져준 것이었다.

양유호는 총을 받아들고 재주를 굴렀다. 정석경의 연이은 칼질이 양유호의 목덜미와 옆구리를 스치고 갔다. 정석경의 사력을 다한 또 한 번의 내려치기를 양유호가 총자루로 막아냈다.

이때 양유호의 아내가 가마솥의 뜨거운 물을 퍼다 정석경에게 뒤집어 씌웠다. 정석경이 뜨거워서 정신 못 차리는 사이에 양유호는 멀찍이 떨어질 수 있었다.

양유호는 보이지 않을 정도로 빠르게 탄환을 재었고 부싯돌 칠 준비를 마쳤다.

"이 무뢰배 놈아! 내가 입을 다물고 있겠다고 분명히 말했다. 왜 믿지를 못하느냐?"

"저 하늘만큼이나 천변만화하는 것이 사람의 마음이다. 네가 지금은 의리를 부르짖으며 침묵을 약속한다만, 그 마음이 영원할 것이냐? 언제 어느 때에 마음이 변하여 우리를 배신할지 모르는 일이다."

"가라, 내 입 다물고 가만히 있을 테니. 내가 널 죽여야 마땅하지만, 이렇게 죽이지 않고 보내주려 하는 것을 보고도 나를 믿지 못하겠는가?"

양유호의 아내가 펄쩍 뛰며 소리쳤다.

"살려주시다뇨? 서방님을 죽이려 한 자입니다. 저자를 살려두면 은혜를 원수로 갚을 것이오이다. 죽여 후환을 없애소서!"

"사내대장부가 한 번 한 말을 뒤집을 수는 없는 법! 내 한 번 살려준다 말했으니 살려줄 터이다."

"저런 놈 따위에게도 장부일언중천금이란 말이오?"

정석경은 기가 막혔다.

"연놈들이 나를 놓고 개수작이구나! 특히 네 이년! 계집이 어디 감히 장부들 일에 끼어들어 주둥아리를 놀리느냐? 네년의 주둥이부터 회를 쳐주마!"

정석경이 무방비인 양유호의 아내를 향해 칼을 휘둘렀다. 양유호의 아내는 꽥 비명을 지르며 눈자위가 뒤집혔다. 그러나 정석경의 칼보다, 양유호의 탄환이 아주 조금 빨랐다. 양유호의 아내는 멀쩡했고, 대신 정석경이 손목에 피를 흘리고 있었다.

"어서 가서 치료하면 손목 병신은 면할 것이야. 그간의 의리를 봐서 이만하는 거라는 걸 알아둬. 그리고 웬만하면 이 섬에서 적응하며 살아봐. 헛된 마음 품지 말고! 자, 어서 가! 앞으로 셋을 세는 동안 꺼지지 않으면 이번엔 정말 목통을 날려줄 테여. 하나!"

정석경은 양유호와 그의 아내를 무섭게 쏘아보고는 양유호의 집에서 나왔다.

정석경은 위와 같은 뜻하지 않은 사건에도 불구하고, 토벌대 출신과의 접촉을 계속했다. 그런데 양유호와 같이 태평한 이가 의외로 대부분이었다.

토벌대 출신들은 처음에는 도적들 사이에 끼어 어찌 사나 걱정이 대단했다. 그러나 어여쁜 마누라와 한집에서 오순도순 몇 달 살아보니 그 재미가 몹시 좋았다. 특히 무뢰배와 왈짜패는 조선에서 총각으로 살던 이가 대부분이어서 이 나라에서 만난 여자를 버리고 갈 염이 나지 않았다. 그래서 장군이 보내줄 때까지 마음 편안하게 살기로 작정을 한 것이었다.

설령 안 보내준다 해도, 그냥 이 나라에서 살지 뭐, 조선에 돌아가봐야 별것 있겠어? 이래도 한세상, 저래도 한세상인데, 하는 태평한 생각이었던 것이다. 이들이 미래의 부자이면서도 그렇게 편안해진 것은, 돈과 금덩어리가 모래나 돌멩이 취급을 받는 나라에서 살다 보니, 재물 소유 감각을 상실한 탓도 있었다.

그래도 그들이 의리는 남아 있어, 양유호와 마찬가지로 정석경 등의 탈출 계획을 누설하지 않을 것임을 약속했다.

결국 일 년 기한을 기다리지 않고 조기 탈출에 동의한 토벌대 출신은 백여 명이 채 되지 않았다. 대개는 조선에 처자와 출세의 기회가 기다리고 있는 수어청 소속 무사들이었고, 일부는 무뢰배, 왈짜패, 포수 중에서 마누라를 잘못 찍어 부부생활이 지옥 같은 이들이었다.

그들은 섬 생활이 결코 재미없었고, 허생의 일 년 기한도 믿지 않았으며, 어서 금덩어리를 조선에 가지고 가서 실컷 써보고 싶은 생각밖에 없었던 것이다. 이들 중에는 손모가지가 잘린 이도 많았다. 손모가지가 잘린 원한으로, 이 나라를 탈출한 뒤 패거리를 모아 이 섬나라를 토벌할 거창한 계획을 가진 이도 있었다.

정석경이 교련관 박이기에게 말했다.

"이제 와서 돌이킬 수 없소! 그들의 의리가 바닥나기 전에, 추진해야 하오. 유연기를 납치할 계책을 세웁시다. 유연기를 납치해서 배에 타기만 하면 다 되는 일이오!"

"내가 몇 날 며칠을 궁리해보았지만, 지금 현재로선 방법이 없네. 우리의 목적이 유연기를 죽이는 데 있는 게 아니라 납치해서 끌고 가는 데 있는 한 기다릴 수밖에 없네. 스스로 오는 기회를!"

"그 기회가 대체 언제 온단 말이오?"

"믿게 믿어. 기회는 믿는 자에게 오게 돼 있어. 그런데 자네는 허생에게 신임을 얻고 있나?"

"사실 나는 별로 신임을 얻고 있지 못하오. 하지만 내 마누라 튼실이는 엄청 신임을 받고 있소."

"되었네. 이리 해보도록 하게!"

박이기가 속닥거렸다. 정석경은 다 듣고 나서 물었다.

"그게 우리에게 무슨 도움이 되오?"

"큰 도움이 되지. 우리가 탈출할 때, 우리를 막을 자가 없어지는 것이네. 경찰들이야 어쩔 수 없지만, 다른 도적들은 무기가 없으니 감히 우리를 막지 못하게 될 게 아닌가? 무엇보다도 포수들의 마음을 돌릴 수 있네. 포수꾼들만 있다면 그 무엇이 두렵겠는가?"

그제야 정석경은 박이기의 말을 이해했다.

"그것 참 좋은 생각이시구려."

정석경은 바삐 귀가하여 아내 튼실이에게 말했다.

"여보, 알다시피 내가 저번에 순찰을 나갔다가 총에 맞았잖어. 포수 출신 놈이 예전에 쓰던 무기를 아직 갖고 있었기 때문이야. 그 포수 놈뿐만 아니라, 우리 율려낙원국 사람 모두가 도적 시절에 혹은 토벌대 시절에 쓰던 무기를 아직 갖고 있어. 그 위험한 무기들을 집 안에 갖고 있으니 그 많은 사고들이 일어나는 것이야. 허생 장군은 왜 그런 무기를 거두어들지 않는 것인가?"

"듣고 보니 참으로 그렇소."

튼실이는 허생을 만나 주장했다.

"장군, 민간인이 병장기를 지니고 있는 것은 전란의 나라에서나 있을 수 있는 일입니다. 우리의 태평천국에서 민간인이 병장기를 사사로이 가지고 있다니요? 가지고 있으면 후환이 되는 병장기를 거두어, 나라 안을 더욱 깨끗이 하소서."

호위청장 박율은 기꺼이 동의했다.

"참으로 맞는 말입니다. 무기는 호위대원과 경찰만 가지고 있으면 됩니다. 민간인들이 하도 조용해 그들이 무기를 가지고 있다는 생각도 못 하고 있었는데, 튼실이 교육경찰이 참으로 중요한 것을 일깨워주었습니다. 후환은 거두어들이는 게 마땅합니다."

흑사마귀 경찰청장은 동의를 표하면서도 약간의 우려를 표명했다.

"그런데 무기를 사냥에 사용하는 민간인들이 있소이다. 특히 포수 출신들은 사냥 선수들이오. 그들 사냥 잘하는 이들이 있어, 율려낙원국 사람들은 멧돼지, 사슴, 토끼 같은 고기를 별미로 먹고 있소이다. 이들 사냥에 사용하는 칼과 창, 총을 모두 한 묶음으로 무기로 취급하자는 말씀인지? 그렇다면 상당한 반발을 각오해야 할 것이오."

허생이 아퀴 지어 말했다.

"사냥 또한 경찰들에게 맡기면 될 일. 율려낙원국은 농경국가이지 수렵국가가 아니야. 경찰청장은 각 지역경찰소에 무기고를 짓도록 하고, 사냥을 전담하는 경찰을 꾸리도록 하게."

며칠 후 허생은 두 개의 포고령을 공포했다.

먼저 〈무기 수거령〉의 골자는 다음과 같다. 호위대원과 경찰만 무기를 소지할 수 있다. 민간인은 즉시 집 안에 있는 무기를 자진 수거하여 각 지역경찰소에 제출해야 한다. 이후 집 안에서 무기가 적발되면 무기 한 개당 곤장 백 대로 엄히 다스린다.

또 한 가지 〈사냥령〉의 골자는 다음과 같다. 민간인들의 사사로운 사냥을 금한다. 이후 사냥은 경찰만이 할 수 있다. 경찰이 아닌 자가 사냥을 하면 곤장 백 대로 다스린다. 경찰청은 사냥을 전문으로 하는 '사냥경찰'을 뽑고 관리, 통솔한다. 사냥경찰은 사냥한 짐승 고기를 지역민에게 균등히 분배한다.

대부분의 율려인들은 〈무기 수거령〉과 〈사냥령〉에 대해서 호평하지도 혹평하지도 않았다. 무관심이라기보다는, 호평이나 혹평 의지를 불러일으킬 만한 사안이 아닌 것으로 간주했다고 보는 게 좋겠다.

가지고 있어봐야 쓸데없는 무기 내놓는 게 뭐 어려운 일이겠으며, 경찰들이 사냥을 대신해준다니 열심히 하시라고 박수칠지언정 거부할 일은 아니지 않은가? 율려인은 집 안에 뒹굴고 있던 칼과 창과 활을 끄집어내어 경찰소로 가지고 갔다.

어떤 사람은 변산 산줄기를 누비며 칼과 창을 휘둘러대던 도적 시절이 떠올라 공연스레 울적해지기도 했다. 과연 지금의 삶이 변산 도적 시절의 삶보다 진정 나은 것인가? 하는 스스로도 납득할 수 없는 의문이 치솟았던 것이다. 참으로 이상한 일이 아닐 수 없었다. 이 배부른 평등에 대해 의문이 생기다니.

그러나 모두가 〈무기 수거령〉과 〈사냥령〉을 순순히 따른 것은 아니었다. 도저히 무기를 순순히 자진 제출할 수 없는 이들이 있었다. 바로 포수들이다. 그들은 무기에 대한 강렬한 집착을 가지고 있었다. 그들의 화승총은 민간인들의 칼이나 창과 도매금으로 치기에는 너무나 거대한 것이었다.

또한 포수들은 총을 들고 다니며 사냥질에 한창 재미를 붙이고 있었기에, 경찰에게만 사냥을 허락한다는 〈사냥령〉에도 따를 수가 없었다.

물론 자기들만큼 포수질을 잘할, 즉 총질을 잘할 사람이 어디 있겠는가 하고 '사냥경찰' 시험에 응시한 사람도 있었다. 사냥경찰이 되어 허가받고 사냥을 한다면 차라리 잘된 일이 아닌가?

하지만 포수들의 순진한 생각은, 사냥경찰 선발시험 응모 부문이, 칼 부문, 창 부문, 활 부문 이 세 부문으로 정해짐으로써 무참히 짓밟혔다. 포수들은 총은 잘 쏘았지만 칼질, 창질, 활질은 젬병이었다. 따라서 머리 좀 돌아가는 이들은 〈무기 수거령〉과 〈사냥령〉이 포수들에게서 총을 빼앗기 위한 포고령이라는 것을 눈치 채었다.

포수들은 화승총을 끌어안고 통곡하였다.

"총아, 총아! 나의 사랑 총아! 너와 함께 산야를 누비며 울고 웃은 지 수십 년이다. 너와 나는 한 몸이나 마찬가지다. 그런데 나더러 너를 버리라니. 마누라는 버려도 너는 못 버린다. 내 너를 기어이 지킬 것이다!"

포수들은 단 한 명도 총을 자진해서 내놓지 않았다. 그런데 포수들은 원래 삼십여 명이 토벌대에 참여했었으며, 열 개 지역에 각각 나뉘어 보내졌으니, 한 지역에 서너 명에 불과했다.

각 지역의 포수 서너 명은 그래도 뭉쳐 있으면 나을까 봐, 한데 모여서는 총부리를 세우고 경찰들을 기다렸다.

"경찰새끼들아, 가까이 다가오면 쏴 죽인다! 네깐 놈들이 뭔데 남의 총을 빼앗겠다는 거냐?"

"우리는 포고령에 따를 뿐이다. 순순히 무기를 내놓아라. 그러면 곤장 백 대는 봐주리라."

"우리는 목숨은 내놓을 수 있어도 총은 못 내놓는다!"

경찰들은 포수들을 겹겹이 포위하기는 했지만 더 이상 감히 어쩌지 못

하고 머뭇거렸다. 한꺼번에 몰아치면 세 놈 붙잡는 것은 식은 죽 먹기이 겠으나, 이쪽도 최소한 세 명은 포수들의 탄환에 밥숟갈을 놓아야 할 것이다. 누구인들 목숨이 아깝지 않으랴.

그러나 하늘이 포수들을 돕지 않았다. 며칠 동안 대치했고 마침내 비가 쏟아졌던 것이다. 비로 인해 심지에 불을 붙일 수 없으니, 화승총은 무용지물이 되었다. 포수들의 화승총이 흠뻑 젖자, 경찰들이 덮쳤다. 포수들은 행여나 해서 연신 부싯돌을 쳐보았지만 하릴없는 짓이었다. 만약 비가 오지 않았다면 포수들은 한 달을 버텼을는지도 몰랐다.

경찰들은 며칠 동안 한뎃잠 자며 배곯은 분풀이를 하느라, 포수들을 거의 패 죽이다시피 했다. 게다가 율령에 의해 곤장 백 대씩을 포수들에게 벌하니, 포수들 삼십여 인은 모두가 반송장이 되어 방구석에 드러누웠다. 사망자가 나지 않았다는 것이 참으로 기적이라 할 만했다.

그래도 포수들은 다행이라고 해야 할 터였다. 허생은 〈사대 범죄 금지령〉 이후에는 손모가지 자르는 형벌은 주지 않았다. 허생도 가혹한 피바람은 한 번이면 족하다고 생각했다. 대신 곤장 형을 도입했는데, 포수들은 엉덩이가 짓뭉개지기는 했지만 손모가지가 무사했으므로 언젠가 다시 총을 잡을 수 있다는 희망을 갖게 된 것이었다.

만약 〈사대 범죄 금지령〉 때처럼 손모가지 자르는 형벌을 받았다면, 그들은 희망도 없는 인간들이 되었을 것이다. 그리고 그들의 희망은 헛된 게 아니었다.

다른 포수들이 양유호처럼 수투의 달인이었던 것은 아니다. 그런데 다른 포수들 중에도 손모가지가 잘린 이들이 없었던 것은, 그들이 포수였기 때문이기도 하고, 바른 생활을 했기 때문이기도 했다.

율려인은 수투의 달인만큼이나 포수에 대한 존경심을 가지고 있었다.

양유호는 언변으로 포수들의 우두머리 노릇을 하기는 했지만 실은 실력
이 떨어지는 포수였다. 그에 비해서 다른 이들은 진정한 실력을 갖춘 포
수들이었기에 더 존경을 받았다.

또 실제로 존경받는 포수들은 사대 범죄를 거의 저지르지 않았기에,
무고와 밀고의 피바람에 휩쓸리지 않았던 것이다.

포수들이 경건하게 태어나서 사대 범죄를 저지르지 않았다기보다는,
도적 출신으로 이루어진 사회에서, 토벌대 출신이라고 해도 주로 왈짜패
와 무뢰배 출신이었던 사회에서, 포수 삼십여 인은 일종의 왕따를 당했
다. 저들은 존경받는 포수이니 우리들의 사대 범죄에 끼어줘서는 안 돼,
하는 식이었던 것이다. 그러니까 왕따가 포수들의 손모가지를 구한 셈이
었다.

정석경은 다시 양유호를 찾아갔다.

"꼴 좋수다. 이런 꼴을 당하려고 그렇게 이 섬에 남겠다고 큰소리 뻥뻥
쳤구먼."

〈무기 수거령〉과 〈사냥령〉이 박이기와 정석경의 머리에서부터 나왔다
는 걸 꿈에도 모르는 양유호는 끙끙 앓는 소리로 말했다.

"나도 탈출 모의에 끼워주게. 이 좆같은 세상을 뜨겠어. 이건 말로만
자유요, 평등이잖은가. 실제로는 억압이 판치는 부자유와 불평등의 땅이
잖은가."

정석경과 박이기는 일당천의 위력을 가진 포수대를 포섭해야만 탈주
가 성공할 수 있을 것이라고 생각했다. 탈주하자면 전투는 불가피할 것
인데, 포수대만 있다면 아무 걱정이 없을 것이었다.

"바로 그거야. 그걸 꼭 당해봐야 안단 말이야? 양 포수, 우리 힘을 합쳐
이 개 같은 세상을 탈출하자."

정석경과 양유호는 두 손을 굳게 맞잡았다. 양유호처럼 총을 빼앗긴 포수들의 대부분이 탈출 모의에 동참했다.

포수들이 모두 다 동참하기로 한 것은 정석경이 그들에게 총을 되찾아 주겠다고 약속한 때문이기도 했다. 포수들의 막연한 희망을 정석경이 가능한 희망으로 바꾸어준 것이다.

이때 정석경은 사냥경찰 시험에도 응시하여 사냥경찰이 되어 있었고, 시험 때 선보인 출중한 무예 실력과, 허생에게 총애를 받기 시작한 아내 튼실이의 입김으로, 도성 무기고 관리자가 돼 있었다. 포수들의 화승총은 특별히 도성 무기고에 관리하고 있었던 것이다.

그들 탈주 모의자들이 손꼽아 기다리던 천우신조의 기회가 왔다. 그게 바로 박명궁 아내의 초상이었다.

초상으로 인하여 온 나라 사람들이 율섬 도성으로 발걸음을 했다. 허생이 박명궁 교육청장을 편애했고, 온 나라 백성들이 교육청장을 흠모했으므로, 불쌍하게 죽은 박명궁의 아내에 대한 조문이 전 국가적으로 허용되었다. 〈자유왕래 금지령〉 이후 처음으로 율려인이 명백한 이유를 가지고 도성에 갈 수 있게 된 것이다.

탈주 모의자들, 각 지역 토벌대 출신 백여 명과 포수 삼십여 명도 도성을 찾았다. 강제로 흩어져야만 했던 그들은, 넉 달 만에 초상집에서 뜨겁게 재회했다. 삼일장의 두 번째 날이었다.

정확히 말하면 그들은 이백여 명에 달했다. 아내를 데리고 온 사람이 칠십여 명 정도 있었던 것이다. 그들은 죽어도 이 섬에서 살기 싫은 동시에, 죽어도 마누라를 버리고 갈 수 없는 이들이었다. 그들은 마누라를 데리고 탈주하기로 했던 것이다. 그들이 데리고 나온 것이라기보다는 마누라가 죽어도 같이 죽고 살아도 같이 살겠다며 따라 나온 경우도 많았다.

조선에 처자가 있는 이들은 말려보았다.

"당신은 나를 따라가면 첩살이를 해야 하는데 감당할 수 있겠어?"

아내들은 이렇게 대답하며 한사코 따라가겠다고 했다.

"내가 당신을 고발하지 못하여 가게 놔두었으니, 경찰이 나를 가만 놔둘 리 없소. 혹 아무 일 안 당한다고 해도, 당신이 가고 나면 나는 과부가 되오. 과부가 나오, 첩살이가 나오? 그리고 이렇게 금덩어리가 많은데 첩살이를 해도 마나님으로 할 것 아니오? 뭐가 걱정이란 말이오! 나를 데려가지 않겠다면, 나를 죽이고 가시오!"

결국 남부여대하는 수밖에 없었다. 부부로 나선 이들은 부러움을 샀다. 이들은 남들보다 두 배 많은 금덩어리를 지닐 수 있었던 것이다. 탈주 모의자들은 허생에게 받아야 할 돈에 대해서는 아무도 아쉬워하지 않았는데, 바로 금덩어리를 지니고 있었기 때문이었다.

뛰어난 한글 실력으로 출세 가도를 달리던 튼실이도 정석경을 따라가기로 했다. 정석경은 집 나오기 전에 튼실이 앞에 칼을 내밀었다.

"임자, 내 그동안 당신을 속였소만, 나는 이 섬에서 살 수가 없어. 떠날 것이야. 마침내 기다리던 날이 왔어."

"제가 바보인 줄 아십니까? 허생 장군의 수행비서 노릇을 하는 튼실이옵니다. 다 알고 있었습니다."

"다 알고 있다니 그럼 구구한 말은 필요 없겠네. 함께 가자. 이 쪼그만 땅덩어리에서 허생인지 염생인지 하는 씹할 놈의 비서 노릇 하는 게 무슨 대단한 노릇인가? 나를 따라 조선에 가면 떵떵거리고 살게 해주겠다. 나는 조선에 마누라도 없다. 이태 전에 돌림병으로 뒈졌다. 애새끼는 둘 있지만 그게 뭐 대수겠느냐? 정식 혼례를 올려주겠다. 저번에 단체로 한 거지 같은 혼례 말고 제대로 된, 혼례 말이다. 우리에겐 금덩어리가 있다는 걸 잊지 마라. 튼실아, 너도 조선에 가면 땅덩어리 하나 사서 나라를 만들어 정치를 해라. 허생이가 하는 것을 죽 지켜보니 왕 노릇 하는 거 뭐 별것 아니더구나. 칼 잘 쓰는 새끼 하나 앞세워서 모조리 손모가지 날리면 되는 거 아니겠어?"

"제가 안 따라간다면, 어쩌시겠습니까?"

"같이 죽는다. 지금 당장 이 자리에서."

"일을 도모하는 분이 함부로 죽는다는 말을 하십니까? 서방님이 죽으면, 서방님을 믿고 탈주하려는 사람들은 뭐가 되는 건가요? 무책임한 소리입니다. 저를 죽이고 간다고 말하시는 게 맞습니다."

"아니다, 너 없이는 아무런 의미가 없다. 사랑하는 사람도 못 데리고 나가는 사람이 그 많은 이들을 무슨 수로 데리고 나갈 수 있을까? 너를 데리고 가야, 다른 이들도 데리고 갈 수 있다!"

"서방님! 따라가겠습니다. 서방님이 없으면 제 인생도 없습니다."

튼실이는 허생의 수행비서를 하다가 허생이 침소에 들면 합류하기로 했다. 어떤 이가 튼실이가 허생에게 밀고하면 모든 일이 끝장나는 것 아니냐고 했다가, 정석경에게 호되게 맞아 이빨이 부러졌다. 정석경은 엄포를 놓았다.

"내 마누라 튼실이는 나를 위해 있는 여자다! 한 번만 더 튼실이를 의심하는 소리를 하는 자가 있으면 모가지를 부러뜨리겠다!"

탈주 모의자들은 조문을 끝내고, 포구로 가던 중에 율산 깊숙이 숨어들었다. 검문소 경찰은 돌아오지 않는 자들은 초상집에서 밤샘하는 거라고 생각했다. 밤샘하는 이도 많았던 것이다.

당시 유연기는 도성을 떠나 각 지역과 네 섬을 돌아다니며 살고 있었다. 일정한 거처가 없었던 것이다. 유연기도 초상집에 나타났다. 허생과 유연기는 초상을 치르는 동안 여러 번 마주쳤으나 소 닭 보듯, 닭 소 보듯 했다. 박율, 흑사마귀 같은 허생의 최측근들도 장군을 본받아 유연기를 멀리했다.

그러나 율려 백성들은 유연기를 좋아했다. 유연기가 부장군이던 시절, 모두가 한마음 한 몸처럼 일했던 두레 시절이 좋았다고 회고하는 사람이 많았다. 유연기가 정승 노릇 하던 시절에는 법도 도덕도 칼바람도 곤장도 없었지 않은가?

헤어질 때 허생이 결국 먼저 말을 걸었다.

"사공 늙은이, 끝내 내가 먼저 아는 체를 하게 만드는구먼. 그만 돌아와 일을 하게. 자네가 할 일은 얼마든지 있어."

"소인은 장군의 통치 방식에 항거하고 있는 겁니다. 장군은 분명히 인의예지신으로 이루어지는 나라 즉 왕도국을 건설하겠다고 했었습니다. 그런데 지금 장군께서는 진나라 진시황이라도 된 듯 칼과 피의 정치를 하고 계십니다. 법과 도덕으로 통치하겠다고 하셨지만, 법으로만 통치하고 계십니다. 도덕은 교육만 할 뿐 어디에도 없습니다. 그렇게 해서는 안 되십니다."

박율이 칼을 빼어들어 유연기의 목에 대었다.

"이 늙은 영감탱이 여태 주둥이는 살아 있네. 확 죽여버릴라."

"장군, 우선 이 식인종부터 쫓아버리십시오. 이놈의 잔인무도함 때문에 장군이 욕을 더 먹소."

"아니, 이 늙은이가 미쳤나."

박율이 참지 못하고 칼을 높이 들어 유연기의 머리 위로 내리쳤다. 이것을 경찰청장 흑사마귀가 쳐내었다. 박율은 너 잘 걸렸다는 식으로 흑사마귀를 공격했다.

흑사마귀는 슬쩍 피하며 박율의 허벅지를 걷어찼다. 박율이 철버덕 엎어졌다. 흑사마귀는 박율의 머리통에다 칼날을 박을 듯 세우고 말했다.

"네깐 게 뭔데 유 사공을 함부로 대하는 거냐? 한 번만 더 유 사공을 욕 뵈면 그때는 정말 죽여주마!"

박율이 억울하다는 듯 부르짖었다.

"유 사공은 허생 장군에게 불충한 발언을 했소. 반역이오. 호위청장인 내가 반역자를 즉결 처결하려 한 것이 무슨 잘못이란 말이오?"

허생은 박율은 쳐다보지도 않고 유연기에게 말했다.

"유 사공, 질서가 없는 상태에서 무슨 인의예지신이란 말인가? 설령 인의예지신을 이루었다 하더라도 질서라는 바탕이 없으면 사상누각에 불과해! 우리는 차례로 시험해보지 않았는가? 두레사회, 그리고 법의 사회! 어느 것이 더 나은지 자네 눈으로 똑똑히 보았을 것 아닌가?"

허생은 뭔가 더 말하려다가 입을 다물어버리고는 그 자리를 떠났다. 호위청장 박율도 흑사마귀를 증오의 눈으로 쳐다본 뒤, 부하들을 이끌고 허생을 바삐 따라갔다. 흑사마귀 또한 유연기에게 공손한 예를 갖추더니 자리를 떴다.

유서향이 아버지에게 물었다.

"이제 또 어디로 가시렵니까?"

"아비의 인생은 뜬구름과 같으니 알 필요 없고, 네 사정이나 좀 들어보자. 넌 어찌 먹고 지내느냐?"

"먹고사는 것은 장군마님이 극진히 챙겨주니 아무 걱정이 없습니다."

"장군마님이라고? 허허허, 갈보 기생년 팔자가 봄꽃처럼 활짝 피었구나!"

유연기는 한참을 웃은 뒤에 말을 이었다.

“그래, 딸아. 먹는 것은 그렇다 치고 무엇을 하며 사느냐? 무위도식하지는 않겠지?”

“소녀가 한글청장이라는 것을 잊으셨습니까? 몹시 바쁩니다. 공무가 끝나면, 이야기를 수집하고 생각하고 지으며 삽니다.”

“여직 이야기에 미쳐 있구나.”

“소녀는 이야기를 위해 태어났어요.”

“그 황다설인가 하는 놈은 여태 치근덕거리고?”

“그이는 걱정하지 마셔요. 제 손바닥 안에서 노는 늙은 원숭이에 불과하니깐요.”

“너무 자신만만해하지 마라. 늙은것들은 다 구렁이다. 죽으려면 그런 능구렁이나 뒈질 것이지, 박명궁의 아내 같은 양처가 죽는단 말이냐? 저 승사자님들은 크게 반성해야 돼!”

유연기는, 자신의 딸이 능구렁이 같은 황다설과 공모하여 박명궁의 아내를 살해했다는 것을 먼지만큼도 감지하지 못하고 있었다.

유연기는 큰 기침을 한 뒤에 말을 이었다.

“생각해보니 내가 애비로서 네게 해준 말이 별로 없구나. 생각난 김에 두 가지만 읊어보마. 첨에 잘못 들면 끝까지 잘못되는 것이 인생이란다. 부디 자중자애 하여라. 그리고 네가 진정 이야기꾼이 되고 싶다면 사람들의 삶을 깊이 이해하고 사랑하려고 노력해야 한다.”

유연기는 말을 끊었다가 강조하여 말했다.

“눈을 크게 뜨고 마음을 활짝 열란 말이다!”

“명심하겠어요.”

딸과 헤어진 유연기에게, 각 지역의 사람들이 달려들어 애걸복걸했다. 자기 지역, 자기 마을에 가자는 거였다. 한데 누군가가 유연기를 번쩍 쳐

들어 자기 목에 태웠다.

"유 사공은 우리 마을서 데려가니 그리들 알게."

항우였다. 항우의 마을 사람들은 만세를 부르고, 다른 지역 사람들은 입맛을 다시며 안타까워했다.

항우는 두레 시절에, 지역민들의 선거에 의해 율동지역 행수로 뽑혔다. 그러나 그는 끝내 행수 자리를 고사했다. 나중에 경찰 시절에는, 흑사마귀가 그를 율동지역 경찰소장에 임명했으나 역시 고사했다.

항우는 왜구와 싸울 때, 지휘자인 자신의 태만으로 사람이 백여 명이나 죽게 만든 것을 부끄러워했다. 부끄러움에 겨워 자결하려고도 했었다. 하지만 누군들 목숨을 쉬이 버릴 수 있으랴. 결국 자결할 마음을 버렸지만, 죄책감 때문에 다시는 다른 사람을 통솔하는 자리에 오르지 않으리라고 마음먹었다.

하지만 사람에게는 타고난 인생이 있는가 보았다. 항우는 율동지역에서 누구보다도 인기가 좋았다. 사람들이 다투어 따르니, 아무 자리에 있지 않아도 큰 자리에 있는 것 같았다. 마치 큰 소나무가 그저 있어도 매미들이 한없이 달라붙는 이치였다.

항우가 유연기를 데리고 떠나자, 당황한 사람들이 있었다. 바로 탈출 모의자들이었다. 하지만 그들은 유연기가 초상 이틀째에 나타난 것에는 감사했다.

만약 초상 마지막 날인 사흘째에, 즉 발인 날에 나타났다면 곤란했을 것이다. 발인 후에 모든 지역 주민은 귀가해야 하는데, 이때 귀가하지 않는다면 검문소에서 나타나지 않는 이들을 찾게 될 것이다. 한꺼번에 이백여 명씩이나 나타나지 않는다면 경찰은 괴이하게 여기고 수사에 나서게 될 것이다. 거사를 치러보기도 전에 들통 날 수가 있었다.

다행히도 유연기는 초상 이틀째에 나타났고, 탈주 모의자들은 가슴을 쓸어내렸다. 이제 유연기가 율섬에 머물러주기만 하면 되는 것이다.

그러나 끝까지 일이 잘될 수는 없는 법, 하필이면 항우가 유연기를 데리고 간 것이었다.

"하필이면 저 괴물 같은 것이 유연기를 데리고 간단 말인가. 재수가 없어도 참 더럽게 없구먼."

"제아무리 힘센 놈이라도 혼자서 우리 이백을 당하겠는가? 게다가 우리는 총까지 들고 있네. 결행하는 거야. 이런 기회는 다시 오지 않아."

"저 멧돼지 녀석은 총알도 피해가는 놈이야."

"거, 맥없는 소리 작작하고 마음들을 굳게 먹어!"

탈주 모의자들은 두려운 마음으로 설왕설래했다. 박이기가 좌중을 진정시킨 뒤에 타이르듯 말했다.

"낙담들 말게. 이건 아주 잘된 일일세. 우리가 조선에서 타고 온 배들 중에 가장 좋은 배는 모두 율동포구에 있네. 유연기가 제 발로 율동포구로 가주니 그 얼마나 좋은가. 항우 놈도 걱정할 것 없네. 꾀에 장사 없는 법, 내 그놈 잡을 꾀를 내겠네."

날이 깜깜해졌다. 탈주 모의자들은 이미 중무장하고 있었다. 정석경은 그간 무기고에서 화승총과 칼, 창, 활 등을 이백여 정 빼돌려 율산의 자연 동굴에 숨겨놓았던 것이다. 튼실이가 약속대로 왔고, 정석경과 튼실이는 뜨겁게 서로를 안았다.

탈주 모의자들은 산줄기를 타고 이동했다. 율동포구가 내려다보이는, 남아와 여아가 꼭 껴안고 있는 듯한 바위께서 시간이 깊어지기를 기다렸다.

"과연 남매바위라 불릴 만하군!"

바위를 바라보며, 누군가 불안감을 털어내듯 말했다.

박이기가 말했다.

"정석경 자네는 경찰소를 점령하게. 양유호는 포구 검문소를 점령하고, 가장 좋은 배를 출항 준비 시켜놓게. 나와 기패관들은 유연기를 빼오겠네. 양유호는 포수대를 배치해서 우리가 돌아올 때까지 지역민들을 저지해야 하네. 대부분 초상집에서 밤샘하고 있으니 우리를 방해하는 이는 없을 거야."

"방해? 우리가 총 한 번 놓으면 다 도망갈 거요!"

양유호가 자신만만하게 말했다.

탈주자들은 세 방향으로 흩어졌다. 밤새들이 사람들의 발길에 놀라 푸드덕댔다.

경찰들은 수투를 하고 있었다. 허생과 민간인들은 율려 제도에서 수투가 사라진 줄 알고 있었지만, 이렇게 버젓이 살아 있었다.

허생은 〈사대 범죄 금지령〉 때 수투는 모조리 불태우고 상평통보는 모조리 바다에 던져버리라고 명령했다. 경찰들은 절반만 태우고 절반은 숨겨놓았다. 돈 역시 절반만 버리고 절반은 지니고들 있었다. 그걸 가지고 밤마다 수투판을 벌였던 것이다.

그래도 보초는 세워놓고 그 지랄을 했다. 정석경이 불쑥 나타나자, 보초 둘은 깜짝 놀라며 창을 치켜들었다.

"웬 놈이 처자지 않고 싸돌아 댕기느냐? 네놈을 체포하겠다!"

"나요, 도성 사냥경찰 정석경이."

"음? 아, 튼실이의 남편 되는 이구먼. 그래 웬일이오?"

"거 나도 판에 끼어봤으면 싶어서."

보초들이 머뭇거리며 말했다.

"판? 판은 무슨 판? 웬 헛소리야?"

"이거 왜들 그러셔. 다 알고 왔는데. 조용히 끼워주셔."

"젠장헐, 다 알고 왔구먼. 기다려. 내 우리 소장한테 이르고 오겠네."

보초 하나가 한창 수투판이 벌어지고 있는 회의실로 달려갔다. 정석경이 혼자 남은 보초에게 물었다.

"그래, 몇 명이나 있어? 설마 야간 근무조 스무 명이 다 있는 것은 아니겠지?"

"그럼, 이 태평천국에 밤에 뭐 할 일이 있다고 다 나와 있단 말이냐. 노름에 미친놈들 한 열이 패를 조이고 있지."

"열 명? 그럼 뭐 그냥 밀고 들어가도 되겠네."

"뭘 그냥 밀어?"

묻는 보초를 향해 정석경의 주먹이 날아갔다. 보초는 제 이마에 번쩍이는 불꽃을 바라보며 정신을 잃었다. 보초와 함께 회의실에서 막 나오던 율동 경찰소장은 깜짝 놀라 눈이 화등잔만 해졌다.

"움직이면 대가리에 구멍 나는 거 알지? 모두들 조용히 나와 무릎을 꿇으면 목숨은 구할 수 있을 거야."

정석경이 경고했지만, 경찰소장은 놀란 나머지 발광하듯 소리를 질렀다.

"왜구다!"

이 밤에 쳐들어올 놈은 오로지 왜구밖에 없다고 생각되었던 것이다. 창 하나가 날아가더니 경찰소장의 가슴팍에 꽂혔다. 가슴에 창이 꿰인 경찰소장은 뒷걸음질 치더니 투전판으로 나자빠졌다. 그때까지도 노름에 정신이 나가 있던 경찰들은 기겁하며 일어섰다. 모두들 병장기를 챙겨들고 황망히 뛰어나가보았다. 그들을 향해 토벌대 출신들이 화살을 쏘았다.

경찰 다섯이 여기저기에 화살을 맞고 주저앉았다. 나머지 경찰은 무기를 내던지고 대가리를 마루에 박고 엉덩이를 높이 들고 울며불며 빌었다.

"살려주시오, 살려주시오!"

"이 도적새끼들아, 너희들이 우리 토벌대 출신을 얼마나 핍박했느냐? 그러고도 살기를 바라느냐?"

정석경을 잘 아는 경찰이 또 빌었다.

"이봐, 석경이 자네는 우리랑 같은 경찰이 아닌가?"

"이 섬 구석을 떠나려고 위장한 것뿐이다, 이 개자식들아! 뭣들 하는 게야? 모두 도륙을 내! 그간 당한 게 원통하지도 않나?"

토벌대 출신들은 득달같이 달려 나가 경찰들을 찌르고 베었다. 경찰들은 변변히 대항도 못 해보고 다시는 수투를 할 수 없는 목숨이 되었다.

뒷간에서 볼일 보느라 이 지경을 피한 경찰이 있었다. 똥이 경찰 한 목숨을 살린 것이다. 그때 그 경찰의 간담을 서늘하게 하는 소리가 들려왔다.

"숨어 있는 놈이 있을지 모른다. 샅샅이 찾아라."

뒷간의 경찰은 너무 놀라 똥통 속으로 뛰어들었다. 토벌대 출신 하나가 뒷간으로 들어오더니, 괴춤을 올리고 오줌을 누었다. 경찰은 오줌을 소나기처럼 맞으면서도 끽소리조차 낼 수 없었다.

한편 항우와 유연기는 밤이 한참 깊었건만 이야기를 멈추지 못하고 있었다. 마루에 켜놓은 등잔불의 빛이 일그러지더니, 박이기가 나타났다. 항우가 놀라움과 반가움을 섞어서 말했다.

"아니, 교련관이 아니시오? 난 저승사잔 줄 알았소. 어서 이리 와 앉으시오."

항우는 왜구 토벌 때 박이기에게 글을 배운 적이 있다. 항우가 글 가르쳐준 이를 끔찍하게 생각하는지라 반가움이 매우 컸던 것이다.

"앉을 시간이 없네. 우리는 얼른 떠나야 하네."

"밑도 끝도 없이 그게 무슨 말이오?"

"항우, 같이 가세. 자네의 용력이면 조선에서 무슨 일을 못 할까. 내가 자네를 크게 쓸 거야."

박이기의 뒤로 병장기를 든 십여 인이 슬그머니 나타나 항우와 유연기를 빙 둘러쌌다. 항우가 미련하게 생겼어도 머리가 굳은 자는 아니라 금방 정황을 간파했다.

"항우, 우리와 같이 가겠는가 말겠는가?"

박이기가 재촉하여 말했다.

"나도 말이오? 난, 난, 모르겠소. 나는 홍임장 대두령이 하자는 대로 할 거요."

항우는 저도 모르게 홍임장이라는 망각된 이름을 입에 올렸다. 하고 보면 변산의 두령 출신들은 대두령 홍임장 하나 보고 율려 제도에 따라 들어온 사람들이었다. 주군의 뒤라면 지옥이라도 따라 들어간다는 마음으로. 한데 그들의 주군, 홍임장 대두령은 지금 어디에 있는가.

행수 자리에 있지도 못하고, 경찰도 되지 못하고, 남들처럼 평범한 농부로, 있는 듯 없는 듯 미미하게 살고 있었다. 죽을병에 걸렸다 살아나기는 했지만 몸이 몹시 상해서 예전의 그 사람이 아니라고 했다.

두령 출신들도 서서히 홍임장을 멀리하게 되었고, 홍임장 대신 허생 장군을 주군으로 모시고 있었다. 혹사마귀나 항우처럼 홍임장의 말이라면 곧 죽을 것처럼 행동하던 이들마저도 홍임장을 거의 잊고 지냈다.

그런데 방금 항우의 입에서 홍임장의 이름이 불쑥 튀어나온 것이다. 항우 자신도 제 말이 뜻밖이었는지 계면쩍은 얼굴이 되었다.

유연기가 기이하게 웃더니 말했다.

"항우야, 저 녀석들은 나를 납치하러 온 게다. ……그렇지 않아도 언젠가는 네놈들이 나를 찾아올 줄 알았다. 데려다주마! 너희를 조선으로 데려다주겠어. 나 또한 조선에 있는 마누라 속살이 무척 그립던 판이니."

유연기의 시원스러운 말에, 탈주 모의자들은 만세라도 부르고 싶었다. 그들은 유연기를 강제로 바다에 끌고 나가서 애걸복걸할 생각이었다. 유연기가 끝내 안 들어준다면 대책이 없었다. 같이 죽는 수밖에. 그런데 말도 꺼내지 않았건만 유연기가 선선히 데려다주겠다는 것이다.

"항우야, '소년이노 학난성 일촌광음 불가경'을 잊지 말거라. 너의 무지막지한 용력을 다스리는 길은 너를 학문으로 채우는 길뿐이다. 학문이 용력을 눌러주어야 네 명이 길다."

항우는 달빛 속으로 멀어져가는 유연기와 박이기 일행을 바라보노라니, 문득 고향이 그리워졌다. 조선 전라도 김제평야와 저잣거리가.

자는 줄 알았던 항우의 아내가 나오더니, 갑자기 항우의 바짓가랑이를 붙잡았다.

"서방님, 제 뱃속에 서방님의 핏줄이 자라고 있어요. 설마 새끼를 버리고 떠나시지는 않겠지요?"

"나는 안 떠나네. 다만 고민이구만. 유 사공과 저 토벌대 출신들을 그냥 보내주어도 되는 것일까?"

"글쎄요, 소첩이 뭘 알겠습니까만 그래도 이런 생각은 드옵니다. 작디작은 개미구멍 하나가 둑을 무너뜨립니다. 저들이 조선으로 돌아가면, 다른 이들도 너도나도 조선 고향에 돌아가려 할 것이고, 율려낙원국은 어지러움에 빠질 겁니다."

"그렇게 되나? 그럼 그냥 보내선 아니 되겠군. 내가, 아니 우리 변산 도적들이 이 세상에 태어나 한 일이 있다면, 지상에 낙원국을 세운 것이야. 한데 저 토벌대 놈들이 그 낙원국을 위태롭게 만들려고 한단 말이지? 이 놈들, 모두 그냥 놔두지 않겠다.”

항우의 아내가 다시금 결사적으로 매달렸다.

“홀로 저 많은 이들을 어찌 상대하시겠다고 이러셔요!”

항우가 다리를 들었다 앞으로 뻗으니, 아내가 붕 날아가 풀 더미 위로 떨어졌다. 항우는 달빛 속으로 달려가기 시작했다. 가다가 굵기가 제 다리만 한 소나무 하나를 뽑아들었다.

항우는 곧 탈주자들을 따라잡았다.

“이놈들! 게 섰거라! 유 사공을 도로 내놓아라!”

항우도 유연기가 없으면 토벌대 출신들이 절대로 율 해역을 벗어날 수 없다는 것을 잘 알았다. 유연기만 내주면 구태여 싸울 필요가 없었다. 글 스승인 박이기와 싸우기도 싫었고.

유연기는 혀를 쯧쯧 찼다.

“저놈이 또 일을 소란스럽게 만드는구나.”

박이기가 안심시켰다.

“걱정 마시오. 저놈이 저렇게 따라올 줄 알고 우리가 일부러 늑장 걸음을 한 것이오. 함정을 파두었소.”

그 말이 끝나기가 무섭게 기세 좋게 달려오던 항우가 땅으로 푹 꺼졌다. 함정 속에는 창날 몇 개가 말뚝처럼 박혀 있었다. 함정으로 떨어진 항우는 장딴지와 어깻죽지만 꿰이고 천우신조로 목숨을 건졌다. 토벌대 출신은 항우의 숨을 완전히 끊어버리려고 함정을 빙 둘러싸고 창 던질 태세를 갖추었다.

유연기가 박이기에게 다급히 말했다.

"항우를 죽이면 나도 이 자리에서 혀를 깨물고 죽겠네. 항우의 목숨을 놔두게."

박이기는 약간 고민하는 척하더니 말했다.

"멧돼지 같은 놈이 오늘 운이 참 좋구나. ……지체할 시간이 없다. 어서들 포구로 가자."

사실 박이기도 항우를 죽이고픈 마음이 없었던 것이다.

박이기 일행이 항우를 버려두고 급히 포구로 향하는데, 경찰소 쪽에서 총성이 울렸다. 뒷간에 숨어 있던 경찰이 울타리를 넘어 도망치는 것을, 포수 하나가 발견하고 쏜 것이었다.

그렇지 않아도 경찰소 쪽에서 들려오는 심상치 않은 소리에 어수선했던 율동 사람들은, 총소리에 완전히 깼다. 모두들 두려워하여 감히 집 밖으로 나갈 생각을 못 하는데, 남다른 자들이 있었다.

경찰이다. 경찰 딱지를 노름해서 딴 게 아니었던 것이다. 비번이었던 경찰들과 근무였으나 집에서 처자고 있던 경찰들은 병장기를 챙겨들고 뛰쳐나와, 경찰소를 향해 달려가기 시작했다.

때문에 탈주자와 경찰은, 포구와 경찰소 쪽으로 갈라지는 세거리 위에서 딱 마주치게 되었다.

"웬 놈들이야?"

"으음, 경찰 나부랭이들이구나. 잘 걸렸다! 쳐라!"

토벌대 출신들은 달려오던 기세 그대로 몰아쳤다. 우르르 몰려나오기는 했으나 어찌된 상황인지 전혀 갈피를 못 잡고 있는 경찰들은, 당황하며 병장기를 휘둘렀다. 병장기 부딪치는 소리가 한밤중을 요란하게 두들겼다. 비명 소리가 검은 대기를 갈랐다.

"안 돼, 싸우지들 마!"

풀숲에 몸을 던진 유연기가 귀를 틀어막으며 소리쳐보았지만, 피비린 내를 막을 수는 없었다.

경찰 스무 명이 금세 땅바닥에 피를 흘리며 누웠고, 나머지는 꽁지가 빠져라 마을 쪽으로 달아났다. 나태하고 방탕한 나날을 보내던 경찰은, 이날만 기다리며 전의를 불태워온 탈주자의 매서운 공격을 당해낼 도리가 없었던 것이다.

풀숲에서 기어 나온 유연기는 경찰이 흘리고 간 횃불 하나를 주워들었다. 방금 죽은 이들의 참혹한 얼굴이 하나씩 드러났다.

"자네들 대체 무슨 짓을 한 건가!"

유연기는 눈물을 글썽이며 토벌대 출신들에게 외쳤다.

"유 사공, 우리가 저들을 죽이지 않았다면, 우리가 저들 손에 죽었을 것이오. 어차피 누군가는 죽었을 거외다!"

"이 살인귀들아, 나도 죽여라!"

박이기는 악 쓰는 유연기에게 다가가 급소를 손가락으로 폭 찔렀다. 유연기가 맥없이 널브러졌다. 탈주자 하나가 얼른 유연기를 들쳐 업었다.

포구로 들어서는 박이기 일행을, 먼저 와 있던 정석경 일행과, 검문소를 점령하고 가장 좋은 배를 골라놓은 양유호 일행이 반겼다.

토벌대 출신은 급히 배에 올랐다. 양유호 일행은 이미 출항 준비를 마쳐놓은 상태였다. 닻을 올렸다. 배가 서서히 움직이는데, 마을 쪽 고개에서 횃불들이 잔뜩 넘어오는 게 보였다.

"도적놈들, 네놈들에게 평생 잊지 못할 구경을 시켜주마. 동무들, 뭣들 하는가! 모조리 불태워버리세."

양유호의 말이 끝나자, 토벌대 출신은 일제히 불화살을 쏘았다. 그들의 불화살은 포구의 다른 배들에게로 날아갔다. 불화살 맞은 배들은 기다렸다는 듯이 불길에 휩싸였다.

양유호 패는 술 처마시고 잠들어 있던 검문소 패거리들을 순식간에 죽일 수 있었다. 술 역시 민간인들은 못 마셔도 경찰들은 마시고 있었던 것이다.

양유호 패는 가장 좋은 배 한 척만 골라놓고, 나머지 이십여 척 배에 불쏘시개 거리들을 잔뜩 얹어놓았다. 때맞추어 해풍이 좋으니, 불화살 몇 방에 배들은 맥없이 불붙어버린 거였다.

"이놈들, 불구경이나 실컷 하여라!"

토벌대 출신들이 해변의 도적 출신들에게 한 작별 인사였다.

과연 큰 불은 장관이었다. 율동 사람들은 입을 크게 벌리고, 말 그대로 불바다로 변한 포구를 멍하니 바라보았다. 누구도 감히 불을 꺼야겠다는 염을 못 낼 정도로 완벽한 불이었다.

그러나 그들의 태평스러운 불구경도 오래가지는 못했다. 바람이 더 거세게 불기 시작했고, 불바다의 포구에서 솟아오른 불덩이들이 마치 새처럼 날아오는 것이었다.

아녀자 하나가 불덩이에 휩싸여 데굴데굴 구르는 것을 보고야 사람들은 장난이 아님을 알았다. 혼비백산하여 멀찍이 달아났다.

율동 사람들은 언덕에서 멈추어 계속 불구경을 했다. 그때 귀신 하나가 나타나 외쳤다.

"지금 불구경하고 있을 땐가. 유 사공이 토벌대 출신 놈들한테 납치당했단 말이야."

잘 보니 귀신이 아니라 항우였다. 논에서 한 십 년 서 있던 허수아비 몰골에 피투성이였으니, 사람들이 귀신으로 오해할 만했다. 사람들은 항우의 말을 듣고서야 비로소 이 한밤중의 난리가 대충 이해되었다.

누군가 말했다.

"너무 걱정하지 말게. 바다에도 경찰이 있지 않은가. 경찰선도 저 불을 보았을 것이네."

"그놈들이 근무를 제대로 서겠소? 깊이 잠들어 있거나, 어디 틀어박혀서 노름이나 하고 있겠지."

허생은 사냥경찰을 만들 때 '바다경찰'도 함께 만들었다. 각 지역경찰소가 해상방위까지 맡았었는데 지역경찰들이 업무가 과중하다고 탄원해댔던 것이다. 이에 해상방위만 전담하는 바다경찰을 새로이 편성했다.

항우는 그 바다경찰을 조금도 믿지 않고 있었던 것이다.

"바다경찰을 못 믿겠다면, 어쩌겠단 말인가? 저놈들이 배를 다 태워버리고 갔으니, 쫓아갈 수도 없고."

사람들이 혀를 차는데, 비번이라 그 마을에 있던 바다경찰 하나가 소리쳤다.

"저쪽 기슭에 한 척이 있소!"

그 바다경찰이 사사로이 타고 다니며 주로 간음에 이용하던 배였다. 간음도 사라진 게 아니었던 것이다. 특히 경찰들은 나라의 배를 애정행각에 사용하는 대담함도 가지고 있었다.

"잘되었소! 나 항우가 쫓을 테니, 당신들은 즉시 도성 경찰청장에게 알려주시오."

"아니, 그 몸으로 배를 타겠단 말인가? 자네는 쉬게. 우리가 놈들을 쫓겠네."

"나는 괜찮소. 유 사공이 놈들 손에 다칠까 봐 걱정이우. 자, 나를 따라 유 사공을 구하러 갈 사람들은 딱 열 명만 나서시우!"

열댓 명 정도가 정원인 작은 배였다. 항우와 함께라면 지옥에 가는 것도 두렵지 않을 거라고 생각하는 이들이 많아, 금방 열 명이 모아졌다.

　바다경찰 대장 되는 이는 돌고래라고 불렸다. 그는 조선에서 해안선이 가장 복잡한 남해안의 어느 조그만 섬에서 태어나, 바닷길에서 죽 살다시피 했다.
　어미는 배에서 밥해주고 몸도 대주고 하는 여자였다. 어미가 어느 날 갑자기 배에서 사라졌다. 모두들, 네 어미는 용궁으로 갔다고 말해주었다. 스스로 뛰어들었다고 추측하는 이도 있었고, 어떤 놈이 건드리고 화대를 치르기 싫어서 던져버린 게 아니냐고 추측하는 이도 있었다.
　어미가 사라진 뒤에, 그는 그 배의 일꾼으로 일했다. 그 배가 상륙하면 다른 배로 옮겨 탔다. 그렇게 배를 옮겨 타며 배에서만 살았다.
　그가 꼭 한 번 만나고픈 사람이 있었으니 바로 유연기였다. 그는 변산 도적에게 붙잡혀 있던 유연기를 찾아갔다가 변산 도적의 길에 들어섰다.
　돌고래는 유연기의 첫 제자이자 마지막 제자일 수도 있었다. 유연기의 유일한 제자였던 것이다.
　허생이 "유 사공, 그대께서 바다에 나가 있을 수는 없고, 유 사공을 대신할 누구 한 사람 없겠나? 유 사공의 머리카락 한 오라기만큼만 바다와 배를 잘 알아도 충분할 텐데!" 했을 때, 유연기는 "돌고래라고 있습니다. 내가 변산에서 가르친 놈이지요. 하나를 가르치면 다섯까지는 알더이다!" 했다.
　허생은 당장 돌고래를 불러 바다경찰 대장 자리에 앉혔다. 그렇지 않아도 농사 생활에 미치고 환장할 지경이던 돌고래는 사양 한 번 안 하고 자리를 덥석 받아들였다.

그 돌고래는 율동포구의 배들이 모조리 불타고 있을 때, 신기루 해역에서 온갖 잡귀들과 싸우고 있었다. 홀로 맹렬히 연습하고 있었던 것이다.

돌고래는 스승 유연기처럼 이 세상 모든 바다를 마음대로 오갈 수 있는 경지에 오르고 싶었다. 그러나 그는 아무리 노력해도 신기루 해역을 통과할 수가 없었다. 돌고래가 또 한바탕 온갖 잡귀들과 맞붙으며 대양으로 나가는 문을 찾다가 실패하고 나오니, 기다리고 있던 부하들이 율동포구의 난리를 전했다.

"무슨 일인지 모르겠습니다만 율동포구가 훤합니다. 불이 난 듯 싶습니다. 배가 타고 있는 것은 아닌지……."

"배가? 어떻게 그런 일이?"

"확실한 것은 모르겠고……."

"순찰선은 보냈는가?"

"부대장께서 잠에 빠져 있는 관계로……."

"이런 한심한 놈들. 따르라!"

돌고래의 배가 앞장을 서고, 두 척의 경찰선이 뒤따랐다. 원래 여섯 척의 큰 배가 율려낙원국의 밤바다를 지킨다. 다른 세 척은 부대장이 지휘하는데 어디 처박혀 있는지 알 수 없었고, 대장이 이끄는 배만 율동으로 향한 것이었다.

경찰선들과 탈주선은 날이 샐 무렵에, 바위섬 해역에서 마주쳤다. 율려낙원국에는 백여 척의 배가 있었고, 바다경찰이 그 백여 척에 대해 소상히 알고 있는 것은 당연했다. 더욱이 탈주자들이 탄 배는 율려낙원국에서 가장 좋은 배였다. 허생과 호위대원이 타고 다니는 장군배였던 것이다. 장군이 이 시각에 웬일이란 말인가?

돌고래는 배를 멈추었는데, 장군배는 멈추지 않고 비껴갔다. 뱃전에는 아무도 보이지 않았다. 허생이 타지 않으면 움직일 수 없는 배였다. 또 허생은 경찰들을 보면 육지에서건 바다에서건 아는 체를 하고 격려의 말을 꼭 해주는 분이었다.

그런데 허생은 물론이요, 사람 그림자 하나 안 보이는 것이다. 돌고래의 의심하는 마음이 점차 커지는 중인데, 문득 장군배의 뱃전에서 사람들의 상투 꼭지가 치솟았다.

장군배의 박이기가 외쳤다.

"쏘아라!"

포수들의 화승총이 불을 뿜었고, 탈주자들의 화살이 휙휙 날아갔다. 기습받은 바다경찰이 한꺼번에 여남은 명 나자빠졌다. 또한 엄청난 폭발음이 들리더니 두 척의 경찰선 배 옆구리가 박살 났다. 포수들이 장군배의 화포를 쏜 것이었다. 이어 장군배가 돌고래의 배에 밀착하더니, 토벌대 출신들이 우르르 건넜다.

탈주자들은 그간 억눌린 분노를 풀듯이 몇 안 되는 경찰들을 마음껏 도륙했다.

"돌고래, 너 하나 남았구나? 네놈이 배를 꽤 몬다지. 유 사공의 제자니 오죽하겠어. 우리와 더불어 조선으로 돌아가는 게 어떻겠는가?"

"내 사랑하는 부하들의 주검 앞에서, 네놈들에게 머리를 조아리란 말이냐? 이 개자식들, 결코 신기루 해역을 벗어나지 못할 것이다."

"걱정 말게. 우리에게는 유 사공이 있으니. 정 싫다면 할 수 없지. 죽여주마."

토벌대 출신들이 칼을 들고 다가오자, 돌고래는 바다를 향해 몸을 날렸다. 바다에 떨어진 돌고래의 몸은 영 떠오르지 않았다.

그렇게 탈주자들의 장군배는 경찰선 세 척을 간단히 해치웠다. 장군배는 거침없이 달려 신기루 해역에 이르렀다. 박이기가 비장한 얼굴로 말했다.

"유 사공, 부탁드리오!"

유연기는 눈을 부릅뜨고 공박했다.

"나쁜 놈들, 염치도 참 좋구나. 율동 경찰을 도륙내고, 바다경찰을 물귀신으로 만들고, 도대체 네놈들이 죽인 사람들이 얼마냐? 그렇게 해서 조선으로 돌아간다 한들 편히 발 뻗고 잘 수 있을 성싶으냐?"

"노인장, 당신은 그저 우리를 조선으로 데려다주기만 하면 되는 거외다. 우리가 발을 뻗고 자든 서서 자든 신경 쓸 것 없으시고."

정석경의 막말에 유연기는 탄식하듯 말을 이었다.

"그래, 네놈들이 있는 한 율려낙원국이 한시라도 편안하겠느냐? 기꺼이 데려다주마."

유연기가 키를 잡았다. 신기루 해역으로 들어간 지 두 식경이나 되었을까, 오십 척도 넘는 배와 마주쳤다.

토벌대 출신들이 놀라서 물었다.

"저것도 신기루겠지요?"

유연기가 급히 배를 돌리며 소리쳤다.

"저건 신기루가 아니라, 진짜 배다. 필시 청나라 해적선이야. 돛대에 높이 달린 해골 깃발이 보이지를 않나. 어서 전투 준비를 해."

유연기의 말이 끝나기가 무섭게, 청나라 해적선에서 발포한 포탄들이 장군배 바로 옆으로 떨어져 물보라를 솟구치게 했다. 유연기의 신속한 조타술이 아니었다면 장군배는 산산조각 났을 것이다.

장군배는 꽁지가 빠져라 바위섬 해역으로 달아났다. 그 뒤를, 청해적선은 개구리 본 뱀처럼 쫓아왔다.

동쪽섬 앞바다에 이르렀을 때, 토벌대 출신들은 더욱더 낙망하지 않을 수 없었다. 앞쪽으로 율려낙원국의 배 육십여 척이 기세등등하게 떠 있는 것이었다.

박이기가 기겁하여 소리쳤다.

"뒤에는 청나라 해적, 앞에는 도적들! 우리는 꼼짝없이 죽었구나."

유연기가 말했다.

"이제부터 혼신을 다해 청해적과 싸우게. 그것만이 죄를 용서받고 조선으로 돌아갈 길이네."

유연기는 뱃머리를 돌려, 청해적선들 사이로 뛰어들었다. 때맞추어 포수 양유호가 외쳤다.

"발포!"

장군배의 대포 여섯 문이 불을 뿜자 청해적선 여섯 척이 한꺼번에 박살이 났다. 장군배는 유연기의 기묘한 조타술에 힘입어 청해적선들의 숲을 미꾸라지처럼 헤집고 다니며 부수고 깼다. 이순신 장군의 거북선이 되살아난 듯했다.

하지만 한계가 있는 법, 장군배는 결국 청해적의 대포 한 방을 후미에 맞고 말았다. 유연기의 조타술도 더는 소용이 없게 되었다. 장군배는 청해적들에게 겹겹이 둘러싸였다. 정석경이 동무들을 향하여 소리쳤다.

"이런 데서 뒈지는 게 우리의 운명인가 보다. 어쩔 것이냐, 한 놈이라도 더 데리고 저승에 가자."

청해적들이 장군배로 쏟아져 들어왔다.

동쪽섬 앞바다에 떠 있던 율려낙원국의 배들은, 난데없이 나타난 오십여 척의 배와, 그 배들에 맞서 홀로 싸우고 있는 탈주자들의 장군배를 보고 어리둥절했다.

한동안 지켜본 뒤에야 상황이 파악되었다.

경찰청장 흑사마귀가 말했다.

"장군, 유 사공을 죽게 놓아둘 셈입니까? 우리가 바삐 청해적을 공격한다면 유 사공의 목숨을 살릴 수 있을 것입니다."

허생의 대답은 뜻밖이었다.

"어차피 유연기와 토벌대 출신 놈들은 이곳에서 못 살겠다고 달아난 놈들이니 죽어 마땅해. 우리가 죽일 걸 되놈들이 대신 죽여준다니, 손 안 대고 코 푸는 거 아닌가."

항우가 항의했다.

"유 사공은 죄가 없소이다. 토벌대 출신들에게 납치된 것뿐이오!"

"자결할 수도 있었지 않은가. ……난 저 청나라 해적들을 구슬려 우리 율려낙원국의 백성으로 삼을 생각이네."

호위청장 박율이 펄쩍 뛰며 말했다.

"장군, 그건 참으로 어리석은 생각입니다. 되놈들은 왜구들 못지않게 악독하고 잔인한 놈들입니다. 제가 왜구 시절에 되놈들과 숱하게 상종해봐서 잘 압니다. 되놈 해적들은 메뚜기 떼 같아서 놈들이 지나가는 자리에는 아무것도 남지 않습니다. 저놈들을 구슬려 백성으로 삼겠다고요? 제발 그런 어처구니없는 생각 접으시고, 어서 공격 명령을 내리십시오."

"저들도 사람인데 말을 하면 통하지 않겠나?"

"저놈들은 사람이 아니라니까요. 저놈들이 어찌하여 우리 바다로 흘러들어오게 되었는지는 모르겠지만, 빨리 해치우셔야 됩니다. 가능한 한 빨리!"

호위청장 박율의 말이라면 사사건건 반대하고 싫어하던 다른 장관들과 경찰들도 앞다투어 공격할 것을 주장했다.

허생이 할 수 없다는 듯 허락했다.

"공격을 하게. 하되 가능한 놈들을 죽이지 말고 포로로 잡아. 우리 율려낙원국은 백성 하나가 아쉽네. 총각이 많이 모자라단 말일세!"

율려낙원국의 배들이 전속력으로 청해적선을 향해 나아갔다. 장군배 하나를 둘러싸고 있던 청해적선들이 급히 흩어지며 전투 준비를 했다.

덕분에 장군배는 위급에서 벗어날 수 있었다. 하지만 떼로 쏟아져 들어온 청해적과의 단병접전에서 많은 이가 죽은 뒤였다. 특히 총만 쏠 줄 알았지 무예가 부족한 포수들은 거개가 죽었다.

율려낙원국의 배들과 청해적들의 배가 뒤엉켰다. 유연기의 장군배가 청해적의 배 상당수를 어느 한 군데씩은 구멍을 내놓은 데 비해, 율려낙원국의 배들은 멀쩡하고 수적으로도 우세했다.

하지만 율려낙원국 사람들은 싸움을 해본 지가 너무 오래되었다. 변산 도적 시절에도 바다에서 싸워본 적은 드물었다. 반면에 청해적들은 바다에서 먹고 자며 날이면 날마나 싸우던 자들이었다. 전력은 율려낙원국이 우세하고, 전투 능력은 청해적들이 우세했던 것이다. 때문에 해전은 백중지세였다.

전투 도중 항우가 옮겨 탄 배가 장군배를 발견했다. 장군배는 워낙 견고해서 여직 침몰하지 않고 있었으나 사세가 위급했다. 장군배의 토벌대 출신들은 거의 다 죽고 박이기, 정석경, 튼실이, 기패관 최가와 유가, 포수 양유호 등 여남은 명만 살아 있었다. 묘한 일이지만 우두머리 급은 잘 안 죽는 것이다. 유연기도 살아 있었다.

항우가 말했다.

"유 사공, 어서 배를 옮겨 타시오."

그러자 정석경이 유 사공의 목덜미에 칼을 대었다.

"유 사공은 우리와 함께 죽을 것이다. 유 사공을 살리려거든 우리도 살리거라."

박이기도 말했다.

"우리도 청해적과 힘써 싸울 테니, 우선 우리를 살리게. 우리의 죄는 나중에 따지세."

항우에게는 고민할 시간이 없었다. 유연기를 살리기 위해서, 탈주자들도 옮겨 태웠다.

항우의 배는 대활약을 펼치기 시작했다. 유연기가 키를 잡고, 내로라 하는 싸움잡이들이 전투를 이끄니 맞서는 청해적선마다 박살이 나고 불 탔다. 게다가 일당천의 용력을 가진 항우가 타고 있었다. 항우 단신으로 건너가 해적선 한 척씩을 결딴내고는 했다.

뒤늦게 출동한 배 십여 척이 달려와 합세하니, 전세는 급격히 율려낙 원국 쪽으로 기울기 시작했다.

성한 청해적선 여섯 척이 달아나기 시작했다. 하지만 그들은 신기루 해역으로 들어가 갈피를 못 잡고 헤매었다. 겨우 해역을 빠져나왔는가 싶은데, 다시 전장이었다. 그럴 줄 알고 기다리던 율려낙원국 배들이 겹 겹이 둘러싸니, 청나라 해적들은 두 팔을 높이 들고 살려달라고 아우성 을 쳐댔다.

박율이 소리쳤다.

"저놈들은 왜구보다도 배은망덕한 놈들이다. 살려두면 반드시 후환이 있다. 죽여라!"

박율의 말이 통하여, 율려낙원국 사람들은 청해적들을 무자비하게 죽 여버렸다.

아직 가라앉지 않은 청해적선을 뒤지니, 포로로 잡혀 있던 사람들이 수백 명 나왔다. 또한 진귀한 보물과 재물, 곡식이 실려 있었다.

하지만 율려인도 탈주하다 죽은 토벌대 출신, 그들을 따라나섰던 마누라들, 그들이 율동에서 죽인 경찰들까지 합치면 육백여 명도 넘게 죽었다. 슬픔에 겨운 허생 앞에, 살아남은 토벌대 출신들이 무릎 꿇려졌다.

"이놈들! 너희들은 형제들을 살해하고 도망을 치려 했다. 감히 살기를 바라지는 않을 테지?"

박이기가 말했다.

"우리가 죽어야 할 이유를 잘 모르겠소. 나리는 우리를 조선으로 보내주겠다고 약속했건만 속이었소. 할 수 없이 우리는 탈출할 수밖에 없었고, 탈출을 막으니 죽일 수밖에 없었소."

양유호도 말했다.

"목숨을 구걸하는 것이 참으로 구차하오만, 우리가 청해적을 무찌른 공을 참작해주시오."

정석경은 달리 말했다.

"더럽다, 더러워. 어서 죽여라!"

허생이 말했다.

"너희를 살려줄 수 없다. 형제를 죽인 너희를 살려주면, 모두가 법과 도덕을 거스르게 되고, 율려낙원국은 무법천지가 될 것이다. 하지만 너희들의 말도 맞다. 내가 너희들을 보내준다 했었지. 바보 같은 녀석들. 나는 너희들을 반드시 조선으로 돌아가게 해줄 작정이었다. 조금만 더 기다리면 될 것을 그것을 못 참고. 일 년을 채우려면 고작 석 달밖에 안 남았거늘 이 무슨 짓거리들인가. ……개똥밭에 굴러도 고향이 좋다는데 누가 말릴까! 보내줄 테니 가라! 잘들 가보아라!"

뜻밖의 말에, 토벌대 출신들은 눈이 번쩍 뜨였다.

"정말이시옵니까?"

"대신 너희들끼리 가라. 유 사공은 율려낙원국을 위해 할 일이 많다."

"유 사공이 없으면 저희가 무슨 수로 신기루 해역을 나간단 말이오? 유 사공을 빌려주시오!"

"박율, 지금부터 열을 헤아리려라. 열을 다 세고 나서, 저 배에 타지 않은 토벌대 출신이 있거든 참살하라!"

박율이 큰 소리로 수를 세었다. 토벌대 출신 여남은 명은 급히 허생이 가리킨 배에 올라탔다. 이때 튼실이도 정석경을 따라가려 했는데 허생이 눈짓하자, 경찰들이 튼실이의 두 팔을 잡아 못 가게 했다.

정석경이 튼실이를 두고 못 가, 저항하다 칼 맞아 죽는 장면은 나오지 않았다. 정석경은 살 수도 있다는 희망이 보이자 사랑이고 아내고 다 잊어버리고 오로지 그 희망을 향해 달려가버렸다.

"어서 가라! 박율, 지금부터 열을 헤아리려라! 열을 다 세고 나서 화포를 쏘아라!"

토벌대 출신 여남은 명이 탄 배는 멀어져갔다. 박율은 정말로 그 배를 맞추겠다는 각오로 포를 쏘아댔다. 그러나 배는 무사히 사정권에서 벗어났다. 튼실이가 '서방님!'을 불러대며 통곡했다.

허생은 신기루 해역으로 들어가는 배를 바라보며, 흑사마귀에게 강한 어조로 말했다.

"경찰청장! 바다경찰에게 엄히 이르게. 저놈들이 신기루 해역 바깥으로 나오거든 무조건 박살을 내라고 말이야. 저놈들이 신기루 해역에서 살다가 뒈지든지 말든지 하게 놔두란 말이야!"

토벌대 출신들의 탈출 시도와 실패, 청해적과의 느닷없는 해전 등으로 인하여, 하루아침에 오백여 명의 과부가 생겼다. 여기에 청해적선의 배에서 구원한 수백 명 또한 대개 여인네들이어서, 율려낙원국은 한순간에 홀몸인 여인네가 천사백여 명에 육박하게 되었다.

6

왕 노릇도
저 하기 싫으면 그만

　　　　　　　　　　율려낙원국에서 처음 맞는 설날, 율려인은 다시 도성에 모였다. 허생은 운집한 백성을 둘러보며 말했다.

"율려낙원국의 백성들이여, 우리가 이 땅에 와 나라를 세운 지 어느덧 열 달이 되었다. 우리는 법과 도덕으로 태평천국을 이룩하였다. 이러저러한 위기가 있었으나, 우리는 모두 힘을 합하여 돌파하였다. 우리는 요순시대에 부끄럽지 않은 왕도국가를 건설하였다. 이것이 어찌 나 혼자 이룬 것이겠느냐? 너희와 내가 함께 이룬 것이다. 바로 너희들이 이룬 것이다!

우리는 무엇보다도 간음과 음주와 노름과 종교 행위가 없는 나라를 만들었다. 이 사대 범죄는 내 누누이 말했지만 우리 사람에게 백해무익한 것이며, 나아가 사람을 사람답지 못하게 하는 악이다. 조선의 식자들은 그것이 사람의 본성에서 우러나오는 일이므로 절대로 사람과 떼려야 뗄 수 없는 것이라고 했다. 그러나 우리는 해내고 말았다. 사람에게서 사대 범죄를 완전히 없애버린 것이다!

자, 잔치를 벌여라! 우리의 낙원국을 즐겨라!"

율려인은 잔치를 벌이며 장군을 비웃었다. 사대 범죄가 없어지다니. 장군만 모를 뿐 사대 범죄는 다시 기승을 부리고 있었다. 더욱 기가 막힌 것은 사대 범죄를 마구 범하는 자들이 경찰이라는 것이었다. 장군의 개들인 경찰, 그들이 바로 주요 범법자였다.

허생은 경찰 만들기에 신이 났는지 중앙경찰, 지역경찰, 교육경찰, 사냥경찰, 바다경찰 등을 만든 뒤에도 감시경찰, 검문경찰, 공무경찰, 호위경찰, 처녀경찰, 과부경찰 등을 만들었다.

감시경찰은 다섯 집당 경찰 하나를 두어 그 경찰 하나가 다섯 집을 감시하도록 한 것이었다. 검문경찰은 검문소 지키는 자들을 지역경찰에서 독립시킨 것이었다.

공무경찰은 내무청 등에서 일하는 자들의 권위를 높이기 위해서, 호위경찰은 전 호위대원들이 '대원'보다 '경찰'이 더 권위가 높아 보인다고 자기들도 '경찰'이 되고 싶다고 청원해서, 부여한 호칭이었다.

처녀경찰과 과부경찰은 처녀와 과부가 워낙 많다보니 처녀들과 과부를 전문적으로 관리할 사람들이 필요했다. 하여 처녀와 과부 중에 용맹하고 장군에 대한 충성심이 높은 여인들을 뽑아 경찰로 만든 것이었다.

이 처녀경찰과 과부경찰은 신설된 여성청에서 통솔했고, 여성청장은 튼실이였다. 튼실이는 남편 정석경이 장군을 배신하고 탈주를 시도해서 율려 사회에 물의를 일으켰음에도 불구하고 장관이 되었다.

이러다 보니 어느새 각종 경찰의 합계가 천여 명에 이르렀다. 인구가 오천 오백여 명이니 대여섯당 한 명 꼴로 경찰인 셈이었다. 경찰들은 심심해서 간음을 했고, 음주를 했고, 투전을 했고, 종교 행위를 했다.

무당순은 죽었지만 그녀가 뿌린 '이순신 장군교'라는 씨앗은 단단했다. 은밀히 자라 경찰들 사이에서 꽃봉오리를 터뜨렸고, 경찰 활동을 포교 활동으로 생각하는 경찰도 여럿이었다.

땡추도 드러내놓고 활동하고 있었다. 경찰들은 땡추를 체포하기는커녕 땡추의 포교 활동을 돕기까지 했다.

경찰이 경찰하고만 연애하고 술 마시고 노름했겠는가? 경찰들은 민간인들과도 했다. 민간인들 곡식 따먹는 재미가 쏠쏠했던 것이다. 민간인들은 경찰들의 곡식을 따먹을 수는 없었지만, 경찰의 비호 아래 다른 민간인의 곡식을 따먹을 수 있었다. 음주와 간음 또한, 경찰에게만 안 걸리거나, 걸려도 뇌물 곡식을 바치면 민간인도 얼마든지 할 수 있었다.

이러니 대부분의 율려인이 사대 범죄 중에 어느 하나는 저지르고 있었다. 해산을 눈앞에 둔 만삭의 여인들 천여 명만 꼼짝 못하고 누워 있느라, 아무 죄도 못 저지를 뿐이었다.

부자도 다시 생겨났다. 당연한 것이겠지만 이들 부자는 대부분 경찰에서 나왔다. 경찰 중에서도 노른자위 자리를 차지하고 있거나, 수완이 좋거나, 경찰청장과 호위청장 같은 중앙 각료들에게 아부를 잘하거나 하는 이들이 치부를 했다.

그러니 율려인들은 장군의 말씀을 속으로 실컷 비웃으며 잔치를 벌였던 것이다. 장군이 잔치마당을 떠나, 여성청 장관 겸 장군 수행비서인 튼실이와 특별회의실로 갔다.

그러자 율려인은 술을 꺼냈다. 경찰들이 솔선수범하여 마셨다. 지난번 추석 잔치 때와, 제이 건국 선포 잔치 때는 술 없는 잔치여서 밍밍하고 재미가 덜했다. 그러나 술이 충분하고 마음껏 들이킬 수 있는 이번 설날 잔치는 참 재미났다.

율려인이 대놓고 술을 마실 수 있었던 것은, 장군이 튼실이랑 특별회의실에 들어가면 다음 날 해가 중천에 솟을 때까지 안 나온다는 것을 알고 있었기 때문이다. 장군은 튼실이랑 열애 중이었던 것이다.

최근, 장군도 튼실이랑 밤새도록 거시기를 했고, 그 짓거리만 했겠는가, 술도 마셨다. 그러니까 장군부터가 사대 범죄 중에 두 가지를 거의 날마다 저지르고 있었던 것이다. 그런 사람이 사대 범죄가 없다고 큰소리를 뻥뻥 친 것이었다.

물론 장군마님 기연도 장군이 바람났다는 걸 알았다. 기연은 시샘하거나, 튼실이 머리끄덩이를 뽑아버리는 대신, 자기 역시 바람피우는 것으로 응대했다. 장군이 거의 해주지 않아서, 기연은 구멍에 거미줄이 쳐 있던 것이나 마찬가지였다.

다른 년들은 창기 노릇 하던 게 장군마님이 되어 국모 소리를 듣는다고 무척이나 부러워했지만, 기연은 환장하고 미칠 노릇이었던 것이다. 기연은 창기 시절에는 그 짓만 안 한다면 참 좋겠다고 생각했었는데, 그 짓에 인이 단단히 박혔는지 못 하고 사니까 거의 초주검이 될 지경이었다.

그래도 걸렸다가는 손모가지가 날아갈까 봐 꾹 참고 있었는데, 장군이 먼저 바람을 피우시니 그녀 또한 거리낄 것이 없게 된 것이었다. 기연은 닥치는 대로 간음을 했다. 특히 두 남자와 많이 잤는데, 호위청장 박율과, 경찰청장 흑사마귀였다. 이 나라에서 장군 다음으로 권세 있는 두 사람은 구멍 동서였던 것이다.

설 잔치가 끝나고 며칠 뒤, 신기루 해역을 넘어온 배 한 척이 있었다.

저번의 청나라 해적선에 이어, 신기루 해역을 통과해 들어온 두 번째 배였다. 바다경찰은 화들짝 놀라 전투태세를 갖추었다.

그런데 그 배에는 온통 헐벗고 가죽만 남은 자들뿐이었다. 그들은 아직 살아 있다는 게 기적처럼 보였다. 이십여 명이 타고 있었고, 굶어 죽은 시체가 열 구 나뒹굴고 있었다. 생존자들은 막 시체를 뜯어먹으려 하고 있었다.

그들을 도성으로 데려가 며칠 잘 먹이니 하나둘씩 기색이 돌아왔다. 그들 중의 한 사람이 말했다.

"조선은 왕도 버리고 천지신명도 버리고 공자도 버리고 부처님도 버린 땅이오. 작년 봄에는 비 한 방울 내리지 않고 가물더니, 여름에는 한 달 동안이나 장대비가 쏟아졌소. 게다가 전염병이 수시로 돌고, 왜구들이 풀 방구리 드나들듯 하였소. 그것도 모자라 우리가 살던 남해안 일대는 한 달에 한 번 태풍과 해일이 몰아쳐서 남아난 게 없다오. 그나마 추수한 것을 탐관오리와 부자들이 다 빼앗아가니 무얼 먹고 살았겠소? 가을 겨울은 나무 벗겨먹고 진흙 퍼먹으며 어찌어찌 버텼소만 정월이 되자 여기저기서 굶어 죽는 이가 속출하였소. 우리는 보길도 사람들인데 섬에서 굶어 죽느니 뭍에 가서 빌어먹다 죽자고 배를 세내어 떠났소. 뱃길을 잃어 뭍에 오르지도 못하고 죽는구나 했더니, 천우신조로 당신들을 만났구려. 그런데 은인들이시여, 여기가 어디요? 조선에 이토록 곡식을 산처럼 쌓아놓은 곳이 있었다니 믿어지지 않소."

율려인들은 자랑스럽게 대답했다.

"여기는 조선이 아니오! 율려낙원국이라오!"

허생은 비상회의를 소집했다.

"우리가 새로운 나라를 만들었으나, 우리가 조선의 핏줄인 것은 부정

할 수 없는 사실이다. 우리는 조선에서 태어나고 자랐다. 우리도 먹을 게 없다면 모를까 우리는 먹을 게 많다. 우리에게는 십 년 먹을 곡식이 있고 뿌리면 산처럼 열매를 맺는 천혜의 농토가 있다. 우리가 가진 것을 헐어, 조선을 도와야 하지 않겠느냐?"

모두들 기꺼이 찬성했다. 아무리 배부르게 산다 하여도, 고국에 대한 충성심과 고국 동포에 대한 연민은 쉽사리 사라질 수 있는 것이 아니었다. 율려인은 한마음 한뜻이 되어 조선으로 갈 차비를 했다.

청해적과의 전투에서 여기저기 망가졌던 배들이 총동원되었다. 모두들 달려들어 수리를 마쳤다. 앞으로 율려낙원국 사람들이 오 년 동안 먹을 양식만 남겨놓고 나머지는 모두 배에 싣도록 했다.

호위청장 박율이 출항하기 전에 허생에게 말했다.

"백성들이 조선의 고향산천을 보고 마음이 변하여 조선에 남아 있으려고 한다면 낭패가 아닙니까?"

"사람의 고향은 자기가 살았던 곳이 아니니라. 제 아내와 자식이 있는 곳이니라. 낙원국 여성들의 뱃속에는 낙원국의 자식들이 다 자라 밖으로 나올 준비를 하고 있다. 지아비들이 어찌 제 아내와 자식이 기다리고 있는 고향을 등지겠는가?"

율려낙원국의 남정네들은 제 아낙들의 배웅을 받으며 출항했다. 유연기의 배를 선두로 곡식을 높이 실은 배가 신기루 해역을 유유히 빠져나갔다. 여전히 유연기는 허생에게 왕따를 당하고 있었다. 유연기도 구태여 허생에게 빌붙어 무슨 일을 하려고 하지 않았다. 유유자적 이 섬 저 섬을 싸돌아다니며 살고 있었다.

하지만 조선을 돕는다는데, 모른 척할 유연기가 아니었다. 유연기는 오래간만에 허생이 듣기 좋은 말도 했다.

"장군께서 그런 생각을 다 하시다니 경하드립니다. 율려 역사에 길이 남을 만한 업적이 될 것입니다."

한데 유연기의 배에는 토벌대 출신 여남은 명도 타고 있었다. 유연기는 그들을 불쌍히 여겨 몰래 신기루 해역에 잠입해 그들을 데리고 나온 바 있었다. 이후 산속 동굴에 숨겨놓고 이때까지 구명해주었다. 유연기는 그들을 곡식 틈바구니에 몰래 태웠다. 이제 그들에게도 살 길이 열린 것이다.

또 미치광이가 된 이호영도 숨겨 태웠다. 그러나 이호영 휘하의 서기와 차인들은 이 나라에서 살기를 원했다. 그들은 공무경찰로서 이 나라의 실세들이었고 부부생활에 불만이 없었다. 다시 밑바닥 생활부터 시작해야 할 조선으로 돌아갈 이유가 없었다.

유연기를 믿고 따라온 사공들도 조선에 마음이 없었다. 그들 역시 마음에 드는 여자와 즐거운 가정생활을 누리고 있었으며, 모두가 바다경찰로서 경찰선을 움직이는 중책을 맡고 있었다. 조선에 돌아가 비참한 사공 노릇을 할 까닭이 없었다.

여드레 만에 제주도 해안에 닿았다. 낙원국 사람들은 대부분 충청도 혹은 전라도 출신이었다. 제주도와는 아주 먼 곳이 고향이었다. 하지만 제주도를 본 것만으로도 고향에 온 것 같은 환희를 맛보았다. 기쁘면서도 제 고향산천의 참상에 눈시울이 뜨거워졌다. 향수를 순식간에 사라지게 만들도록, 제주도는 아수라 지옥을 연상케 했다.

제주도 해변을 돌며 쌀 십만 석을 부려놓았다, 이후에는 남해안과 서해안의 유인도 천여 개를 차례로 돌았다. 백여 호 사는 섬에는 백 섬을, 오백 호 사는 섬에는 오백 섬을 뿌렸다.

율려인이 무작정 부려놓기만 한 것은 아니었다. 율려인은 섬사람들이

한 가구당 한 섬씩만 가져가게 통제했다. 그냥 놓아두면 관아 것들이나 도적떼나 향리가 무력으로 오로지할 것을 경계한 때문이다.

실제로 무력으로 곡식을 독차지하겠다고 몰려오는 무리들이 있었다. 그러나 그 무리들은 포수대의 총구를 보고는 감히 도적질을 못 하였다. 경찰청장 흑사마귀는 도적 출신 중에서 총을 놓을 줄 아는 사람들을 찾아내 새로운 포수대를 조직했고 맹훈련시켰던 것이다.

섬사람들은 만세를 부르며 '난데없이 나타나 곡식을 나눠주는 사람들'을 칭송했다. 율려인은 자신들의 신분을 밝히지 않았다. 율려낙원국 소문이 나면 조선국이 군사를 모아 쳐들어올 수도 있는 것이었다. 그래서 조선인들은 율려인을 '하늘에서 내려온 사람들', 즉 '천인들'이라고 불렀다.

혹은 예전 홍길동의 율도국이 아직도 있어, 그 율도국 사람들이 조선인을 돕기 위해 찾아온 것이라며, '율도인'이라고 부르기도 했다.

섬사람들 중에는 '천인' 혹은 '율도인'을 따라가겠다는 이가 한둘이 아니었다. 곡식 한 섬이 얼마를 가겠는가? 그걸 다 먹으면 또 굶주려야 하지 않는가? 허생은 그들을 기꺼이 태웠다. 하지만 사내만 태웠다. 모든 이를 다 태우고 갈 수는 없는 노릇이기도 했고, 허생은 율려낙원국의 처녀와 과부들을 생각한 것이었다.

홀아비와 총각들은 얼씨구나 좋구나 하고 탔지만, 처자 있는 이들은 배에 타지 못했다. 간혹 처자를 버리고 타려는 사내가 있었으나, 율려인이 태우지 않았다. 율려인은 그런 사내들을 꾸짖어 보냈다.

"아무리 굶주린다 해도 처자를 버리는 게 아니오!"

율려인은 어린이도 태웠는데, 어린이는 사내와 계집을 구분하지 않고 다 태웠다. 율려에서 태어날 아이들의 성비가 어떻게 될지 모르는 일이었고, 조선의 아이들이 너무나 불쌍했던 것이다.

아이들이 무슨 죄가 있단 말인가? 평생 찢어지게 굶주리는 것들이 무슨 힘으로 저 많은 아이들을 생산했는지 모르겠지만, 가난한 부부들은 하나같이 아이들을 주렁주렁 매달고 있었다. 그들은 아이들을 다투어 버렸다.

"우리를 원망하지 마라! 우리랑 살아봐야 굶어 죽기밖에 더하겠느냐? 천인들을 따라가서 잘 먹고 잘 살아라. 살다가 네 꿈에 우리가 나타나거든 우리가 죽은 줄 알고 제삿밥이나 올려주면 고맙겠구나!"

그래서 가는 곳마다 생이별도 벌어졌다.

율려인은 곡식만 나눠준 게 아니었다. 율려에는 금덩어리가 굴러다니는 바위산이 있었다. 율려에서는 금덩어리가 필요 없지만 조선에서는 다르다. 율려인은 금덩어리를 잔뜩 채취하여 무수히 쪼갰다. 금 쪼가리 한 개당 벼 한 섬과 맞먹게 가루로 만든 것이었다.

곡식 섬 대신 금 쪼가리를 원하는 자가 있으면, 그것을 내주었다. 대부분의 사람은 금 쪼가리가 있어도 곡식을 구하기 어려운 지경이라 곡식을 택했지만, 저자로 나가 장사를 해보겠다며 금 쪼가리를 받는 이도 있었다.

곡식이 전부 떨어진 다음에는, 결국 그 금 쪼가리만 나눠줄 수밖에 없었다.

이러한 율려인의 구휼 행적은 의당 조선 수군의 눈에 띄었다. 율려인은 몇 척 안 되는 수군들을 간단히 제압했다. 조선 수군은 죽음을 기다리고 있다가, 죽음 대신 곡식을 잔뜩 넘겨받자 감격하여 울었다.

하지만 조선 수군은 이 수상한 무리들을 상부에 보고하지 않을 수 없었다. 전라좌수영과 충청수영 전함들이 총동원되어 바다로 나왔을 때는, 이미 낙원국 사람들이 귀로에 오른 뒤였다. 다만 바다 위에 곧 가라앉을 것 같은 배 한 척이 남아 있었다. 살펴보니 이런 편지글과 함께 곡식 섬이 높이 쌓여 있었다.

"조선 수군들이여! 얼마나 굶주리고 있는가. 이 곡식은 우리 천인들이 못 먹으면서도 국방의 의무를 다하고 있는 너희 조선 병사들을 긍휼히 여겨 놓아둔 것이니라. 한때나마 배불리 먹고 애국을 다하여라. 그리고 조선 왕과 정부에게 이르라! 계속 그따위로 정치를 하여 백성들을 가렴주구에 빠뜨린다면, 우리 하늘나라 사람들은 가만있지 않을 것이다! 하늘의 군사를 동원하여 조선 정부를 전복시킬 것이다!"

처음 편지를 읽은 이는 일개 만호였는데, 이 무시무시한 편지를 구겨서 바다에 던져버렸다. 그러고는 외쳤다.

"이 곡식을 조정에 보고해보았자, 우리에게 떨어지는 것은 한 톨도 없을 것이야. 윗놈들이 다 가질 것이라고! 그러니 우리끼리 나누어 갖자."

수군들은 만세를 부르며 찬성했다.

허생의 예측대로, 율려인 중에 조선에 남겠다고 한 자들은 한 명도 없었다. 그들은 율려 제도에 남겨두고 온 아내와 아내 뱃속의 자식도 귀하게 생각되었지만, 그보다 제 고향산천의 참상에 치가 떨려 다시는 발붙이고 싶지 않았다.

단지 토벌대 출신의 지휘자였던 박이기, 정석경, 양유호 등과 이호영은 율려에서는 살 수 없는 목숨이기 때문에 조선에 남았다. 다행이라면 그들의 품에 아직도 금덩어리가 한두 개씩은 있었다는 것이다.

그들은 유연기에게 눈물로 작별 인사를 했다.

"노인장이 우리를 살리셨소. 이 은공을 어찌 보답한단 말이오. 우리는 조선에서 영감님의 만수무강을 날마다 빌며 살겠소."

유연기도 눈시울을 붉히며 대답했다.

“내 만수무강을 빌지 말고 율려국 사람들의 만만세를 빌어주게. 어찌 되었든 자네들 역시 그 나라를 이루는 데 일조를 했고, 자네들이 한때 살았던 땅이고, 자네들의 처자도 있는 땅이 아닌가?”

율려인은 귀국하던 중에, 한 떼거리의 일본인을 만났다. 처음에는 왜구인 줄 알았으나 비무장한 가족들이었다. 그들은 거의 뗏목 수준의 배를 타고 있었으며 굶어 죽어가고 있었다.

물어보니, 장기도 사람들이라고 했다. 장기도는 ‘삼십일만 호나 되는 일본의 속주’였는데, 조선과 마찬가지로 사람들이 혹독하게 굶주리고 있다는 것이었다.

귀국한 허생은 다시 십만 석을 배에 싣게 했다. 율려는 농토가 좋으니 이 년 먹을 만한 곡식만 있으면 충분하다고 보고, 비축미를 더 헐어낸 것이었다.

허생은 다시 율려인을 이끌고 장기도로 가 일본인을 구휼했다.

율려인들은 기분이 좋지 않았다. 아직도 조선에는 수없이 굶주리는 사람들이 있는데, 이 귀한 곡식을 왜구 놈들에게 나눠주다니 이게 무슨 해괴한 짓거리냐는 거였다. 율려인에게 일본인은 곧 왜구 놈이었다. 지금은 왜구가 아니더라도 언젠가는 왜구로 돌변하는 악귀 같은 종자가 일본인이라고 생각했다.

허생은 노하여 소리쳤다.

“이놈들아! 다 같은 사람이니라! 일본인의 목숨도 목숨이니라! 우리가 조선 내륙으로 들어가 내륙 사람까지 살릴 수는 없는 노릇이 아니냐? 조선 군대도 우리를 그냥 놔두지 않을 것이고. 그런데도 곡식은 남아 있다. 이 곡식으로 조선 사람을 못 도우니, 일본 사람이라도 돕겠다는 것인데, 왜들 이리 각박한가? 도덕 교육을 그렇게 받고도 모르겠는가? 하늘 아래 사람은 다 같으니라!"

율려인은 끝내 수긍하지 못하고 불퉁댔지만, 장군의 명령을 어찌 거역하랴. 그래도 장기도 일본인들이 예의는 있는 자들이었던 모양이다. 은 백만 냥을 모아, 곡식 구휼에 대한 보답이라며 가져왔던 것이다. 결국 곡식을 장기도에 판 셈이 되었다.

이 장기도에서도 총각들과 아이를 무수히 태워 왔다. 역시 율려인은 반대했지만 장군의 뜻이 완강하니 어쩔 수 없었다. 일본인은 조선인이 자기들을 얼마나 싫어하는 줄 알면서도 굶주림이 싫어 고향을 등졌던 것이다.

이때에 조선인 일본인을 불문하고, 데려온 홀아비와 총각이 팔백여 명에 달했다. 아이들은 삼천여 명이 넘었다. 단숨에 인구가 사천여 명 증가한 것이었다.

율려낙원국의 처녀와 과부 숫자는 천사백여 명에 달했으므로, 모두 짝짓기를 시켜주기에는 육백여 명이 모자랐다. 그래서 몇 년 있으면 콧수염도 나고 밑의 것도 벌떡벌떡 설 만한 사내아이들을 육백여 명 골라냈다.

처녀든, 과부든 아이하고는 살아도, 왜구 것들과는 살 수 없다고 버텼다. 왜구가 아니라 일본인이라고 설득해봐도 소용없었다.

허생은 〈결혼 강제령〉이라는 포고령을 내려 막무가내로 결혼시켜버렸다. 〈결혼 강제령〉에 의해 결국 한 번 결혼해본 과부들이 일본인을 데리고 살도록 되었다.

도성에서 합동 혼례가 치러졌다. 이 땅에 상륙하고 얼마 후에 치러졌던 일차 합동 혼례 때와 토벌대 출신을 강제 결혼시킬 때는 나라가 정비되지 않아, 어수선하고 볼만한 맛이 없었다. 하지만 나라의 기틀이 확고

하게 선 이후에 치러진 이번 혼례는 참으로 장관이었다.

드디어 율려낙원국 최초의 아기가 태어났는가 싶더니, 하루가 멀다 하고 새 생명들이 태어났다. 줄기찬 출산은 이 나라의 사내들을 산모 돌보느라 좆 볼 짬도 없이 분주하게 만들었다.

한 달여쯤 되자 율려 제도는 이천여 신생아의 울음소리로 밤이나 낮이나 지진 난 듯했다. 가까스로 잠들었던 아기도 다른 집 아기가 우는 소리에 금방 깨어 또다시 울었다.

제 배로 아기들을 낳은 여자들은 어땠는지 모르겠지만, 남자들은 제 배로 안 낳아서 그랬는지, 아기들 울음소리 때문에 돌아버릴 지경이 되었다.

집구석에 들어가면 자기 새끼가 울고, 이웃에 가면 이웃의 새끼가 울었다. 마을에서 멀찍이 달아나봐도 소용이 없었다. 아기들 울음소리가 한데 모아져 농사철 개구리들 울어대는 것같이 귀청을 끝없이 쫓아오는 거였다.

암튼 다시 이천여 명이 증가하여, 율려낙원국의 인구는 만일천여 명에 달하게 되었다.

율려인의 조선 구휼 활동 때, 딱 한 사람 향수병에 빠진 사람이 있었다. 그는 바로 장군이었다. 허생은 눈에 띄게 수척해졌다. 허생은 간음 관계인 여성청장 튼실이에게 탄식하듯 말했다.

"이토록 낙원은 이루기 쉬운 것이었구나. 자유와 평등이 금모래 빛으로 찰랑이고, 만백성이 하루 서너 끼를 배불리 먹으며, 법이 칼처럼 지켜지며, 도덕정신도 훌륭한 나라를, 나는 이루었구나. 너무도 빨리 이루었구나. 불과 일 년 만에 이상낙원을 완성했단 말이다."

튼실이는 솔직히 이렇게 대답하고 싶었다.

'헛소리 마셔요. 만백성들이 배부른 것은 맞습니다만, 자유와 평등을 누리는 건 경찰들뿐입니다. 칼 같은 법을 쥔 경찰들만이 장군님을 속이면서 다 해먹고 있단 말이에요.'

하지만 이렇게 대답했다.

"장군님의 능력이 하해와 같으십니다."

허생이 다시 말했다.

"한데 나는 왜 이렇게 허전하단 말이냐. 너랑 아무리 방아를 찧어도 공허한 가슴이 채워지질 않는구나. 나는 아무래도 할 일이 없으면 견디질 못하는 사람인가 보다. 낙원국에서 더 이상 무슨 할 일을 찾을 수 있겠느냐? 이 조그만 땅덩어리에서! 조선이라면 모를까. 너도 함께 가서 보지 않았느냐? 조선의 참상을. 조선땅이라면, 내가 할 일이 많을 것이다."

허생은 별다른 이유도 없이 시름시름 앓기 시작했다. 그러던 어느 날 자리를 훌훌 털고 일어나더니 유연기를 찾아갔다. 그래도 속생각을 의논할 사람은 유연기밖에 없었던 것이다. 처음에 손을 맞잡은 사람 유연기. 애초에 함께 새 나라를 건설할 것을 꿈꾸었고, 함께 전력을 다했던 사람.

소원해졌던 두 사람은, 조선과 장기도 구휼 활동을 하는 동안 다시금 가까워져 있었다. 유연기는 주로 도성에 머물며, 허생의 말 친구 노릇을 해주고 있었던 것이다.

"나는 떠나기로 마음먹었네."

유연기는 짐작하고 있었다는 듯 별로 놀라지 않았다.

"항상 건강하신 분이 별안간 앓는 걸 보고 대강 짐작을 했습니다. 왕 노릇에 진력이 난 것입니까? 왕 노릇도 저 하기 싫으면 그만이라는 말이 있기는 합니다만…….”

“왕 노릇? 이 좁은 땅에서? 난 부잣집 영감 노릇에 진력이 난 것이네.”

“어찌 되었든 간에, 무책임하시군요. 그렇게 무책임하시면 안 되는 것입니다. 장군님이 안 계시면 저것들은 한 달이 못 되어 망가질 것입니다.”

“자네는 나의 다스림이 가혹하다고 비판이 많았지 않았는가?”

“가혹하기는 하셨습니다만, 그래도 장군님이 계시니까 이만한 나라가 가능한 것입니다.”

“왜 그렇게 사람들을 못 믿나? 그동안 지켜보지 않았나. 사람들이 얼마나 선량하던가? 그들은 악해서 도적이 되었던 게 아니었네. 어쩔 수 없이 그리되었던 것이네. 그들에게 자잘한 무기들을 버리게 하고, 농토와 소와 아내를 주자 어떻게들 변했나? 요순 사회를 이루지 않았는가. 조선 땅의 사람들도 이 섬의 이들처럼만 산다면, 온 나라가 요순시대일 걸세.”

“조선 사람 누구나 다 도적이 된 것은 아닙니다. 그런데 저들은 도적이 되었던 자들이지요. 그 전력을 속일 수는 없는 겁니다. 저들은 장군이 떠나시면, 금방 도적으로 되돌아갈 것입니다.”

“우리가 서로, 지금까지와는 반대로 말하고 있군. 자네는 사람들의 선함이 절로 요순시대를 이룬다고 했었고, 나는 법과 도덕만이 요순시대를 가능케 한다고 했었지. 그런데 지금은 우리가 반대로 얘기하고 있지 않은가?”

“그러게 말입니다. 제가 틀리고 장군님이 맞았습니다.”

“자네는 내 생각이 맞는다고 생각하게 되었는데, 나는 내가 틀리고 자네가 맞는 게 아닐까 하고 생각하게 된 것이구먼.”

“여하간 장군님은 떠나서는 안 됩니다. 장군님이 끝내 떠난다면, 그것은 자기만 아는 분이 되시는 것입니다."

"그건 또 무슨 말인가?"

"장군님께서 이 섬을 나가시려는 것은, 자유로워지고 싶기 때문 아니옵니까? 장군님은 유가의 사상에 중독되어 계시면서도, 다른 한편으로 도가의 사상에 탐닉하여 계십니다. 그간 장군님은 유가의 사상을 좇아 살아오셨습니다. 한데 이제는 도가의 사상에 따라 자신만의 경지를 찾고자 하십니다. 그러기 위해서는 이 섬을 떠나실 수밖에 없는 것이겠지요. 장군님께서는 자신만의 자유를 위해서 율려낙원국 백성들을 버리시려는 겁니다. 제 말이 틀렸습니까?"

"그렇게 이 섬사람들을 못 믿겠고 걱정된다면 자네가 남게. 자네가 남아서 왕 노릇을 하게."

유연기로서는 전혀 생각지도 못했던 말이었다.

"사실 자네만큼 이 섬에서 국량이 넓고 도통한 자가 또 누가 있는가? 내가 양반 신분으로 자네를 막 대해왔으나, 자네는 나보다 십 년을 더 살았네. 자네의 두레 정치는 참으로 훌륭한 것이었네. 사실 이 나라의 기반은 두레로 이룬 것이 아닌가? 백성들이 해이해져 두레가 파탄 난 것일 뿐이야. 두레만 보아도, 자네는 나보다 훨씬 나은 사람일세. 자네가 이 섬의 왕이 되어준다면 얼마나 좋을 것인가."

"차라리 소인을 죽여주십쇼. 왕이 되느니 귀신이 되겠습니다."

"나도 괴롭네. 자네가 나 대신 왕업을 잇지 못하겠다면, 가만히 있으시게. 낙원국 사람들을 믿어보자는 말일세."

그것으로써 유연기는 더 이상 시비를 걸고 나서지 않게 되었다. 까딱하다간 자기가 왕 노릇인지 부잣집 영감 노릇인지를 뒤집어쓸 판이질 않은가.

허생이 유연기에게 왕이 되어달라고 한 말은 말 김에 나온 바이기는 했지만 실제로 그런 생각을 해보기도 했다. 하지만 유연기가 그런 힘겨운 자리에 앉느니 죽음을 택할 자라는 것을 알고 있었기에 일말의 기대를 거두었던 것이다. 유연기는 정승은 될 수 있어도 왕은 될 수 없는 그릇이었다.

허생은 조선으로 돌아갈 마음을 더욱더 굳혔다.

유연기는 허생의 변심에 어처구니없어하면서도 '갈 테면 혼자 가라. 나는 남겠다!'라고 말하지 못했다. "나리를 위해 목숨을 바치기로 했었으니, 따를 수밖에요!" 하고 함께 조선으로 돌아갈 것을 약속하고 말았다.

사실은 유연기도 이 섬 생활에 짜증난 것이었다. 더구나 허생이 없다면 섬 생활은 무의미했다. 그리고 그는 본처 장별희가 무척 보고 싶었다. 조선 구휼 때, 모든 것을 팽개치고 안흥포로 달아나고픈 것을 참아낸 것이 기적이라 할 만했다.

유연기가 말했다.

"장군님을 대신하여, 율려낙원국을 이끌어 나갈 지도자를 세우셔야 합니다. 그자를 태산같이 높이 세워, 장군이 떠난 뒤에 그 누구도 그자의 권위에 도전하지 못하게 해야 합니다."

"바로 그게 내 뜻일세."

허생과 유연기는 머리를 맞대고, 율려낙원국의 차기 지도자감을 궁리했다.

"경찰청장 흑사마귀는 어떤가?"

"그놈은 심지가 굳고 결단력이 있습니다. 그러나 포용력이 태부족합니다. 시키는 일은 잘해도 전체를 아울러 이끌지는 못할 것입니다. 그놈한텐 경찰청장 자리가 딱 제격인 것이지요."

"나도 비슷한 생각이네. 그렇다면 호위청장 박율은?"

"그런 놈도 후보 대상입니까? 그놈은 박쥐나 다름없는 놈입니다. 그 박쥐새끼를 높은 자리에 올렸다가는, 이 땅은 금방 피바다가 될 것입니다."

"아무래도 그렇겠지. 그럼 항우는?"

이때 항우는 바다경찰 대장이 되어 있었다. 청나라 해적과의 전투에서 눈부신 전공을 세운 항우는, 자기가 아니면 바다를 지킬 자가 없다는 생각이 들어 바다경찰 대장 자리를 수락했다. 그는 빠른 속도로 율려인들의 신망을 얻고 있었다. 경찰청장 흑사마귀가 시기하고, 장군과 유연기가 차기 지도자 물망에 올릴 만큼.

"다 좋은데 나이가 너무 어립니다. 차차기 지도자로는 훌륭합니다만 지금 당장 세우기에는……."

"그럼 자네는 대체 누굴 생각하는가?"

"교육청장 박명궁입니다. 그는 나리와 더불어 유일한 조선 양반 출신입니다. 게다가 한글, 한문에 두루 뛰어나고, 무예 또한 출중합니다. 통솔력도 있고, 사유도 깊으니, 그를 세울 경우, 그 누구도 이의를 달지 않고 복종할 것입니다. 제 생각엔 박명궁 이외에는 대안이 없습니다."

"동의하네. 실로 그자밖에 없네."

허생과 유연기는 일 년 전 변산 사천여 도적의 우두머리였던 홍임장은 안중에도 없었던 것이다.

아무튼 두 사람은 박명궁을 비밀리에 불렀다.

허생은 전후 사정을 설명한 뒤 "그러하니 자네가 내 뒤를 이어 율려낙원국을 통치해주어야겠네!"라고 아퀴 지어 말했다.

박명궁은 한참을 말없이 허생을 노려보았다. 그러더니 분연히 일어서 말했다.

“우리들을 데리고 장난을 치셨구려! 그러니 양반이란 족속들이 욕을 얻어먹는 거외다!”

이렇게 얘기하고는 휙 나가버리는 것이었다.

박명궁은 홍임장을 찾아갔다. 모두가 잊었으나, 박명궁은 변산 대두령 홍임장을 잊지 않고 있었던 것이다.

홍임장이 놀라워하며 반겼다. 홍임장은 사람들이 자기를 완전히 잊었다고 생각한 뒤로는 밥을 잘 먹어 변산 시절의 풍모가 살아나고 있었다.

“자네가 어쩐 일인가?”

박명궁은 허생과 유연기에게 들은 바를 그대로 전했다. 홍임장은 별로 놀라워하지 않았다.

“겨우 일 년 버티는군. 삼 년은 갈 줄 알았는데.”

“그 양반 놈이 그리할 줄 이미 짐작하셨단 말입니까?”

“그자는 한곳에 오래 머물러 살 성격이 아니네.”

홍임장은 이어 말했다.

“허생의 말대로 자네가 장군이 되게. 내 생각에도 자네가 유일한 대안이네.”

“말도 안 됩니다. 장군이 될 사람은 따로 있습니다. 바로 대두령 당신이십니다.”

“그 옛날의 도적 수괴 말인가? 변산의 대두령 홍임장은 조선을 떠나던 날 죽었네. 율려낙원국에는 아주 평범한 백성 중 하나에 불과한 홍 모 씨가 있을 뿐이네.”

“그렇지 않습니다. 우리 두령들을 비롯한 대부분의 도적 출신들에게 유일한 태양은 홍임장 당신이십니다. 허생을 대신하여 율려낙원국을 통치해주십시오.”

"허생이 점찍은 사람은 자네네."

"허생은 조선에 갈 수 없을 것입니다. 저는 허생을 베어버리고, 당신을 장군의 자리에 세우겠습니다."

"역적이 되겠다고? 이것 참 큰일 날 사람이군. ……정말 나를 위해 충성하겠는가?"

"당신을 위해 언제라도 목숨을 바칠 겁니다."

"그럼 허생의 뜻대로 장군의 자리에 오르게. 그리고 허생을 조선으로 보내줘. 그다음에 나에게 장군의 자리를 넘겨. 그리하면 아무도 피를 보지 않고 좋잖나?"

박명궁이 돌아간 뒤에 몰래 엿들은, 내무청장 월화가 말했다.

"서방님 참 잘하셨습니다."

"잘한 것인가?"

"잘한 것이어요. 현재로선 서방님께서 장군이 되실 수 없습니다."

"어째서?"

홍임장은 박명궁 앞에서는 사양하는 소리를 했지만 어째 좀 아쉽기도 했던 것이다.

"이제 이 나라는 변산 시절이 아닙니다. 박명궁 저자도 속마음은 알 수 없어요. 지금 찾아와 떠들어댄 것은, 혹시 서방님께 야심이 있는지 떠보기 위한 꼼수일 가능성이 커요. 만약 서방님이 옳거니 하고 장군이 되겠다고 했으면, 오늘 밤 서방님을 암살하려 했을지도 몰라요!"

"그게 무슨 말 같지 않은 소리야?"

"설령 박명궁이 서방님께 아직도 충성심을 가지고 있다 해도, 그 혼자뿐입니다. 나머지는 모두 장군님을 잊었어요. 경찰청장 흑사마귀, 바다 경찰 대장 항우, 그리고 나머지 두령 출신들, 모두가 경찰 노릇에 맛들여,

서방님은 까맣게 잊었습니다. 그들은 권력의 맛을 본 것이어요. 만약 서방님이 지금 당장 장군이 되겠다고 나서시면, 그들은 합심하여 서방님을 죽이려 들 것입니다.”

“네년이야말로 내무청장인가 뭔가 해 처먹더니 싸가지가 바가지가 됐구나. 서방을 썩은 홍어 좆으로 무시하는 것을 내 꾹 눌러 참아왔는데, 내 형제들까지 의심을 해?”

“소녀가 서방님께 막 대한 것은 사실이오나 그것 역시 서방님을 살리기 위해서입니다. 서방님을 마누라한테 홍어 좆 취급받으면서 겨우 연명하는 빙충이처럼 보이게 한 것은 제 의도였습니다.”

“이년! 나는 홍어 좆이 아니다!”

“서방님, 다시 밥을 굶으며 앓아누우셔야 됩니다. 서방님은 건강해지시면 안 되어요. 건강해지시면 두령 출신들에게 두려움을 불러일으킬 것이고, 나아가 서방님을 죽이려 들 것입니다.”

“이년이 그래도!”

홍임장은 손바닥을 높이 들어 올렸으나 때리지 못했다. 월화의 말이 맞는 것도 같았기 때문이다.

“서방님, 일 년을 참으셨는데 삼 년을 못 참으시겠습니까? 이 년만, 아니 일 년만 더 참으세요.”

“참으면 뭐가 나오느냐?”

“허생 장군이 가시면 이 나라는 혼란에 빠지게 될 것이어요.”

“법이 엄정하고 경찰이 있는데 쉽게 망가지겠느냐? 박명궁도 훌륭한 사람이고…….”

“박명궁이 훌륭한 사람이기 때문에 망가지는 것입니다. 허생 장군처럼 때로는 인구 절반의 손모가지를 자를 만큼 잔인해야 하고, 뜬구름 잡는 말로써 즉 허풍으로 백성들의 마음을 사로잡을 수 있을 만큼 거짓말에 능해야 하고, 늑대 같은 자들을 자기 앞잡이로 내세울 수 있을 만큼 비열해야 합니다."

"그게 사람이냐? 개새끼 불알 같은 놈이지."

"그런 자만이 왕 노릇을 할 수 있습니다. 박명궁처럼 훌륭하기만 한 자는 절대로 통치자가 될 수 없습니다. 그리고 그 작자가 뭐가 그리 훌륭합니까? 나약하고 유약한 바보지요."

"그럼 흑사마귀나 항우는 그런 놈들이냐? 박율이란 놈도 권력이 꽤 크다며?"

"박율이란 놈은 절대로 안 됩니다. 그놈은 늙은 왜구 계집 사타구니를 핥았던 자가 아닙니까? 그것 때문에라도 될 수가 없지요. 아마 그놈은 허생 장군이 떠나시면 곧 죽임을 당할 것이어요. 장군이 없으면 갓 떨어진 끈 같은 놈입니다."

"흑사마귀는?"

"흑사마귀와 항우는 둘 다 용맹도 있고 잔인하기도 하고 비열하기도 하고 거짓말도 하다 보면 늘 것이어요. 그러나 두 놈은 결정적으로 인품이 없습니다. 사람들의 마음을 얻을 수가 없다는 것이어요. 제가 왕 노릇 하기 위해 가져야 하는 품성 중에 말하지 않은 것이 있습니다. 믿음성입니다. 사람들의 마음, 즉 민심을 얻을 수 있는 자여야 합니다. 흑사마귀나 항우, 두 놈은 곧 민심을 잃을 것이어요. 그러나 민심을 얻을 수 있는 사람이 딱 한 분 계시니……."

"나란 말이지."

"바로 그렇사와요. 서방님."

"네년이 점쟁이처럼 말을 듣기 좋게 한다만 난 잘 모르겠구나."

"절 믿으셔요. 조선에서 제일가는 사주관상쟁이가 저를 보고 왕비가
될 사주팔자라 하였습니다. 제가 왕비가 된다는 것이어요. 다시 말해서,
서방님께서는 곧 장군이 되시고, '장군' 같은 값 떨어지는 호칭은 집어
치운 뒤, 왕으로 거듭나게 된다는 것이어요."

"내가 왕이 된단 말이지!"

"될 수밖에 없고 되어야 합니다. 서방님이 왕이 되지 않는다면 이 나라
의 혼란은 끝나지 않을 것이어요. 서방님이 왕이 되는 순간, 이 나라는 진
정한 태평천국이 될 것이란 말이어요."

"그럼 어떻게 해야 되는 거냐? 나는?"

"당분간은, 그러니까 박명궁, 박율, 항우, 흑사마귀 등 권력 가진 것들
이 개처럼 싸우다가 모두 뒈질 때까지, 홍어 좆 신세로 쥐 죽은 듯 누워
지내셔야지요."

"그래, 그러자꾸나. 난 계속 홍어 좆이다!"

한편 박명궁은 심사숙고 끝에 홍임장의 뜻에 따르기로 했다.

며칠 뒤 허생과 유연기가 다시 박명궁을 불러 설득하자, 박명궁은 못
이기는 척, 차기 정권을 받아들일 용의가 있음을 밝혔다.

"내가 한 번 율려낙원국을 이끌어보겠소."

사월 초하루, 허생 장군의 총 소집령이 떨어졌다. 한 사람도 남김없이
율섬 도성으로 모이라는 것이었다. 해산한 지 얼마 안 되어 도저히 몸을
움직일 수 없는 여인들과 바다경찰을 제외하고는 모두 모였다.

장군이 우렁차게 말했다.

"내가 처음 너희들과 이 섬에 들어올 때 약속한 대로, 자유와 평등과 배부름이 있는 낙원을 건설하는 데 성공하였다. 또한 법을 만들고 법의 집행자 경찰을 세워 대대로 낙원 유지를 가능하게 해놓았다. 또한 도덕을 만들고 세워 모두의 정신 상태가 자자손손 바르도록 해놓았다. 내가 없어도 알아서 잘 굴러갈 낙원이 된 것이다.

하니 내가 더 이상 이 낙원에 머무를 이유가 뭐 있겠느냐? 나는 이제 이곳을 떠나, 다른 곳에서 다시금 낙원을 이루려고 한다. 너희만 잘 먹고 잘 살면 되겠느냐? 예전의 너희들처럼 헐벗고 굶주리며 착취당하는 자들이 조선에 쌔고 쌨다. 나는 너희들을 구원했듯 조선으로 돌아가 그들을 구원하려 하는 것이다."

율려인이 장군의 말을 알아듣는 데는 얼마간의 시간이 필요했다. 빨리 알아들은 이들 중에 몇몇이 무릎을 꿇고 땅바닥을 내려치며 통곡했다.

"저희를 버리고 떠나시면 안 됩니다."

늦게 알아들은 이들도 통곡했다. 모두가 울며불며 장군의 말씀에 대하여 극심한 거부감을 나타냈다.

"절대로 안 돼유!"

그들과 장군이 변산반도에서 만난 이래, 그들에게 장군의 말씀은 절대로 거역할 수 없는 것이었다. 그들에게 장군은 천지신명의 도합체였기 때문이다. 간음하지 않고, 술 처마시지 않고, 수투하지 않고, 종교를 믿지 않고 이러한 도저히 지킬 수 없는 것만 빼고는 장군의 말씀에 절대 거역하지 않았다. 그 외에도 따지고 보면 거역한 게 많을 테지만, 당장은 그렇게 생각되었다.

여하간 이번 장군의 말씀은, 그들에게 도저히 받아들일 수 없는 것이었다. 떠나신다니, 자신들을 버리고 떠나신다니, 도저히 받아들일 수 없는 말씀이었다.

밤이 깊어도 아무도 돌아가지 않았다. 너도나도 나서 장군을 설득하려고 들었다. 하지만 다음 날이 되자, 모두가 장군을 떠나보낼 수밖에 없다는 것을 기정사실로 받아들이게 되었다.

장군이 떠나면 우리는 어떻게 살아야 한단 말인가? 지난 네 계절 장군에게만 의지하여 살아온 사람들인지라, 이런 의문이 드는 게 당연했다. 장군은 그것에 대해서 말했다.

"우리가 이 섬에 들어온 이래 어떻게 살아왔는가를 잊지 않으면 된다. 지금껏 살아온 대로 살면 되는 것이다. 우리는 어떻게 살아왔는가?"

장군은 대답을 듣고 싶은 모양이었다. 누군가 대답했다.

"서로 믿고 도왔습니다."

또 누군가 대답했다.

"서로 의지하였습니다."

여기저기서 대답이 쏟아져 나왔다.

"하루라도 윗사람이면 예절을 갖추었습니다."

"선비, 농사꾼, 공장이, 장사꾼, 백정, 노비, 이런 구분 없이 모두가 평등하였습니다."

"여자도 사람대접을 받았습니다."

"남을 다치게 하거나 해치는 일이 없고, 남의 것을 훔치는 일이 없었습니다."

"남의 여자를 탐내지 않았습니다."

"서방이 아닌 남자를 넘보지 않았습니다."

"굶주리지 않았습니다."

"즐겁게 일했습니다."

“늘 배가 불렀습니다.”

“열심히 공부했습니다.”

“경찰을 장군님의 분신으로 알았습니다.”

대답은 끝이 없을 것 같았다. 장군은 끈기 있게 모든 이의 대답을 들었다. 더 이상 말하는 이가 없자, 장군이 말했다.

“앞으로도 그렇게 살면 된다.”

장군의 너무도 간단한 말에 좌중은 한참 동안 고요했다. 한 사람이 손을 번쩍 들고 일어서서 말했다.

“장군님, 그러나 저희 못난 놈들이 그렇게 살 수 있었던 것은, 장군님이 계셨기 때문입니다. 장군님이 계시지 않아도 저희가 그렇게 살 수 있겠습니까?”

장군이 자애로운 미소를 지으며 말했다.

“내가 없어도 너희들은 이제까지 그래왔던 것처럼 잘 살아갈 수 있다. 너희들은 내가 있어 너희들이 행복하게 살았다고 생각하는 모양이다만 그렇지 않다. 너희들의 행복은 너희들 스스로 이룬 것이다! 내가 있었기 때문이 아니라, 너희들의 힘이다!”

율려인은 도리질 치며 울부짖었다.

“아닙니다. 장군이 계셨기 때문이었습니다.”

“어쨌든 나는 갈 것이다. 이제부터는 너희들끼리 살아야 한다. ……그리고 앞으로 나를 대신하여 율려낙원국을 이끌어갈 자를 알리겠노라. 박명궁이다! 박명궁은 백성을 사랑으로 이끌고 너희들은 마음을 다하여 섬기라. 그러면 율려낙원국은 대대손손 번창하리라!”

허생은 모든 경찰을 앞으로 나오게 했다.

“너희들은 박명궁에게 절대 충성해야 한다. 박명궁을 죽음으로써 보

필해야 한다. 내가 보는 앞에서 박명궁에게 피의 맹세를 하라. 맹세할 수
없는 자는 이 자리에서 직책을 벗어던져라."

경찰들은 기꺼이 피의 맹세를 했다. 새끼손가락을 단도로 째 피를 내
고서는 '충'이라 적은 것이다.

흑사마귀와 박율도 맹세 의식을 거부하지는 않았다. 그러나 두 사람은
내심 아주 못마땅했다.

경찰청장 자리에 있는 동안 권력의 맛을 본 흑사마귀는, 허생이 떠난
다는 게 기정사실이 되자, 자신이 차기 지도자로 낙점되지 못한 것이 자
꾸만 의아했다.

'내가 박명궁보다 못한 게 무엇이란 말인가.'

박율은 불안했다. 허생 덕에 권력을 누렸다. 한데 그 허생이 떠난다는
것이다. 거대한 우산이 사라지는 것이다. 스스로도 자신이 차기 지도자
감이라고 생각하지는 않았다. 차기 지도자가 문제가 아니라 목숨의 안위
가 걱정되는 것이었다.

그는 왜구 대장 어머니의 사타구니를 핥으며 성장한 수치스러운 전력
을 가진 왜구 출신이었다. 게다가 호위청장으로 있는 동안 얼마나 백성
들을 핍박했던가.

'장군이 간 뒤에, 백성들이 나를 그냥 놓아둘까?'

허생은 박명궁을 데리고 각 지역을 샅샅이 돌며, 어떻게 통치를 해야
하는가를 가르쳤다. 제왕 교육을 시킨 것이다. 이후엔 주요 경찰 간부들
을 불러, 박명궁을 어떻게 보필해야 하는지를 가르쳤다.

허생이 떠나기로 약정한 날이 닷새 남았을 때, 박율이 흑사마귀에게 은근히 물었다.

"허생 장군이 떠난 뒤에, 과연 박명궁이 우리의 나라를 제대로 이끌어 나갈 재목이라고 보는가?"

"어쩌겠나. 장군이 결정하신 일이니……."

"우리에게는 장군이 있어야 하네. 장군을 보내지 마세."

"이제 와서 무슨 수로 장군을 보내지 않는단 말인가?"

"그리 어려운 방법이 아니잖은가. 유 사공을 죽이면 될 게 아닌가?"

"유 사공은 내 아버지 같은 사람이다. 이 개 같은 놈아, 내 아버지를 죽이자는 것이냐?"

"진정하게, 진정해. 그러면 또 다른 방법이 있네. 배를 불태워버리는 것이네."

흑사마귀는 한참 생각한 연후에 고개를 끄덕였다.

"장군을 보내지 않으려면 그 수밖에 없겠군."

박율은 흑사마귀의 손을 덥석 잡았다.

"고맙네. 우리는 율려낙원국을 살리는 것일세."

"우리 경찰들은 모르는 체하겠네. 그러니 자네의 호위경찰이 거사를 치러주게."

다음 날 밤, 박율은 자신의 수족 같은 자들과 함께 율동포구로 스며들었다. 이때 이 나라의 배는 절반 이하로 줄어들어 있었다. 토벌대 출신들이 이십여 척을 태우고 달아나서, 또 청나라 해적선들과 치열한 전투를 벌이는 통에 깨져서, 또 조선과 장기도 구휼 활동 때 무리를 해서 성한 배는 오십여 척도 못 되었다.

성한 배는 모두, 바다경찰소가 있는 율동포구에 있었다. 박율이 거사하기로 한 날, 흑사마귀는 바다경찰 대장 항우와 그 수하들을 모두 도성으로 불러들여 술판을 벌이고 있었다. 박율은 흑사마귀와 항우가 술판에서 해롱대는 것을 보고, 율동으로 출발했던 것이다.

박율의 호위경찰이 율동포구의 배들에 기름을 먹이고 불을 붙이려 하는데, 갑자기 고함소리가 들려왔다.

"네 이놈들, 조국의 배를 태우려는가?"

호위경찰이 둘러보니, 도성에서 술 처마시고 있어야 할 바다경찰들이 빙 둘러싸고 있는 게 아닌가. 박율은 자기의 이마를 탁 치며 신음했다.

"아뿔싸! 속았구나. 시커먼 놈한테 속았어!"

과연 흑사마귀와 항우가 모습을 드러냈다.

"네 이놈, 왜구 계집의 사타구니나 핥던 놈이 참으로 방자하구나. 장군이 이미 결정하신 일을 네놈이 뭔데 감히 막으려 하는가?"

박율은 이를 득득 갈며 칼을 높이 빼들었다.

"이 야비한 놈. 남아일언중천금이라 했거늘!"

"어차피 네놈은 싹이 노랗다. 가장 먼저 박명궁 차기 장군을 배신할 놈이다. 싹을 잘라주마!"

처음부터 흑사마귀는 딴 꿍꿍이가 있었다. 돌멩이 하나로 두 마리 토끼를 잡는 방법. 배를 태워 장군도 못 가게 하고, 눈엣가시 박율을 제거하는 것이다. 배를 다 태우면 장군은 못 가고, 박율은 배를 태웠으니 장군을 거역한 대역죄를 짓는 것이다. 그 박율을 죽이면 흑사마귀 자신의 위상은 더욱더 높아지게 된다.

장군이 못 가니, 박명궁이 장군이 되는 것도 없었던 일이 될 것이고, 흑사마귀 자신은 유일한 실력자로서 차기 장군의 위치를 다질 수 있게 되는 것이다.

또 한 가지, 바다경찰 대장으로 위세가 갈수록 높아지고 있는 항우를 견제할 수도 있다. 배 없는 바다경찰이 무슨 힘이 있겠는가? 항우란 놈은 멋도 모르고 흑사마귀 자신을 돕고 있었으니, 정확히 말하면 돌 하나로 세 마리 토끼를 잡는 것이다.

그래서 흑사마귀는 박율이 배에 기름을 다 발라놓을 때까지 끈기 있게 기다렸던 것이다.

흑사마귀는, 유연기가 배만 잘 모는 게 아니라 배도 잘 만드는 사람이라는 것, 따라서 허생이 굳이 떠나려고 하면 유연기는 배를 만들 것이라는 것, 또한 배가 없으면 배가 만들어질 때까지 섬과 섬을 오갈 방법이 없다는, 사람들이 당분간 왕래하지 못하고 고립된다는 생각도 하지 않았다. 당장 눈에 보이는 이익만 생각했던 것이다.

흑사마귀는 명령했다.

"저놈들을 살려두어서 무엇 하리! 두고두고 율려낙원국의 근심이 되리라. 박멸하라!"

첨부터 흑사마귀는 박율뿐만 아니라 그 휘하 호위경찰들까지 살려둘 생각이 없었다. 무기를 버리고 투항하려 했던 호위경찰들은 파랗게 질렸다. 자신들이 목숨을 구걸해보았자 살아날 방도가 없는 분위기가 아닌가.

흑사마귀 쪽이 병력도 우세했지만, 결정적으로 항우가 있었다. 항우도 박율을 누구 못지않게 싫어했었다. 그리고 박율을 따라다니며 위세를 부리던 놈들도 싫어했다. 또 박율은 장기도에서 데리고 나온 사내들을 호위경찰로 삼았다. 왕따당하고 있던 그들 일본인을 자기의 수족으로 삼으려 했던 것이다.

이것이 항우가 무작정 호위경찰 모두를 죽여버린 까닭이었다. 항우가 살육을 즐기는 이는 아니었으나, 일본인, 즉 왜구 것들은 사람이 아니기에 무조건 죽이려 들었다. 바다경찰은 담배 한 대 참 동안 호위경찰을 모조리 도살해버렸는데, 절반은 항우가 죽인 것이었다.

모두 다 죽고 박율 홀로 남아 칼을 거세게 휘둘렀다.

"네놈은 내가 죽여주마!"

흑사마귀가 부하들을 제지하고 앞으로 나섰다.

"오냐, 함께 저승으로 가자!"

박율은 젖 먹던 힘까지 모아 칼 손잡이를 그러쥐었다. 그러나 박율은 흑사마귀의 상대가 되지 못했다. 본래 흑사마귀의 무공이 한참 뛰어난데다, 박율은 격렬한 전투로 한없이 지쳐 있는 상태였다.

흑사마귀의 칼이 몇 번 바람을 가른 뒤에, 박율의 목이 떨어져 호박처럼 굴렀다.

그런데 이 싸움 통에 배에 불이 붙고 말았다. 호위경찰이 아니라, 흑사마귀의 밀명을 받은 자가 슬쩍 붙인 것이었다.

불은 무섭게 번져 포구의 모든 배를, 그러니까 율려낙원국의 모든 배를 삼켜버렸다. 바람이 거세게 불어 끄려야 끌 수도 없었지만, 흑사마귀는 끌 생각도 없었다. 그냥 불구경이나 했다.

이 통에 장군배에 실려 있던 은 오십만 냥도 바다 속으로 가라앉았다. 허생은 장기도에서 받아온 은 백만 냥 중 절반을 조선에 가서 쓰려고 했던 것이다.

이 사건은 허생의 출국 결심을 돌이켜 세우지 못했다.

"차라리 잘된 것입니다. 박율과 호위경찰은 두고두고 율려낙원국의 재앙이 될 자들이었습니다. 재앙이 스스로 없어진 것이라고, 편하게 생각하십시오!"

"뿐만 아니라, 배가 없으니 신기루 해역 밖으로 나갈 생각조차 못하겠지. 자네 말대로 잘된 일일세. 저절로 화근이 뽑혀버렸어.”

유연기의 위로가 무색하게도 장군은 오히려 좋아라 하는 것이었다.

그리고 유서향과 박명궁의 혼례가 있었다. 유서향은 홀아비가 된 박명궁에게 노골적으로 달라붙었고, 박명궁도 더 이상은 유서향을 거부하지 못했다. 박명궁의 허전한 몸뚱이는 유서향의 젊디젊은 몸뚱이에 여러 번 포개졌다. 정식 혼례만은 박명궁이 한사코 거부했으나 교접이야 자주 이루어졌다.

박명궁은 법적으로는 이 나라에서 유일한 총각이었던 것인데, 일부일처제에 목숨 건 허생도 박명궁에 대해서만은 혼례를 강요하지 않았다. 박명궁은 “아내가 죽은 지 일 년도 못 되어 새장가를 드는 것은 짐승이나 하는 짓입니다!”라고 말했다. 장군은 고개를 끄덕이며, “바로 자네가 군자일세!” 하고는 더 말하지 않았던 것이다.

박명궁이 차기 장군으로 내정되자, 한글청장 유서향은 노골적으로 밝혔다.

“허생 장군님, 그리고 아버님! 저를 박명궁 차기 장군과 혼례 맺어주십시오. 우리는 이미 한 몸뚱이로 맺어진 관계입니다. 우리는 서로 사랑합니다. 또한 소녀는 율려낙원국 백성 모두가 흠모하는 전 이방 겸 전 부장군 유 사공의 여식이고, 허생 장군님의 총애를 받아왔으니, 우리 두 사람의 혼례는 박명궁 정권을 안정시키는 데에도 큰 도움이 될 것입니다.”

허생은 손뼉을 치며 기뻐했다. 유연기도 딸의 뜻이 완강하고, 또 홀아비라는 것이 마음에 걸리지만 박명궁만 한 배필이 없을 것 같고, 결정적으로 두 사람이 이미 갈 데까지 간 사이라는 데야 허락하지 않을 수 없었다. 박명궁도 유서향의 바가지에 굴복하여, 아내 죽은 지 반년도 안 되었으나 장가를 들기로 했다.

하여 율려낙원국 백성이 모두 모인 가운데 혼례식이 치러지게 되었던 것이다. 동서남북 섬 사람들도 도성에 모일 수 있었다. 흑사마귀는 이 나라의 배를 모조리 태우지 못했던 것이다. 바다경찰 대장 항우가 무슨 예감이 있었던지 열 척의 배를 따로 숨겨놓았고, 지역민 왕래에 배 열 척이면 충분했다.

허생은 혼례식 날 정식으로 박명궁을 율려낙원국 최고 자리인 '장군'에 봉하였다. 명실상부한 새 정권이 탄생한 것이다.

마침내 허생과 유연기가 떠나는 날이 되었다. 출산 진통 중인 여인네와 갓난이와 그 갓난이의 어미를 제외한, 율려낙원국 사람들 모두가 율동포구에 운집했다. 허생은 마지막으로, 박명궁 장군을 비롯한 여러 행수들의 손을 맞잡고는 격려의 말을 해주었다.

유연기는 딸을 따로 불러 말했다.

"너는 일개 아녀자가 아니라 국모임을 늘 명심하거라. 너의 처신에 따라 율려낙원국의 운명이 좌우되는 것이다. 부디 박 장군을 잘 섬기어 태평천국을 견지해나가라."

"아버님, 언제쯤 돌아오시겠습니까? 설마 가서 영영 돌아오지 않는 것은 아니겠지요?"

"미래의 일을 어찌 함부로 짐작할까."

아버지와의 이별이니 딸 마음이 오죽했겠는가. 하지만 유서향은 끝내 울지 않았다.

'나는 이제 한 나라의 어머니다. 국모가 어찌 함부로 눈물을 흘릴 수 있으리.'

허생과 유연기, 단 두 사람이 탄 배가 닻을 올렸다. 율려낙원국의 만여 백성은 멍하니 바다를 바라보았다.

장군의 배가 수평선 너머로 사라지기 직전, 누군가 "잘 가슈!" 했다.

다른 누군가가 조금 바꾸어서 "잘 가십시오!" 했다. 그 말이 다른 이들의 입술도 열게 하여, 모두들 "잘 가십시오!"를 한두 번쯤은 뇌까렸다.

그리고 누구 하나가 울자, 그 울음은 순식간에 전부를 감염시켜, 포구는 울음바다가 되었다.

장군이 떠나신 것이다! 그들을 버리고.

하여 이제 장군 없이, 그들만의 역사가 시작되는 것이다.

「허생전」에 대한 고찰과
'율려인 이야기'에 대한 포부

『율려낙원국』은 역사소설의 범주에 넣을 수밖에 없겠지만, 엄밀히 말한다면 역사소설이라고 할 수 없다. 역사적 사실을 다룬 것이 아니기 때문이다. 따라서 요새 유행하는, 역사적 사실과 허구의 결합물이라는 '팩션'도 아니다.

순전한 가상소설이라고 할 수도 없다. 연암 박지원의 「허생전」을 패러디한 이야기이기 때문이다. 그리고 현실적으로 불가능한 일을 다루고 있으므로 판타지이지만, 실제로 일어날 법하게 그려냈다는 점에서는 리얼리즘소설에 가깝다. 이상을 종합하여, 나는 『율려낙원국』을 '고전패러디 리얼판타지'라 부르고 싶다.

내가 패러디한 「허생전」은, 연암 박지원의 대작 『열하일기熱河日記』에 들어 있는 아주 짧은 이야기다.

박지원은 1780년(정조 4년), 청나라 여행 도중에 여기저기 쏘다니며 구경하고, 아무나 만나서 이야기를 나누었다. 그는 조선의 하급 관원이나 상것들과도 사사롭게 지껄여댔다. 그들의 이야기를 듣는 것이 너무나 재미있었던 것이다. 한번은 옥갑이란 곳에서 여러 비장들과도 얘기를 나누었다.

비장들이 차례로 재미난 이야기를 해대더니, 박지원에게도 권했다.

"나리께서는 만날 듣기만 하십니까? 저희가 들으니 나리는 껄껄 선생이라 불리신다면서요? 참 재미난 얘기를 많이 알고 계실 것 아닙니까? 한 자락 들려주시지요."

"좋네, 좋아! 내 자네들에게 평생 다시는 듣지 못할 기이한 얘기를 해주지! 윤영이라는 사람이 있었네. 그 사람은 늘 변승업이 재산 많은 이야기를 했지. 그런데 처음에 변승업의 재산이 불어날 때 허생이라는 사람의 도움을 받았다는 것이야. 허생이라는 사람이 어느 날 갑자기 변승업을 찾아와 만 냥을 빌려달라고 했다는군. 변승업은 차용증도 안 쓰고 빌려주었는데, 몇 년 뒤에 허생이 그 열 배의 돈을 갚았다는 것이지……."

이때 박지원이 한 이야기가 「옥갑야화」였다. 원래 제목은 그저 「옥갑야화」였지만, 후세에 흔히 「허생전」으로 불리게 된 것이다.

박지원이 귀국하여, 중국여행 동안 꼬박꼬박 쓴 일기와 필담 원고들을 3년간에 걸쳐 정리한 것이 『열하일기』다. 그러나 『열하일기』는 유명세에도 불구하고, 현대의 독자들에게 거의 읽히지 않았다. 분량이 방대하고 난해하기 때문이다.

박지원이 쓸 당시의 젊은 선비들에게는 재미있어 환장할 만한 책이었을 테다. 하지만 한자에서 멀어질 대로 멀어지고, 중국과 한국의 역사에 대해 잘 모르는 현대의 평범한 독자가, '웃음과 역설의 유쾌한 시공간'을 느끼기란 결코 쉬운 일이 아니다.

좀 더 자세히 말하자면, 『열하일기』는 '6월 24일 압록강 국경을 건너는 데에서부터 시작하여 요동遼東·성경盛京·산하이관[山海關]을 거쳐 베이징[北京]에 도착하고, 열하로 갔다가, 8월 20일 다시 베이징에 돌아오기까지 약 2개월 동안 겪은 일을 날짜 순서에 따라 항목별로 적은 것이다'. 구성은 간단해 보인다. 하지만 내용이 문제다.

박지원은 '중국과 조선의 역사·지리·풍속·토목·건축·선박·의학·인물·정치·경제·사회·문화·종교·문학·예술·지리·천문·병사 등에 걸쳐 다루지 않은 소재, 주제가 없을 정도로, 광범위하고 상세히 기술하고 있다'. 게다가 철학, 사상 논쟁도 수두룩하게 깃들어 있다.

그런데 『열하일기』의 규모조차 짐작하지 못하는 독자도, 『열하일기』 중에서 아주 잘 아는 세 부분이 있다. 압록강을 건널 때의 일기인 「도강록」, 호랑이가 북곽 선생을 꾸짖는 이야기 「호질」, 그리고 「허생전」이다.

이 셋은 공통점이 있다. 여러 교과서에 실려 있고, 시험 문제 출제용으로 적합하다는 것이다. 따라서 현대의 독자들은 학창 시절에 이 셋을 열심히 공부한 경험이 있어 오래도록 잊지 못한다.

셋 중에서도 단연 유명한 것은 「허생전」이다. 「허생전」은 시험공부용 텍스트를 넘어, 현대의 독자에게도 구미가 딱 맞는 재미난 이야기로 기억되기 때문일 테다.

당시의 독자들은 무엇으로 생각했을지 모르지만, 현대의 연구자와 독자들은 「허생전」을 의심할 바 없이 소설이라고 생각한다. 그리고 박지원이 『열하일기』에 분명, '윤영이라는 사람한테 들은 이야기'라고 했음에도 불구하고, 허생의 이야기는 박지원의 완벽한 창작이라고 여긴다. 혹자는 박지원이 『홍길동전』을 패러디해서 허생의 이야기를 만든 것이라고도 한다.

그러면 윤영이라는 사람한테 들었다고 한 것은 무엇 때문인가? 그것은 필화를 피하기 위해서였다는 것이다. 「허생전」의 내용상 필화를 겪기 딱 좋지 않은가? 북벌계획의 총지휘자를 꾸짖고 있으니 말이다. 그래서 윤영이라는 사람한테 들은 이야기일 뿐, 자기가 지은 얘기가 아니라며 발뺌했다는 것이다.

그러나 내 생각은 좀 다르다. 어차피 필화를 겪을 만한 내용이었다면, 다른 사람한테 들은 이야기일 뿐이라고, 말해놓았다고 해서 필화를 피할 수 있었겠는가? 박지원을 족치려고 작정한 자가 허생의 이야기를 보고 박지원의 범죄성을 발견했다고 치자. 그래서 박지원을 잡아들였는데, 박지원이 자기는 누구한테 들은 이야기일 뿐이라고 우겼다고 하자. 이 말을 곧이곧대로 듣고 풀어줄 자가 어디 있겠는가?

즉 내 생각에는, 박지원은 누구한테 들은 이야기라고 일부러 말할 이유가 없었다. 따라서 박지원은 정말이지 윤영이라는 사람한테 '허생의 이야기'를 들은 것이라고 봐야 한다.

이렇게 생각하는 자가 나 혼자만은 아니다. 박지원 생애 연구가가 한 둘이 아닌데, 그들 중에는 박지원 생애 연보에, 박지원이 윤영을 두 차례 만난 사실을 정확히 기록해놓은 것도 모자라, '봉원사에서 윤영을 처음 만나서 허생의 이야기를 처음 들었다'라고 명기해놓기까지 한 것이다.

때문에 내 생각은 박지원이 윤영의 이야기를 토대로 하되,『홍길동전』을 패러디하고, 자신의 상상력을 가미한 것이「허생전」이라고 생각한다. 내가 패러디한 원전「허생전」부터가 패러디소설인 것이다.

그러나 어디까지가 윤영이 한 이야기고, 어디까지가 패러디이고, 어디까지가 상상력의 소산인지, 그 누가 알겠는가? 알 사람은 백토가 되어 있을 박지원의 영혼뿐일 테다.

박지원의 영혼은 한동안 슬펐다가 요즘에는 신이 날 것이다. 박지원은 살아생전에 행복했던 사람이라고 할 수 있다. 북학파의 영수 소리도 들었고 당대 최고의 문장가로 평생을 군림했으니까. 그 유명한 「양반전」이 실린 『방경각외전』을 쓴 게 그의 나이 스물한 살 때였고, 그때부터 문명을 떨쳤던 것이다!

다만 말년이 좋지 않았다. 그는 늘그막에 얻은 벼슬자리에 연연하고 있었는데, 그토록 자기를 아꼈던 정조에게 억지스런 트집을 잡혔다.

정조는 과거 시험장에서조차 연암체(최대한 쉽게 설명하자면 이야기 문체) 문장으로 답안지를 작성하는 젊은것들에게 분노했다. 정조는 이른바 '문체반정'을 일으켜 순정하지 못한 문체를 박멸하려고 했다. 순정하지 못한 문체의 우두머리는 연암 박지원이었으니, 곧 연암을 잡겠다는 것이었다.

그런데 그렇지가 않았다. 박지원도 반성문을 써 바치기는 했지만 고초를 겪은 것은 박지원의 후배들이었다. 이덕무, 유득공, 박제가 등의 북학파 일당 말이다.

따라서 문체반정의 진정한 원인과 목적은, 정조가 노론당과 첨예하게 대립하던 중에, 자기의 친위세력이라 할 수 있는 젊은 학자들의 기강을 바로잡기 위한 것이었을지도 모른다. 적들의 트집에, 할 수 없이, 사랑하는 자기 자식 매 때려놓고, '봐라, 나는 내 자식도 때렸다. 이제는 너희들이 스스로 너희들을 때릴 차례다!', 뭐 이런 식으로 폼을 잡은 게 아닐까 싶은 거다.

하여튼 진실이 뭐든 간에 박지원의 글은 문체반정에 걸려 인기를 상실한 것은 둘째 문제고 금서가 되었다. 그게 『열하일기』가 당초부터 명확한 정본正本이나 판본版本이 없는 이유다. 박지원의 글을 읽으려면 적발되어서 고초를 겪을 각오를 해야 했던 것이다.

또 한문 저작이 사장되는 시대가 왔다. 19세기에는 선비님네들이 어려운 한문 잡서를 읽고 앉아계실 만한 겨를이 없을 만큼 나라가 혼란했고, 공부하는 분위기도 아니어서 읽히지 않았을 것이다. 민중들은? 한문이니 당연히 읽지 않을, 아니 읽지 못했을 것이다.

그럼에도 불구하고, 용감하고 진짜 글을 아는 젊은 선비들은 『열하일기』를 환장하며 읽었고, 필사를 해서 소장하고 후세에 전했다. 모든 좋은 책은 그렇게 살아남는 것이겠지만 말이다.

현대에는 박지원 모르면 고전 좀 읽어봤다는 말을 하지 못할 정도로, 박지원은 다시 인기다. 『열하일기』 모르면 우리나라 사람 아닌 정도가 된 것이다.

우리나라에서 『열하일기』가 처음 국역된 것이 1948년이고, '완전 국역'이라 할 만한 게 나온 것은 1966년이다. 그리고 1966년의 이가원李家源 국역본은 지금까지도 거의 유일한 『열하일기』 완전 국역본 노릇을 하고 있다. 다행히 2004년에 북한 학자 리상호의 완전 국역본이 수입되어 최신 디자인으로 출판되기는 했지만 말이다.

한문책 읽을 만한 독자가 거의 사라졌고, 완전 국역은 매우 늦게 이루어졌고, 완전 국역본이 있다고는 하나 끝까지 읽어본 독자는 손에 꼽을 만한 상황인데도, 『열하일기』는 놀랍도록 유명해진 것이다.

'갈보리 언덕'의 '갈보리'가 '창녀리'인 줄 아는 사람도 『성경』이 뭔지 안다고 하는 것처럼, 연암이 누구 호인지 모르는 사람도 『열하일기』는 뭔지 안다고 말하는 세상이 된 것이다. 교과서와 입시의 힘일 테다!

하지만 『열하일기』를 사람이라고 한다면, 그 『열하일기』의 배꼽 밑에 난 털 한 오라기에 불과한 「허생전」은 정말이지 영광을 누리고 있다. 배보다 배꼽이 크다고, 「허생전」의 인기가 『열하일기』를 훨씬 능가하고 있는 것이다.

「허생전」 역시 19세기에는 묻혀 있었을 가능성이 크다. 아무튼 한문이 니까, 한문을 잘 아는 사람만 읽을 수 있었을 테니까.

한글 시대에, 「허생전」을 가장 먼저 유명하게 만든 사람은 이광수라고 할 수 있을 것이다. 현대문학의 기수, 이광수는 1923년 2월 1일부터 다음 해 3월 21일까지 동아일보에 중편 「허생전」을 연재했고, 곧 단행본으로 펴냈다.

당대 제일의 소설가 이광수가, 당대 제일의 신문이라 할 동아일보에 썼다는 이유만으로도, 허생 이야기는 케케묵은 필사본 한문책에 처박혀 있던 한자 나부랭이에서, 온 민족이 다 아는 이야기로 탈바꿈한 것이다.

결국 이광수의 「허생전」은 고전 패러디소설이었던 것인데, 이후에도 「허생전」을 패러디하려는 작가들이 있었다. 풍자, 해학의 작가로 명성을 떨친 채만식은 1946년에 『허생전』을 간행했다. 당대에는 이남희가 『허생의 처』를 썼다.

작가들뿐만 아니라, 모든 형태의 글쟁이들이 「허생전」을 패러디한 작품, 논문, 에세이 등을 수없이 남겼다. 그리고 인터넷이 활성화된 뒤에는 네티즌들 역시 '허생'을 인기 캐릭터로 등장시켜, 헤아릴 수 없이 다양한 허생의 활약을 만들어냈다.

지금까지 탄생한 허생 이야기를 다 모으는 것이 불가능하고, 앞으로 탄생할 허생 이야기가 어느 정도일는지 도무지 짐작할 수 없으며, 지금 이 순간에도 허생의 이야기는 누군가에 의해 창작되고 있다고 해도 과언 이 아닐 것이다.

허생은 그를 탄생시킨 어머니 『열하일기』보다도, 아버지인 연암 박지원보다도 유명한 인물이 된 것이다.

도대체 허생의 어떤 면모가 그토록 많은 패러디물을 만들게 한 것일까? 내 생각엔 도저한 판타지성과, 풍자성과, 유머 때문으로 보인다. 허생은 시공간을 자유롭게 넘나들고, 기적적인 성공을 거듭하며, 정치 지도자를 무자비하게 야단친다. 그리고 이러한 허생의 활약은 코미디를 보는 듯 우스꽝스럽다.

즉 허생이라는 인물 설정만 빌려다가, 자기가 상상한 시공간에 놓아둔 뒤, 마음껏 신출귀몰한 활약을 펼치게 하고, 위정자와 문제 있는 것들을 비판하거나 풍자하면, 웃음을 유발할 수밖에 없을 것이고, 따라서 바로 뛰어난 허생전 패러디물이 완성되는 것이다.

그러니까 나의 『율려낙원국』은 그러한 「허생전」 패러디물의 바다에, 한 방울의 물을 보탠 것이다.

그렇다면 무슨 가치가 있는 것인가? 이제까지 태어난 그 어떤 허생 이야기보다 많은 분량? 설마 분량을 가지고 가치를 주장하겠는가!

나는 허생의 '선도 영웅적 활약'이 아니라, 허생의 '돈으로 이룩한 권력의 이면'과 그 권력에 휩쓸린 '도적들의 인생'에 초점을 맞추었다. 그런 점에서 이전의 허생의 판타지적인 활약에 초점을 맞춘 허다한 패러디물과는, 궤를 달리한다고 생각하며, 그런 의미에서 새로운 가치가 있다고 자부한다.

물론 나는 완전히 새로운 허생 이야기, 허생과 도적들을 동등하게 다룬 이야기를 두 권 분량씩이나 하기 위해서, 이전에 발표된 「허생전」 패러디물을 단 한 줄도 읽지 않았다.

만약 읽었다면, 나는 어쩔 수 없이 이광수, 채만식, 이남희 등의 대선배 작가들과 여러 형태의 글쟁이들과 네티즌의 영향을 받았을 것이다. 즉 나만의 '허생전'은 불가능했을 것이다.

하지만 사람의 상상력은 거기서 거기다. 더구나 상상력의 원천이 되는

「허생전」이라는 분명한 텍스트가 있다. 나의 상상력이 빚어낸 문장이나 내용이, 이전의 패러디물에 있는 문장과 내용에 비슷한 바가 있을 수도 있다는 얘기다. 만약 있다면 '종이 위에 새로운 게 어디 있겠는가!'라고 한탄할 뿐 어떻게 할 도리가 없는 일일 테다.

나는 가상의 나라 '율려낙원국'의 삼백 년 역사를 다룬 방대한 소설, '율려인 이야기'를 계획하고 있다.

나의 구상은 「허생전」에서 비롯되었다. 박지원의 「허생전」에는 변승업과 이완이라는 인물이 나온다. 둘 다 실존 인물이고 그들이 살던 연대는 북벌시대인 효종 치세 때다. 즉 1650년 무렵이다.

하지만 나는 원전과 달리, 1771년(영조 46년)을 긴 이야기의 시작으로 삼았다. 1771년부터 2001년까지의, 율려낙원국 사람들의 이야기를 쓰는 것이 내 목표인 것이다. 한꺼번에 쓸 수 있는 이야기가 아니고, 어쩌면 내 평생이 걸릴지도 모른다. 나는 최소한 일 년에 한 편씩은 써서, 15년 안에 마무리 짓고 싶지만 말이다.

여하간 『율려낙원국』은 그 '율려인 이야기'의 첫 번째 책이다. 1771년 가을에서 1773년 봄까지를 다뤘다.

허생이 돈으로 고용한 무사와 싸움패로 변산 도적을 토벌한 뒤에 돈으로 도적들의 마음을 사는 것까지를 다룬 것이 1권 「도적 포획기」이고, 허생과 도적들이 율려 제도에 가서 1년 동안 나라를 건설하는 이야기를 다룬 것이 2권 「낙원 건설기」이다.

박지원의 「허생전」은 원고지 매수로 환산하면, 50매가 약간 못 된다. 허생이 뱃사공을 만나 섬을 함께 둘러보고, 변산으로 가 도적들을 설득하여 모은 뒤, 해외 섬으로 가서 살다가, 허생이 섬을 떠날 때까지만 따지면, 불과 12매밖에 되지 않는다.

나는 12매의 분량을 두 권으로 뻥튀기해놓은 셈이다.

원전 「허생전」의 허생은 의심할 바 없이 이상주의적 인물이었으며, 영웅이었으며, 선한 권력자였다. 그러나 이러한 이상주적 영웅 권력자에게 휘둘린 도적들에 대해서는 거의 말하지 않고 있다. 도적들은 허생의 실험물일 뿐 개성을 가진 인간 존재로 취급되지 않고 있다.

나는 어렸을 때부터 그러한 「허생전」이 환상동화라고 생각했다. 그래서 원전 「허생전」을 동화가 아닌 사실적인 소설로 재구성해보고 싶다는 희망을 품었다.

내가 오래도록 생각해온 소설, 사실적인 「허생전」은, 허생이 도적들을 끌고 나가기 위해서는 단지 돈만으로는 안 되고, 돈으로 산 무력이 필요했을 것이며, 변산 도적들이 무작정 따르는 일은 있을 수 없는 일이니 필연 상당한 저항을 했을 것이며, 영웅과 도적들이 섬에서 낙원을 건설하는 과정에서는 통치자와 피통치자 간의 갈등이 불가피했을 것이며, 권력의 이념과 형태가 변화했을 것이며, 무엇보다도 영웅 허생을 제외한 수없이 개성적인 민중들이 있었을 것이며, 그 개성적인 민중들은 영웅 권력의 낙원 건설 작업에 동참은 하되 저마다 각별한 이야기를 만들어낼 수밖에 없다는 것이, 골격이었다.

그리고 그렇게 써내는 데 어느 정도는 성공한 것 같다.

나는 선한 영웅, 착한 권력을 믿지 않는다. 영웅 허생이 있었던 것이 아니라, 영웅주의적 발상을 가진 허생과, 그런 인물에게 휘둘린 군상들이 있었다고 생각한다. 나는 영웅 허생의 인생보다, 그 군상들의 인생이 더 소중하고 중요하다고 생각한다. 나는 착한 허생보다는, 도적들이라는 군상(민중)의 지리멸렬한 삶과 투쟁을 이야기하고 싶었던 것이다.

하지만 군상들의 삶을 좌지우지하는 것은 바로 권력이며, 그 헛된 권력의 표상이 허생이었다.

그래서 결국 허생이라는 영웅적 개인과, 도적들로 대표되는 미욱한 집단 간의 투쟁, 사랑, 갈등, 화해, 아이러니를 다룬 이야기가 된 것 같다.

나는 「허생전」의 원저자 연암 박지원 선생께는 불경스럽게도, 선생이 그토록 위대한 선지자 영웅으로 창조해낸 허생을, 기괴하고 우스꽝스러운 권력의 대변자로 전락시킨 셈이다.

하지만 나는 선생을 무척 존경하며 그에게 배우려고 노력한다. 그래서 『율려낙원국』에 더러 있는 박지원의 문장은 내가 연암 선생에게 바치는 '경의'다. 너무나 유명한 문장들이고, 따옴표를 달거나 하면 지저분해서 따로 표시하지는 않았다. 선생도 이해해주시리라 믿는다.

그러나 선생께 죄송스럽게도, 「허생전」의 원전 12매를 왜곡하거나 폄훼하거나 재편하거나 하는 짓을 할 수밖에 없었다. 선생과 생각이 다르니 불가피한 일이었다. 하지만 선생이 구상한 허생과 도적들의 동작선은 지키려고 노력했다.

앞으로 계속될 '율려인 이야기'에 허생은 다시 등장하지 않을 것이다. 율려낙원국이 허생이 만든 나라인 것은 분명한 사실이어서, 그의 이름은 계속 거론될 것이고, 첫 이야기인 『율려낙원국』은 허생을 핵심 주인공으로 해서 펼쳐질 수밖에 없었지만 말이다.

다음 이야기부터는 오로지 그들만의 역사가 시작된다. 허생이 버리고 간 나라, 장군이 버리고 간 사람들, 그들만의 진정한 율려 역사가 시작된다.

이렇게 끝내면 궁금해서 못 견딜 독자를 위하여, 다음 이야기인 『홍장군 연대기』를 맛보기로 예고하겠다.

　허생 장군이 떠난 율려낙원국은, 박명궁 2대 장군과 그의 아내 철녀 유서향, 경찰청장 흑마사귀, 그리고 마침내 기지개를 켠 전 대두령 홍임장과 그의 아내 월화, 이들의 삼국지적 투쟁이 펼쳐진다. 이어 천하를 통일하는 홍임장 3대 장군의 철권통치 30여 년의 역사와, 율려인의, 수없이 밀려드는 왜구, 청나라 해적, 조선 수적, 유럽 해적 등과의 영웅적인 항전이 그려진다.

　기대하시라!

2007년 9월

김종광

■ 인용·활용 자료의 출처

『박지원소설연구』, 김영동, 태학사, 1988

『연암 박지원 소설집』, 리가원·허경진 옮김, 한양출판, 1994

『연암 박지원 산문집』, 리가원·허경진 옮김, 한양출판, 1994

『열하일기, 웃음과 역설의 유쾌한 시공간』, 고미숙, 그린비, 2003

『홍길동전』, 정종목, 창비, 2003

『열하일기 상, 중, 하』, 리상호 옮김, 보리, 2004

『나는 껄껄 선생이라오』, 홍기문 옮김, 보리, 2004

『홍길동전』, 허경진 옮김, 책세상, 2004

＊ '네이버'의 〈백과사전〉과 〈지식in〉, '조선왕조실록'의 『영조실록』, '한옥문화원'의 『집 짓는 순서와 기법』 등 여러 자료를 활용했다. 〈지식in〉의 경우, 네티즌 여러분이 작성한 다양한 자료를 종합하여 활용했기 때문에, 자료의 작성자 아이디를 일일이 언급하기에는 무리가 있다. 네티즌 여러분께 양해를 바라며, 두 손 모아 감사드린다. 그럼에도 불구하고 이 소설에서 있을지도 모르는 역사적, 문화적, 사회적 서술의 오류는 전적으로 필자의 공부 부족으로 인한 책임과 불찰이며, 앞으로라도 발견하면 수정, 보완하겠다.